Sophie Marie Gose lebt in einer gemütlichen Wohnung in Auenwald. Ihre große Leidenschaft sind Bücher und das Fechten. Nach ihrem Lyrikband „Tintenklecks -Gedichte meiner Seele" ist dies Sophie Marie Goses erster Roman.

Sophie Marie Gose

Memento Mori

Bedenke das du Stirbst

Fantasy

Impressum

Bibliografische Information der Deutschen Nationalbibliothek:
Die Deutsche Nationalbibliothek verzeichnet diese Publikation in der Deutschen Nationalbibliografie; detaillierte bibliografische Daten sind im Internet über http://dnb.dnb.de abrufbar.

© 2021 Sophie Marie Gose

Herstellung und Verlag: BoD – Books on Demand, Norderstedt

ISBN: 9783755776017

Instagram: @zovvie

Für meine Eltern, die immer für mich da sind.

Für meinen Bruder, der mein bester Freund ist.

Für Alex, der immer an mich glaubt.

PROLOG

Staub rieselte von dem Wandteppich auf mich nieder und kitzelte mich gefährlich in der Nase. Ich atmete durch den Mund und versuchte ein Niesen zu unterdrücken, ich muss die Wächter nicht noch extra auf mich aufmerksam machen. Die ganze Wand war mit aufwendiger Malerei verziert. Sie erzählte Geschichten von längst geschlagenen Schlachten, von Liebe und Tod. Und mittig, direkt auf meiner Augenhöhe, befand sich das kleine Schloss. Auf dem ersten Blick wirkte es wie gemalt, gemalt aus Öl auf Holz, doch wenn man es berührte, verriet das kalte Metall die Illusion. Schnell steckte ich den Schlüssel in das Schloss und drehte ihn um.

Langsam schob sich die Wand zur Seite. Panisch drehte ich mich um. Warum dauerte das so lange? Die Schritte wurden lauter und lauter.

Endlich war der Spalt groß genug, sodass ich mich durch ihn hindurch quetschen konnte. Sofort wurde ich von der schützenden Dunkelheit umschlossen, geschützt vor den Blicken der nahenden Soldaten.

Ich rannte los. Ich würde gar nicht erst darauf warten dass sich die Wand schloss. Ich hatte kein Licht. Meine Hände tasteten sich an der kalten Wand entlang-So würde ich zumindest merken wenn eine Abzweigung kam. Theoretisch kannte ich den Weg: bei der ersten Abzweigung nach rechts, dann die Treppe runter, nach zwei Abzweigung nach links, zwei Stufen hoch. Danach 100 Meter geradeaus, mit den Händen die Decke abtasten, die Falltür finden, öffnen, nach oben ziehen. Das war der Weg in die Freiheit … oder in den sicheren Tod.

Ich kam ins Straucheln und kickte einen kleinen Stein, welcher auf den Boden lag, ein Stück tiefer in den Tunnel. Ich konnte mich noch rechtzeitig abfangen, bevor ich auf den kalten Boden fiel, doch der Stein halte laut in dem Tunnel wieder. Am liebsten hätte ich mich selbst für meine Dummheit geohrfeigt. Ich war so in meine Gedanken vertieft gewesen, dass ich vergessen hatte auf meinen Weg zu achten. Wenn ich mich jetzt nicht konzentrierte, würden mich die Wächter schnappen, noch eher ich auch nur „Freiheit" sagen konnte, oder ich würde über irgendetwas stolpern, mir das Genick brechen und von Ratten gefressen werden. Ich schüttelte den Kopf, um die düsteren Gedanken zu verjagen. Ich musste mich konzentrieren und da half es nicht gerade über den Tod nachzudenken. Ich kannte den Weg, jetzt muss ich ihn nur noch bewältigen und schauen, dass ich über den Zaun kam. Das war doch gar nicht so schwer? Der Zaun war ja auch nur drei Meter hoch und stand unter Hochspannung. Eine kleine Strähne hatte sich aus meinem Zopf gelöst und kitzelte mich an der Nase, schnell blies ich mir sie aus dem Gesicht.

„Ein Tunnel!"

Laut hallte die Stimme eines Wächters im Tunnel wieder und ich zuckte erschrocken zusammen. Sie hatten den Tunnel entdeckt! Ab jetzt durfte mir kein Fehler unterlaufen, ich durfte weder eine falsche Abzweigung nehmen, noch zu langsam laufen.

Es durfte nicht mehr lange bis zur ersten Abzweigung dauern. Laut hallten meine patschenden Schritte von den Wänden wieder und vermischten sich mit meinem keuchenden Atem. Diese Geräusche schienen den gesamten Tunnel zu erfüllen. In diesem Moment griff meine rechte Hand ins Leere. Ich reagierte rechtzeitig und bremste schlitternd ab, um die Kurve zu bekommen. Nun hatte ich einen Vorteil! Sie hatten zwar Licht, doch ich kannte den Weg – zumindest theoretisch. Aber das war besser als nichts. Neu gefundene Hoffnung keimte in mir auf, glühend heiß, wie die Sonne und verdrängte für einen Moment meine Angst. Ich konnte es wirklich schaffen! Allein dieser Gedanke trieb mich voran und ließ mein Herz noch wilder pochen. Das Adrenalin war berauschend und löste ein plötzliches Glücksgefühl in mir aus. Ich verlangsamte meine Schritte etwas, um nicht plötzlich von der Treppe überrascht zu werden.

Plötzlich erklang im Tunnel ein neues Geräusch und passte sich mit meinen Schritten an. Die Schritte der Wächter wurden lauter und hallten bedrohlich von den Wänden wieder. Mein Herz raste wie verrückt und pochte hart gegen meine Brust. Bei jedem Atemzug zog sich meine Lunge schmerzhaft zusammen und schien gegen die eisige Luft im Tunnel zu rebellieren. Ich konnte jeden Muskel in meinem Körper spüren, jede einzelne Faser, spürte, wie sie sich dehnte und wieder zusammenzog, spürte das Pulsieren in meinen Adern. Hundert Messer schienen auf meinen Körper einzustechen, doch ich konnte nicht langsamer werden.

Mein Fuß trat ins Leere. Mein Herz setzte für einen Moment aus und nur mit Mühe konnte ich einen Aufschrei unterdrücken, als ich auf einem Stein aufkam. Die Treppe! Vorsichtig tastete ich mich die Wendeltreppe hinab. Die Stufen waren feucht und mehrmals drohte ich auszurutschen.

„... teilen uns auf!"

Schwach drang das Echo der Wächter zu mir hinab. Sie hatten also die Abzweigung erreicht. Aber warum teilten sie sich auf und orteten mich nicht einfach? Vielleicht war mir das Glück doch hold und das Funksignal war hier unten gestört. Noch hatte ich einen guten Vorsprung, die Wächter hatten in den engen Gängen sichtlich Schwierigkeiten mit ihrer dicken Uniform. Keuchend erreichte ich die nächste Abzweigung. Ich schlitterte elegant um die Kurve, stieß mich mit meiner linken Hand ab und rannte den nächsten Gang entlang. Ich hatte es bald geschafft. Verdammt, ich konnte es wirklich schaffen!

Ich beschleunigte meine Schritte. Meine Lunge drohte zu zerbersten, doch das war mir egal. Ich konnte es wirklich schaffen. Ich konnte vor diesem kranken System fliehen! Wie musste es wohl sein, einen ganzen Tag nichts zu tun? Ich konnte schlafen, den ganzen Tag! Die Gedanken an meine Zukunft berauschten mich und fast hätte ich glücklich aufgelacht.

Im Tunnel wurde es immer kälter. Tausend Eiskristalle schienen beim Einatmen meine Lunge zu zerschlitzen und mit jedem Atemzug, fiel es ihr schwerer, sich mit der Luft vollzusaugen.

Ich wusste nicht, wie lange ich schon rannte, als meine Hände endlich auf Holz stießen. Das Holz der Tür fühlte sich kalt und nass an. Mit einem kräftigen Stoß, stieß ich sie auf. Ich sprintete durch die Öffnung hindurch, bevor diese wieder schallend ins Schloss fiel. Ich war mir durchaus bewusst, dass das Geräusch im ganzen Tunnel widerhallen würde, doch die Wächter waren mir sowieso schon auf den Fersen. Warum also Rücksicht nehmen?

Die Decke war in diesem Teil des Tunnels deutlich niedriger gebaut worden als im restlichen Teil. Der Boden war von einem feuchten Film überzogen und immer wieder trat ich in eine kleine Pfütze. Das eisige Wasser fraß sich durch meine Schuhe und langsam verlor ich das Gefühl in meinen Zehen.

Ich hatte die grobe Ahnung, dass es noch klappt 200 Meter bis zum Treppenaufgang sein mussten. Das patschende Geräusch meiner Schritte schien immer lauter zu werden und der Geruch im Tunnel immer intensiver. Umso näher ich der Treppe kam, desto verwester roch es. Der Geruch war so intensiv, dass ich mich zusammenreißen musste nicht auf zustoßen. Mich würde es nicht wundern, wenn ich über einen toten Körper stolpern würde, oder mehrere, dem Geruch nach zu schließen. Was roch hier so bestialisch? Wie viele Lebewesen hatten hier unten schon ihr Leben gelassen. Das Glücksgefühl, welches bis eben meine Seele beherrscht hatte, wich zusehends der Angst. Was war hier unten gestorben? Und noch wichtiger, warum?

Ich schüttelte den Kopf, um die Gedanken aus meinem Kopf zu vertreiben. Ich wurde verfolgt! Obendrein nicht von irgendwem, sondern von den Gildesoldaten! Und da machte ich mir Sorgen, ob ich über einen toten Körper stolpere? Wenn sie mich schnappten, würde ich der nächste tote Körper auf dem Boden sein, welcher in dem Tunnel langsam vor sich hin verweste!

Wie weit war es noch bis zu den Stufen? Nicht mehr wie fünfzig Schritte. Ich begann jeden Schritt zu zählen um mich abzulenken. Es war ein schreckliches Gefühl, blind durch die Dunkelheit zu rennen und dabei noch verfolgt zu werden. Ich hatte Angst, schreckliche Angst. Außerdem wollte ich nicht über die Stufen stolpern, was sich dennoch nicht vermeiden lassen würde. Der eigentliche Grund, warum ich meine Schritte zählte, war wohl, dass ich zumindest ein bisschen Kontrolle über das haben wollte, was soeben passierte. Der Gedanke, dass ich abschätzen konnte, wann die Stufen kamen, beruhigte mich ungemein.

Klack!

Mit einem Rumsen stieß mein linker Fuß gegen etwas Hartes. Eine Welle des Schmerzes überflutete meinen Fuß und zum zweiten Mal an diesem Abend unterdrückte ich einen Aufschrei. Doch die Welle des Schmerzes wurde zugleich von Erleichterung verdrängt. Ich hatte die Treppe erreicht! Diesmal vorsichtiger als zuvor, tastete ich mich die zehn Stufen hinauf. Die letzte Stufe lag höher wie ihre Vorgänger, etwa kniehoch. Mit den Händen tastete ich vorsichtig danach und hievte mich hinauf. Erleichtert atmete ich ein. Doch schon im nächsten Moment bereute ich mein Handeln und drückte meine Nase in meine Armbeuge. Der ganze Gang war von so einem intensiven Verwesungsgeruch erfüllt, dass ich würgen musste. Der Geruch stieg von meiner Nase hinauf in meinen Kopf und verursachte ein schmerzhaftes Pochen.

Laut hallten die Schritte der Wächter hinter mir wider. Sie kamen immer näher und holten eschreckend schnell auf. Ich musste weiter.

Es war nicht mehr weit bis zur Luke, bis zur Tür in die Freiheit. Hundert Schritte musste ich noch schaffen. Hundert Schritte trennten mich noch vom Ausgang. Ich hielt mir die Nase zu und zwang mich durch den Mund diese widerliche Luft einzuatmen und weiterzugehen. Bedacht setzte ich jeden Schritt, achtete darauf keine Fehler zu machen, mich nicht zu verzählen. Ich lief langsam, zu langsam. Jeder einzelne Schritt schien doppelt so laut in dem Tunnel widerzuhallen. Jedes

Platschen, jeder Tropfen, der von der Decke fiel, ließ mich zusammenzucken. Jetzt auf den letzten Metern, jetzt, wo ich mein Ziel näher als in meinen Träumen war, hatte ich mehr Angst als je zuvor geschnappt zu werden. Zu absurd war der bloße Gedanke, dass ich es geschafft haben könnte zu fliehen. Das war einfach so unreal. Doch was sollte ich eigentlich tun, wenn ich es geschafft hatte? Was, wenn ich entkam? Wo sollte ich hin? I Wie sollte es weitergehen?

Ein Geräusch ließ mich zusammen zucken. Unwillkürlich blieb ich stehen. Ich hielt für einen Moment die Luft an. Lauschte. Mein Herz klopfte viel zu laut, so laut, dass die Wächter es sicher schlagen hören konnten. Es müssten zehn oder zwanzig Sekunden vergangen sein, ehe ich es wagte mich zu regen. Ich hatte nichts mehr gehört. Keine Schritte, die sich näherten, keine Atemgeräusche - nichts. Was ich gehört hatte, war sicher nur das Echo meiner eigenen Schritte gewesen. 37 Schritte trennten mich noch vom Ausgang.

Mit einem natürlich lauten Planschen landete ein kleiner Wassertropfen auf meiner Nase. Erschrocken zuckte ich zusammen. Da war es wieder! Das leise Pochen, welches immer näher zu kommen schien. Auf mich zu! Ein weiteres Pochen gesellte sich zu dem ersten. Es dauerte nicht lange, dann schienen diese beiden unisono. Ein leises, bedrohliches Klopfen in der Ferne. Sie hatten mich gefunden! Diese Erkenntnis traf mich so plötzlich, dass ich einen Moment keine Luft bekam. Das Gefühl, das Verlangen mich hinzusetzen und zu weinen, überkam mich einen kurzen Moment, drohte mich zu bewältigen. Wie konnte ich nur jemals glauben ich könnte es schaffen? Mein ganzer Körper begann zu zittern. Ich rannte los und achtete darauf, dass meine Schritte weder zu kurz noch zu klein waren. 64, 65, 66 …

Ich war zu langsam. Diese Erkenntnis hing über meinem Kopf, wie eine Regenwolke an einem regnerischen Tag. Wie eine stumme Bedrohung, jederzeit bereit ihre Auswirkung zu zeigen.

Meine Atmung ging nur noch stoßweiße, die Angst schnürte mir meine Kehle zu. Das Pochen wurde lauter, es schien den gesamten Tunnel zu erfüllen, von den Wänden widerzuhallen. Ich konnte schon förmlich spüren, wie die Gildesoldaten ihre Hände nach mir ausstreckten, mich schnappten und in eines der Labore des Staatenbundes verfrachteten. Ich würde sterben! Keinen würde es interessieren, keiner würde mich vermissen. Unbekannt. Alleine.

91. Ich hatte es fast geschafft.

92, 93, ich verlangsamte mein Tempo und versuchte dabei meine Schrittlänge nicht zu verändern. Ich konnte sie hören, regelrecht spüren, wie sie immer näher kamen.

98, 99, 100. Ich hatte die Stelle erreicht! Ich blieb stehen, holte tief Luft und streckte mich. Meine Fingerkuppen waren gefroren von der Kälte, welche der Tunnel beherbergte. Ich spürte kaum noch den kalten Stein der Decke. Vorsichtig glitten meine Fingerspitzen darüber. Ich musste mich ein wenig strecken, um besser an die Decke zu gelangen. Die Steine waren kalt und feucht. Es schien, als ob sich kleine Wassertropfen durch die Decke gefressen hatten und diese nun mit ihrer Feuchtigkeit tränkten. Jede Unebenheit, jede Kerbe nahm ich war, doch ich spürte keinen Griff. Die Decke schien keine größere Unebenheit vorzuweisen. Was, wenn ich mich verzählt hatte? Selbst wenn nicht, jeder definiert einen Schritt anders, ich konnte genauso gut zu kleine oder zu große gemacht haben. Frustriert biss ich mir auf die Lippen. Vielleicht hatte ich ja doch etwas übersehen. Konzentriert suchte ich noch einmal die Wand über mir ab. Doch auch diesmal fand ich nichts. Nervös knete ich meine Finger. Ich musste etwas tun, die Zeit lief mir davon.

Ich machte einen Schritt nach vorn, tastete die Decke ab - wieder nichts. Mein Herz schlug immer schneller, mein Puls raste. Meine Hoffnung schwand bei jedem weiteren Schritt, doch ich wollte einfach nicht aufgeben. Wieder glitten meine Hände über die Decke, über die Steine, welche so akkurat aneinander gereiht waren. Plötzlich glitten sie ins Leere. Eine schmale Lücke! Vorsichtig tastete ich mit meinen Händen die Öffnung ab, sie schien groß genug zu sein, um mich durch sie hindurch zu hieven. War das die Falltür? Hoffnung keimte in mir auf. Zwar nur eine zarte, schüchterne Flamme, welche sich noch nicht traute zu leuchten. Ich bewegte mich noch ein Stück nach vorne, sodass ich direkt unter der Lücke stand. Geschickt tasteten meine Hände den Stein ab. Stein. Nichts als Stein. Das konnte doch nicht sein? Hier musste doch der Griff sein! Ein plötzlicher Schmerz durchzog meine Finger, als ich gegen etwas Hartes stieß. Der Griff! Ich ignorierte meine pochenden Finger und griff nach dem alten modrigen Holz.

Das Pochen, die Schritte der Wächter, war schon gespenstig nah und ich rechnete jeden Moment damit von einem Lichtstrahl ihrer Taschenlampe geblendet zu werden. Mit einem kräftigen Ruck zog ich an dem alten Griff. Ächzend löste sich die Tür ein Stück aus ihrer Verankerung. Ich keuchte, die Falltür war schwerer als gedacht! Mit meinem ganzen Gewicht hängte ich mich an die Falltür. Meine Hände schmerzten. Ich nahm noch einmal meine ganze Kraft zusammen und zog. Knarrend löste sich die Tür. Ich sprang ein Stück nach hinten, um die schwankende Tür nicht abzubekommen, und kniff geblendet die Augen zusammen.

Warmes Sonnenlicht fiel durch die Öffnung auf dem Tunnelboden. Das Licht liebkoste meine Haut und legte sich wie ein warmer Schleier über meine Haut, um die Kälte abzuhalten. Es dauerte einen Augenblick, bis sich meine Augen an das Licht gewöhnt hatten, zu lange war ich durch die Dunkelheit gerannt. Die Falltür bestand auf der Innenseite aus Holz, in welche in gleichmäßigen Abständen Kerben eingeschlagen waren. Eine Treppe! Ich stellte mich vor die Falltür, streckte mich und ertastete den Boden des Gebäudes über mir. Ich stützte mich ab und stieg auf die erste Stufe. Die Falltür war relativ stabil und schwankte nur ganz leicht, während ich nach oben kletterte, wie eine Blume, die sanft im Wind wiegt.

EINS

„Es ist schon so eine Sache mit dem Träumen. Jede Nacht schlafen wir und gleiten ohne unsere Kontrolle in die tiefen Ebenen unserer selbst. Keine Kontrolle. Keine Regeln. Fremdgesteuert von unserem Körper."

Ich sahs vor meinem Laptop und starrte den Bildschirm an. Vor Wochen hatte ich mir vorgenommen endlich an meiner Bachelorarbeit zuschreiben, doch bisher hatte ich mich nie dazu aufrappeln können. Während meiner Schulzeit hatte ich es genossen zu schreiben. Ich hatte einen Blog, auf welchem ich immer wieder Rezepte hochgeladen hatte, oder Restaurantbesitzer Interviewte. Doch seitdem ich mit meinem Studium angefangen hatte, fiel mir das Schreiben zusehends schwer. Nicht gerade Vorteilhaft wenn man Literaturwissenschaften studierte. Lustlos spielte ich mit der Maus herum, als plötzlich mein Handy vibrierte. Eine Textnachricht von Henrik, meinem besten Freund. „Heute 16 Uhr im Kupferstecher?" Ich musste lächeln. Unser Stammkaffee seit Jahren. Schon während der Schulzeit hatten wir hier gemeinsam gelernt, wenn wir beide es nicht mehr zu

Hause ausgehalten hatten. Und immer Samstag, verwandelte sich das heimelige Kaffee in einen kleinen Kellerclub, in welchem auch stets unsere Abipartys gefeiert wurden. Henrik und ich wohnten zwar nicht weit voneinander entfernt, doch hier bei uns auf dem Dorf, gab es keine Kaffees, deshalb zogen wir uns immer in die Kleinstadt zurück.

Bis 16 Uhr hatte ich noch ein bisschen Zeit um irgendetwas brauchbares auf meinem Laptop zu tippen. Ich stand auf und ging zu meiner kleinen Tchibo Kaffeemaschine um mir ein einen starken Kaffee herauszulassen. Währenddessen tippte ich Henrik schnell das ich 16 Uhr da sein würde und schaltete mein Handy dann in den Flugmodus. Ich musste mich jetzt wirklich auf meine Arbeit konzentrieren.

Um 16 Uhr betrat ich das kleine Kaffee und sofort wurde ich in die Luftblase aus Kaffeeduft und Stimmen gesogen. An den Steinwänden hingen die verschiedensten Bilder regionaler Künstler. Obwohl es ein normaler Wochentag war, schien das Kaffee proppenvoll zu sein und an jedem Tisch stapelten sich Menschen.

Ich entdeckte meinen rothaarigen Freund an einem der hintersten Tische. Er war tief in die Speisekarte versunken. Ich musste lächeln. Obwohl wir schon seit Jahren in den Kupferstecher gingen und sich die Speisekarte des kleinen Bistros nie geändert hatte, studierte er sie jedes Mal erneut, nur um sich schlussendlich doch das gleiche zu Bestellen. Ich schlängelte mich durch die engen Tischreihen und grüßte hier und da ein bekanntes Gesicht. Alte Klassenkameraden, Freunde meiner Eltern, oder bekannte aus dem Fitnessstudio in der Stadt. Ebersberg war nicht besonders groß und so kannte man die meisten Gesichter. „Heeeey..." ich durchwuselte Henrik die rooten Haare und setzte mich auf den leeren Platz gegenüber von Ihm. Seine goldbraunen Augen strahlten mich freudig an. „Du bist zu spät...mal wieder." Ich holte mein Handy raus und blickte auf den Display. „Zehn Minuten." ich lachte. „Hab keinen Parkplatz gefunden." Nuschelte ich in meinen Schaal, während ich meine Jacke auszog. Wir hatten Mai, dennoch waren die letzten Tage überraschend kalt gewesen und es wehte ein beißender Wind draußen. Eine Kellnerin trat an unseren Tisch und wir bestellten, wie immer Cappuccino und Kürbissuppe. Henrik blickte mich forschend an. „Na, hast du geschrieben, oder deine ganze Zeit wieder mit Netflix verplempert?" Ich zuckte mit den Schultern. „Ein bisschen, aber irgendwie fehlen mir die Ideen und alles klingt so langweilig." Ich nestelte an meiner Fliederfarbenden Serviette herum. Es ärgerte mich, dass ich mit meinem Projekt nicht voran kam. Ich wollte das es gut wurde, ich war darauf angewiesen das ich eine gute Bewertung bekam. Doch bei all meinem Ehrgeiz blockierte ich mich selbst. „Du hast ja noch ein bisschen Zeit, dass wird schon." Henrik der ewige Optimist strahlte so viel Zuversicht aus, dass ich Ihm einfach glauben wollte. Doch ich kannte mich gut genug, wenn ich nicht bald was zu Papier brachte, würde ich den Abgabeschluss verpassen.

Die Kellnerin kam zurück an unseren Tisch und stellte zwei dampfende Teller Kürbissuppe vor uns ab, gefolgt von zwei großen Cappuccino. Die Suppe roch verführerisch nach Kokkus und dem Orangen Gemüse. Automatisch begann mein Magen sich sehnsüchtig zusammen zuziehen.

Während wir aßen erzählte Henrik begeistert von seiner neuen Bastle Idee. Er wollte aus seiner Abstellkammer in seiner, kleinen drei Zimmerwohnung, ein kleines Studio einbauen. Henrik war nicht der typische BWL Student. Er arbeitete nebenher in einer Zimmerei im Dorf und spielte Gitarre. Insgeheim wollte er ein eigenes Album heraus bringen. Doch egal wie sehr ich Ihn dazu ermutigte zumindest kleine Gigs zu spielen, er glaubte immer seine Musik sei nicht gut genug. Doch ich liebte sie. Und ich konnte Ihm und seiner Gitarre stundenlang zuhören.

„Wir können uns ja nachste Woche den Transporter von meinem Chef aus leihen und dann zum..." Plötzlich veränderte sich etwas in dem kleinen Kaffee. Die Lampen flackerten kurz auf. Überrascht schaute ich an die Decke, doch niemand der Gäste schein dies zu bemerken. Auf einmal zog eine kälte an meinen Füßen auf und stieg langsam nach oben. Es fühlte sich an, als würde sie an meinen Beinen meinen Körper nach oben kriechen. Ich schaute Henrik an ob er etwas bemerkte, doch er sprach munter weiter. „...zurzeit gute Angebote. Du hast ja glaub noch frei, dann könnten..."

Wie in Trance stand auf. Der Schaum auf meinen Cappuccino schien sich zu einer bösen Fratze zu verszerren. Ich wusste nicht was mit meinem Körper geschah. Warum war ich aufgestanden? Ich konnte es nicht sagen. Henrik schaute mich erstaunt an. „Ehm Emma, alles okay bei dir? Du siehst so blass aus." Ich spürte wie mein Kopf sich hob und Henrik direkt in seine goldenen Augen blickte, doch ich hatte nicht das Gefühl als würde ich Ihn ansehen. Ohne mein Zutun, kam leben in meine Beine. Ungeschickt drehte sich mein Körper um und bewegte sich von dem kleinen Tisch weg. „Nein, nein, nein.", dachte ich. „Ich will nicht gehen, ich will zurück zu Henrik und meinen Kaffee trinken." Doch mein Körper schien mich nicht zu beachten. Ich steuerte meine Bewegungen nicht, mein Körper schien gegen mich zu arbeiten, mich nicht wahrzunehmen. Mein Herz begann wie wild gegen meinen Brustkorb zu trommeln. Langsam spürte ich Panik in mir hochkriechen. War das so eine Art schlafwandeln? Vieleicht war ich ja kurz eingeschlafen ohne es zu merken? Oder ich Träumte noch!

Mein Körper hatte jetzt die Tür des kleinen Cafés erreicht. Ich sah entsetzt dabei zu wie meine Hand sich langsam nach dem hölzernen Türknauf ausstreckte und Ihn runterdrückte. Ein kalter Wind schlug mir entgegen und zerrte beißend an meinem dünnen Kleid. Meine Jacke hing noch immer über den Stuhl bei Henrik. Doch mein Körper schien die Kälte nicht zu interessieren. Ungeschickt bahnte er sich seinen Weg durch die vollgestopfte Gassen und patschte durch Pfützen. Der kalte Regen lief mir in Rinnsalen mein Gesicht hinab. Doch ich konnte weder blinzeln, noch meine Hand heben um mir meine nassen Haare aus dem Gesicht zu streichen. Was geschah mit mir? Wo wollte ich hin?

Ich bog in eine dunkle Gasse ab, die ich nicht kannte.

Trotz der Straßenlaternen war es dunkel hier. Das Licht schien über mir zu Drohnen, zu fern um mich zu erreichen. Dunkle Tropfen spiegelten sich in dem schwachen Licht. Tosend pfiff der Wind durch den schmalen Gang, leises flüstern in der Nacht. Ich schien eine schmale Straße entlangzugehen, die nicht für den öffentlichen Verkehr freigegeben war. Sie führte zwischen alten Backsteinbauten entlang, deren Wände die Straße begrenzten. Die Fenster u Straße waren mit schweren Brätern zugenagelt und verbargen jeden Blick auf mich. Alles in mir sträubte sich weiterzugehen. Doch ich schien jede Kontrolle über meinen Körper verloren zu haben. Nie im Leben würde ich Freiwillig in so eine Gasse gehen. So sahen Orte aus, an denen die Polizei verweste Leichen fand.

Je weiter ich durch die Gasse ging, desto stärke roch es nach abgestandenen Wasser und weniger nach Abgasen. Ich entfernte mich immer weiter vom belebten Leben der kleinen Stadt und schon bald wehte der Wind nicht mal mehr Stimmfetzen zu mir her. Wie schwarze Schatten zogen die Wände der Fabrikgebäude an mir vorbei, mein Blick war starr auf eine aschgraue Tür gerichtet, die am Ende der finsteren

Gasse lag. Die Welt schien still zu stehen, alles war aus meinem Fokus verschwunden. Alles außer diese Tür. Ich hörte nichts, ich roch nichts. Ich spürte lediglich diese fremde Kraft die meinen Körper immer weiter vorwärts trieb. Und Angst. Sie wuchs immer weiter in mir, kroch meine Beine empor und schien sich um mein Herz zu schlingen, doch selbst se konnte mich nicht lähmen. Ich sah wie meine Hand nach dem Türgriff fasste und geräuschlos schwang diese auf. Vor mir lag nichts außer Dunkelheit. Doch mein Körper schien zu wissen wo er hin musste. Sicher drehte ich mich und ehe ich mich versah ging ich sicheren Schrittes die metallenen Stufen einer Treppe empor.

Ich stand am Rand der Brüstung. Unter mir erstreckte sich der kalte Asphalt. Die Laternen warfen gespenstige Schatten auf den Boden. Es war vollkommen still um mich herum, in dem kleinen Industriegebiet knarzten nur die Gräne im beizendem Wind. Im spürte die kalte Brüstung, die ich mit meinen Händen umklammert hielt. Durch meinen Körper ging ein Ruck und ich spürte wie mein Bein sich langsam auf die Brüstung legte. Meine Hände drückten sich ab und mein Körper schob sich nach oben. Ich wollte über die Brüstung klettern, oder viel mehr mein Körper. Ich versuchte gegen den Drang anzukämpfen, jede Faser meines Körper kämpfte. Doch das schien meinen Körper nicht zu interessieren. Ziel sicher kletterte ich über die Brüstung, jeder tritt saß und ich rutschte nicht einmal von dem nassen Metall ab. Dann stand ich hinter ihr. Locker hielten sich meine Hände fest, ich wollte klammern, doch meine Finger rührten sich keinen Zentimeter. Ich spürte wie mein Kopf sich auf die Brust legte und in die tiefe Blickte. Von hier sah es schrecklich weit bis zum Boden aus. Und Plötzlich wusste ich, warum ich hier stand, warum meine Hände sich nicht an das Geländer klammerte, sondern sich nur locker festhielt. Ich würde springen! Panik schwappte in mir auf und da war wieder dieses Gefühl. Kälte kroch meine Füße hinauf und ich hatte das Gefühl von ihr eingeschlossen zu werden. Ein eiskaltes lachen erfüllte meinen Kopf. Ich schrie, doch kein Ton kam heraus. Wie konnte ich ein Lachen hören, ein Lachen welches nicht zu mir gehörte und nur in meinem Kopf erklang. Dann spürte ich, wie meine Finger sich quälend langsam von der Brüstung lösten. Ich sah nach unten. Ich konnte nichts machen, ich konnte nicht gegen meinen Körper ankämpfen. Ich war wie ein willenloses Opfer, das keinen Einfluss auf ihren Peiniger nehmen konnte. Ich wusste das ich springen würde. Vielleicht hatte ich Glück und würde mir nur meine Beine brechen. Doch das konnte ich mir selbst nicht glauben. Wir waren im fünften Stock, dass konnte ich nicht überleben. Und wenn, würde ich wohl in einem Krankenbett enden. Meine Hände hatten sich komplett gelöst und ich stand frei auf dem kleinen Sims. Dann machte ich einen kleinen Schritt nach vorne. Staub rieselte auf die Straße hinab. Niemand war da. Niemand der mich hätte aufhalten können. Ich war alleine. Morgen würde irgendjemand auf dem Weg zur Arbeit meine Leiche finden. Alle würden denken ich wäre einer dieser junky Teenager gewesen, die im Rausch sich in die Tiefe gestürzt hatte. Niemand würde je erfahren, dass irgendetwas die Beherrschung über meinen Körper übernommen hate. Das ich keine Wahl hatte!

Noch ein Schritt und ich würde in den Tod stürzen. Ich konnte nicht klar denken. Ob es wohl wie in den Filmen war? Das dass Leben an einem Vorbeizieht, bis man auf dem harten Asphalt aufkam? Dann hob sich mein linkes Bein und schob sich nach vorne, Ich versuchte mein Gleichgewicht nach hinten zu verlagern, doch mein Körper hörte nicht auf mich. Ich spürte das nichts unter mir. Mein Oberkörper lehnte sich nach vorne.

Ich konnte nicht einmal die Augenschließen. Und dann viel ich.

Plötzlich packte mich etwas am rechten Oberarm. Ein knacksen ertönte, gefolgt von einem brennendem schmerz. Tränen schossen mir in die Augen. Erschrocken wollte ich nach oben Blicken, doch mein Körper hing steif an meinem Oberarm hinab. Ein stechender Schmerz durchfuhr meinen Arm wie tausende von Nadelstichen und ich wünschte mir nichts sehnlicher, als das endlich aufhörte. Starr blickte ich gerade aus in die Dunkelheit, fast als wäre mein Körper erbost, das er noch immer lebte und nicht schon Tod auf dem kalten Asphalt lag. „Bitte..."flüsterte ich immer wieder in meinem Kopf. „Rette mich."

Mit einem Ruck wurde ich nach oben gezogen, als hätte mein Retter meine Gebete erhört. Schlaf hing mein Körper über der Brüstung, als mich sanfte Hände auf den kalten Boden legten. Kaum berührte mein Körper den kalten Boden, durchfuhr mich ein zucken. Ich keuchte auf und setzte mich ruckartig auf. Panisch schnappte ich immer wieder nach Luft und presste meine Hände gegen die Brust. Ich konnte mich wieder bewegen! Ich hatte die Kontrolle über meinen Körper wieder gewonnen. Dicke Tränen kullerten über meine Wangen und ich bebte vor Schluchzern. „Hey, jetzt ist alles gut!" Ich spürte einen Arm um meine Schulter und eine freundliche weibliche Stimme sprach auf mich ein. Ich schaute auf, und blickte in die Augen meines Retters. Ein Stück von mir entfernt stand ein junger Mann. Er war groß und ganz in dunkel gekleidet, eisblondes Haar wehte ihm leicht ins Gesicht und umspielte seine hohen Wangenknochen. Seine blauen Augen musterten mich interessiert. „Das war ganzschön knapp, Leiko.!" sagte er, dann strich er sanft über die schneide eines Messer und steckte es in seine Jackentasche. „Wer seit ihr?2 fragte ich immer noch nach Luft schnappend. „Was ist mit mir passiert?"

Ich wand meinen Kopf zu der Frau, welche noch immer einen Arm beruhigend um mich gelegt hatte. Sie hatte dunkle Haare und feine Gesichtszüge. Auch sie erinnerte mich auf bizarre Weiße an einen Engel. Was wahrscheinlich daran lag, dass die Beiden mich gerettet hatten. Sie war, ebenso wie der Blonde, trug sie dunkle Ledersachen. „Nicht hier..." setzte Sie an, doch wurde von dem Blonden unterbrochen. „Ein Daimon hat dich besessen und wollte deinen Tod." sagte er belanglos und blickte an mir vorbei. „Was...?" Ich starten den Blonden ungläubig an. „Dray!" zischte die Frau böse und funkelte Ihn an. Plötzlich ertönten Schritte hinter uns und die Tür zum Turm wurde aufgestoßen. „Emma! Oh Gott zum Glück geht's dir gut!" Ich drehte mich um. Henrik kam auf mich zu gerannt und schloss mich in seine Arme. Selten war ich so froh gewesen meinen Freund zu sehen. Ich klammerte mich an seinem Hemd fest und musste schluchzen: „Hen… Henrik ich weiß nicht…" ersuchte ich zwischen Schluchzern hervor zu bringen, doch Henrik strich mir beruhigend über den Kopf. „Jetzt ist alles gut, du bist in Sicherheit!" Erneut ertönten Schritte auf der Treppe und mit einem Schlag ging die Tür auf. „Sorry Leute, er ließ sich nicht aufhalten." Über Henriks Schulter erkannte ich einen kleineren Mann, der wie die anderen Beiden um die Zwanzig war. Er hatte dunkle Locken und erinnerte mich an Jet aus High School Musical. Erschrocken stellte ich fest, dass er in seiner Hand ein langes Schwert schwang. „Wer sind diese Leute?" flüsterte ich ängstlich in Henriks Ohr. Sie hatten mich zwar gerettet, aber ihr bizarrer Eindruck verunsicherte mich. Die junge Frau war mittlerweile aufgestanden und hatte sich zwischen die beiden Männer gestellt. Sie waren alle dunkel Gekleidet und trugen schwere Boots. Ihre Gesichter waren von Kapuzen teilweiße bedeckt, so das man Ihre Züge nicht genau deuten konnte. Doch was mich am meisten verunsichert war, das sie mit mittelalterlichen Waffen bewaffnet waren. Sie alle trugen Schwerter, oder Schusswaffen bei sich, die ich nur aus Serien kannte.

„Keine Ahnung." antwortete Henrik, doch er schien sich auch nicht sonderlich für Ihr aussehen zu Interessieren.

„Warum zur Hölle wolltest du springen Emma!" fuhr mein Freund mich plötzlich an. Ich fuhr unwillkürlich zusammen und löste mich aus seiner Umarmung. „Ich… ich wollte nicht springen! Irgendwie hat mein Körper das alles von..." „Sie gehört erstmal untersucht!" fuhr der Blonde, die Frau hatte Ihn Dray genannt, dazwischen. „Ich habe Ihre Schulter nicht gerade sanft angepackt, wir lassen unseren Arzt drüber schauen." Henrik drehte sich um und musterte die drei mit zusammengekniffenen Augen. „Euren Arzt? Warum sollte sie mit euch mitkommen!" fuhr Henrik die Drei böse an. „Weil wir ihr helfen können." erwiderte Dray trocken und strich sich eine blonde Strähne aus dem Gesicht. „Sie geht nirgendswo hin! Das Ihr sie gerettet hat war echt mega nett, danke! Aber jetzt bin ich da." er wand sich an mich. „ich bring dich ins Krankenhaus. Vielleicht arbeitet ja deine Tante Sam?" Doch ich schaute unverwandt die Drei an. Irgendetwas an Ihnen war anders, ich wusste nicht was, doch sie strahlten etwas aus, das mich anzog. Sie erinnerten mich an etwas. Etwas das ich weder deuten, noch einordnen konnte. Doch ich wusste das sie mir helfen würden. Außerdem war ich neugierig auf die Drei fremden, die wie aus dem nichts aufgetaucht waren und mich vor dem sicheren Tod gerettet hatten.

„Was sind Daimons?" fragte ich, „So etwas wie Dämonen?" Der Typ mit den langen schwarzen Haaren entblößte weiße Zähne und grinste. „Doch kein dummes Blondchen." stellte er fest.

„Das klären wir nachdem du untersucht wurdest!" sagte die Frau mit fester Stimme und schaute den dunklen Treppenaufgang hinunter.

„Wir sollten langsam verschwinden."

Leises murmeln ertönte von unten. Ich rappelte mich vorsichtig auf. Mein Arm hing schlaff herab und brannte. Ich fühlte mich unglaublich schwach. Jede Faser meines Körpers schien ausgetrocknet, regelrecht verbrannt. Doch meine Gedanken kreisten unentwegt. Was zur Hölle ist mit mir passiert? Und was waren das für Leute? Und da war noch diese Angst, dieser kleine Keim der zu wachsen drohte, was wenn ich verrückt war? Wenn ich irgendeine Psychose hatte, oder ich mich bald nicht mehr kontrollieren konnte? Und ohne eine vernünftige Erklärung dafür zu haben, hatte ich das Gefühl das diese komischen Leute mir Antworten geben könnten. Und hoffentlich auch helfen. Automatisch suchten meinen Augen die von Henrik und hielten seinen Blick fest. Ich konnte sehen das in ihm die Emotionen lodern, seine Sorge um mich. Er würde nicht begeistert sein von meinem Vorschlag, so viel war sicher. „Henrik, ich…" Ich schluckte, um den Großen Kloß in meinem Hals los zu werden, was mir jedoch nicht gelang. Also straffte ich lediglich die Schultern und schaute ihm fest in die Augen. „Ich werde mit ihnen mitgehen. Das ist gut, glaube ich. Schließlich sind sie extra gekommen um mir zu helfen." „Em," Henrik schaute mich liebevoll an und griff nach meiner Hand. Die Wärme seiner Haut jagte einen wohligen Schauer durch meinen Körper.

„Ich hab keine Ahnung was heute Nascht passiert ist und ich verstehe das du Angst hast und unglaublich verwirrt bist. Ich meine ich weiß selbst nicht mal was heute Abend los war. Aber es ist keine Lösung mit irgendwelchen Fremden mitzugehen. Wir gehen in die Notaufnahme und lassen dich durchchecken und danach holen wir uns eine Pizza, okay?"

Ich musste lächeln, trotzdem schüttelte ich den Kopf.

„Nein, ich muss das machen. Ich denke…"

Weiter kam ich nicht, den der große Blonde mit den unglaublich blauen Augen trat zwischen uns. „Wir haben für euer Kindergarten keine Zeit. Du bewegst deinen Arsch jetzt da runter und kommst mit uns mit. Was du Rotschopf machst ist mir eigentlich vollkommen egal, aber steh mir nicht im Weg rum verstanden?" Und ohne ein weiteres Wort zu sagen packte er mich am Arm und schob mich vor sich her die Treppe runter. Ich konnte noch hören wie die Frau etwas zu Henrik sagte, doch dann waren der Fremde und ich schon im Treppenhaus verschwunden.

Z W E I

Nur am Rande nahm ich war wie wir das Treppenhaus hinunterstiegen und den dunklen Weg auf die belebte Hauptstraße. Verschwommen zogen die Menschen an mir vorbei, gedämpft drangen ihre Stimmen an mein Ohr, doch ich konnte ihre Worte nicht verstehen. Ich spürte nichts, außer den starken Griff des Blonden um meinen rechten Oberarm, die kalten Finger die sich in meine Haut bohrten. Ich hatte noch immer nicht das Gefühl her meines Körpers zu sein, doch es war anders wie zuvor. Es fühlte sich nicht so ein als wäre etwas in mir drin, würde mich beherrschen.

Doch die Hände von Dray gaben mir auf eine befremdliche Art und Weiße Sicherheit. Henrik lief dicht hinter mir, fast so als hätte er Angst ich könnte einfach verschwinden. Im Gegensatz zu mir schien er nicht wie betäubt zu sein, ganz im Gegenteil. Seine Stimme überschlug sich mein Reden, was sonst nicht seine Art war und dabei war diese noch einige Oktaven höher. „Ich finde das alles höchst kurios! Das Beste wäre einfach die Polizei zu rufen und euch verrückten nicht zu folgen…" Zeterte er den dunkeläugigen Mann voll. Dieser lief Stummen neben ihm her und schaute stur gerade aus. „Nimm es nicht persönlich, aber das heute Abend war verrückt und Ihr…ich meine wer seit ihr überhaupt? Und warum lauft ihr so rum als sei gerade jemand gestorben? Ist das so eine Emo-Punkband in der ihr spielt? Und was Emma an geht, sie kann nicht klar denken! Würdet ihr sie kennen dann wüstet ihr das sie viel zu schüchtern ist um einfach mit irgendwelchen fremden mitzugehen. Sie ist verwirrt! Und sollte dringend ins Krankenhaus! Wir kreuzten immer wieder Straßen und gingen an beleuchteten Lokalen vorbei. Doch in der Dunkelheit hatte ich schon bald die Orientierung verloren. Wir befanden uns immer noch auf einer relativ belebten Straße an der sich kleine Lokale reihten. Lichterketten erhellten die dunkle Nacht und fröhliches Stimmengewirr lag in der Luft. Ein lauer Wind wehte und wirbelte Bunte Blätter vom Boden auf, dabei trug er den herrlichen Duft von frischer Suppe zu uns herüber. Doch Dray bog scharf nach rechts ab und wechselte die Straßenseite, dabei zog er mich grob mit sich. Ich war so von den kleinen Lokalen abgelegt gewesen, dass ich ihm ungeschickt hinterher stolperte. Darauf bedacht ja nicht das Gleichgewicht zu verlieren und hinzufallen.

Auf der Gegenüberliegenden Straßenseite erstreckte sich ein breiter Weg aus Pflastersteinen gesäumt von dunklen Pfählen der Laternen. Diese erhellten mit schwachen Schein die Nacht und ließen dunkle Schatten auf unseren Gesichtern tanzen.

Wir überquerten die Straße und gingen einige Meter an den hohen Friedhofsmauern entlang. Außerhalb der Menschenmaßen und der Geschützen Gassen, zog en eisiger

Wind auf. Unbarmherzig peitschte er in unsere Gesichter und fand jeden Schlitz in unserer Kleidung. Fröstelnd rieb ich die Hände aneinander und vergas für einen Moment wo wir waren. Doch schon im nächsten Augenblick wurde ich wieder grob über die Straße gezogen. Überrascht schaute ich auf und stellte fest das wir auf die große Kirche von Ebersberg zuliefen. Sie war eine der ältesten Kirchen im Land und erstreckte ihre hohen Zinnen in den Nachthimmel. Das Tor zu ihr stand wie immer einladend offen. Wir passierten es und liefen über den steinernen Weg in Richtung Kirche. Steine knirschten bei jeden Schritt und durchschnitten die Dunkelheit.

Doch wir gingen nicht durch die große Tür der Kirche, Dray zog mich zielstrebig an ihr vorbei. Ich schaute nach oben, das Mondlicht ließ die Bilder der Glasfenster zum Leben erwachen. Es schien fast als wollten die Bilder mir etwas sagen-mich warnen. Dieser Ort strahlte kälte aus, wie ein eisiges Tuch schien sie über dem Gebäude und den angrenzenden Ländereigen zu liegen. Es gab hier keine Laternen, keine Lichter die die Dunkelheit erhellten. Nur der Mond erhellte die Nacht und schaffte es nicht ihr die Kälte zu nehmen. Ein Schauer lief mir den Rücken hinter und ließ meine Nackenhaare aufstellen. Ein Gedanke pochte in meinem Kopf, dumpf und bedrohlich: Das hier fühlte sich nicht wie eine normale Kirche an. Das war kein Ort, in dessen Schützende Armen man sich sinken lassen konnte. Henrik schien etwas ähnliches zu fühlen, denn seine Aufgeregte Stimme war verstummt. Und so schienen unsere Schritte laut von den Wänden des alten Gebäudes zu dröhnen. Plötzlich bog Dray scharf nach links ab und ich geriet bei dem Versuch ihm zu folgen ins Straucheln. Ich war so in meine Gedanken vertieft gewesen, dass ich den schmalen Spalt im Gebäude nicht bemerkt hatte und wurde so von dem dunkelhaarigen in einen düsteren Gang gezogen. Ehe die Panik darüber, dass ich mit einem Fremden Mann in einem dunklen Gang an einem gruseligen Ort stand, voll ihn mir heran wachsen konnte, war Dray bereits stehen geblieben. Ich konnte nichts erkennen, aber den Geräuschen nach schien er klimpernd einen Schlüssel aus seiner Tasche zu ziehen. Mit einem lauten Klick, der zwischen den steinernen Wänden des Gebäues wiederhallte, schloss Dray eine Tür auf. Knarzend öffnete sie sich und warmes Licht umhüllte uns. „Da wären wir." Ohne sich auch nur einmal nach uns umzudrehen, ging Dray durch den Lichtkegel ins Innere des Gebäudes. Unsicher blieb ich stehen, als ich Henriks warme Hand auf meiner Schulter spüre. „Du musst das nicht machen, wir können einfach umdrehen. Das ist doch völlig krank!" ich drehte meinen Kopf leicht, so das ich meinem Freund in die Augen sehen konnte. Sofort durchströmte mich die vertraute Wärme

, dieses Vertrauen das uns verband und mir immer wieder neue Kraft gab. Stumm schüttelte ich den Kopf und sog noch einmal tief die kalte Nachtluft in meine Lungen, ehe ich Dray in das Licht folgte. Wild blinzelnd versuchte ich zu erkennen wo ich war, „Na endlich!" Zischte Dray genervt. Vor mir tauchte eine Runde Eingangshalle auf. Die Wände waren aus dunklem Stein gemauert, der Boden aus knarzenden Dielen. Ein paar Meter von mir entfernt schwang sich eine hölzerne Diele nach oben. Fackeln schmückten den gesamten Raum und jagten mir einen wohligen Schauer den Rücken hinunter. Doch die Decke zog mich fast magisch an. Wie hypnotisiert schaute ich nach oben: Tausend funkelnde Sterne zierten den dunklen Nachthimmel. Die Malerei schien so echt das ich glaubte, ich könne die Sterne berühren, würde ich nur hoch genug hinauf klettern.

Plötzlich schlossen sich eiskalte Finger um mein Handgelenk und Dray zog mich grob ein Stück hinter sich her. „Jetzt mach schon, hoch mit dir. Ich hab echt noch was anderes vor." Zischte er genervt und lies mich wieder los, als ich ihm ein paar Schritte folgte.

Ich ging dich hinter ihm die hölzerne Treppe hinauf, die bei jedem Schritt ächzte. Es roch stark nach vermoderten Holz und es dauerte einen Moment eh sich meine Naser an den Geruch gewöhnt hatte.

Als wir das Ende der Treppe erreicht hatten, erstreckte sich ein breiter Flur vor uns. Die Wände waren mit dunklen Teppichen verkleidet und auch hier erhellten nur fackeln den Gang. Der Boden war aus großen Steinplatten gepflastert, die im schwachen Licht der Fackeln funkelten. Es gab keine Fenster, nur braune Holztüren die sich in regelmäßigen Abständen Reihten.

Wir bogen nach links ab und gingen die Reihen von Türen ab. Wie viele Zimmer sich hier befinden mussten? Der Anbau dieser Kirche schien riesig zu sein. Ich konnte es mir nicht erklären, doch trotz all dieser Ereignisse heute Nacht, schien dieses Gebäude etwas beruhigendes auszustrahlen. Die Wände beruhigen mich, ließen meinen Puls langsamer werden.

Wir blieben vor einer dunklen Holztür stehen. Eine weiße Kreidezeichnung, ähnlich einem Pentagramm zierte die Tür. Dray klopfte einmal Kräftig und stieß die Tür, ohne auf Antwort zu warten auf. Vor uns lag ein großer dunkler Raum. Fackeln säumten die Wände und ließen Schatten tanzen. Es roch nach Desinfektionsmittel und irgendetwas bitterem das ich nicht einordnen konnte. Der Boden war aus

Stein und wurde von brauner Malerei geziert, allesamt kleine
Pentagramme die sich in ihrem Aussehen unterschieden.
Auf jeder Seite reihten sich kleine gemütliche Betten, die
teilweiße vor unseren Blicken mit dunklen Trennwänden
verborgen waren. Leises Stimmengewirr hallte von den
Wänden wieder und schien von verschieden Stellen zu
kommen. Aus einer Ecke vernahm ich so etwas wie ein
Stöhnen, gefolgt von hastigen Schritten. Der Raum schien so
etwas wie eine Krankenstation zu sein. Ein paar Meter von
uns entfernt Dronte ein dunkler Tresen hinter dem mehrere
Arbeitsplätze zu sein schienen. Eine ältere Frau saß hinter
einem Computerbildschirm und tippte konzentriert etwas auf
ihrer Tastatur. Dray trat vor den massiven Tresen und ich
blieb ein Stück von ihm entfernt stehen. Mein Herz pochte
schmerzhaft gegen meinen Brustkorb, während ich die ältere
Frau beobachtete, die nun Interessiert ihren Blick hob. Das
Gesicht der grauhaarigen Frau war von tiefen Falten
durchwoben, die sich wie kleine Straßen ihren Weg bahnten,
doch ihre rehbraunen Augen waren hellwach. Mit zwei roten
Spangen hatte sie versucht ihre wilden dunklen Locken zu
bändigen, dennoch quollen diese Wild unter ihrer grauen
Haube hervor. Wie tausende kleine Spinnenbeine, schoss es
mir durch den Kopf. „Abend Frederike, es gab einen
Zwischenfall mit einem Höllendaimon in der Karl-May
Straße. Ziemlich hartnäckiges Ding, hat sie fast umgebracht,"
mit einer leichten Handbewegung deutete Dray auf mich.
„Scheint eine von uns zu sein. Keine Ahnung wie lange das
Ding schon in ihr drin war." Frederike nickte und tippte
etwas in ihren Computer. „ In Ordnung und der da hinten?"
Erschrocken drehte ich mich um und entdeckte Henrick
leuchtenden Rotschopf. Eine Welle der Erleichterung packte
mich, ich hatte nicht gemerkt das er uns gefolgt war. Er
zwinkerte mir aufmunternd zu, dennoch konnte er die

Anspannung in seinem Gesicht nicht verbergen. Das Ganze war ihm mehr als suspekt und ich konnte es ihm nicht verdenken. Was auch immer das hier war, erinnerte mich zunehmend an eine Sekte. Ich meine, wer hatte schon eine eigene Krankenstation. „Das ist ihr Anhängsel den wir nicht los geworden sind, ein Laiko. Hat ziemlich viel mitbekommen, du weißt was zu tun ist." Frederike nickte nur, wobei eine ihrer wilden Locken vor ihrer Nase im Takt mitwippte. „Gut." Mit einem ächzend hievte sie sich von ihrem schmalen Stuhl, wobei ich das erste Mal ihre Uniform komplett sehen konnte. Ein langes schwarzes Samtkleid umwob ihren rundlichen Körper, wobei die Ärmel spitz zu einer Schlaufe zusammenliefen, welche sie sich auf den Mittelfinger gestülpt hatte. Um das Kleid war eine dunkelgraue Schürze gewickelt hatte. In der Brusttasche schienen sich verschiedene Gegenstände zu verstecken, denn sie war grob ausgebeult. Die ältere Frau trat um den Tresen herum, sie war überraschend klein und schien mir gerade bis zur Brust zu gehen- und ich war schon nicht besonders groß. Nicht umsonst nannte Henrik mich immer Wichtel, wenn ich nicht an die oberen Regale meiner Küche kam. Mit kleinen wankenden Schritten trottete sie an uns vorbei und winkte ungeduldig. „ Komm mit Mädchen und Anhängsel." Und verschwand in die Richtung von der wir gekommen waren. Zielstrebig schien Sie auf eines der betten zuzusteuern. Ohne groß nachzudenken folgte ich der rundlichen Frau. Ich konnte hören wie Henrik dicht hinter mir lief. Wir passiertem drei Vorhänge, ehe Frederike vor einem der schwarzen Vorhänge stehen blieb und ihn schwungvoll zur Seite. Ein normales Krankenhausbett kam zum Vorschein, daneben stand ein kleines Nachtschränkchen aus dunklem Holz. Ach hier erhellten lediglich zwei Fackeln und eine dünne schwarze Kerze auf dem Nachtschränkchen den kleinen

Abschnitt. „ So meine Liebe," Frederike zog die helle Bettdecke zurück und klopfte auf die harte Matratze, „setzt dich. Es kommt gleich jemand um dich zu untersuchen." Dann wand sie sich an Henrik und stellte schroff fest: „Ich denke mal du kannst im Stehen warten." Damit zog sie schwungvoll den Vorhang zu und wir konnten hören wie ihre Schritte langsam verschwanden. Ich saß auf dem Krankenbett und wusste nicht was ich sagen sollte. Gedankenverloren starrte ich auf meine Finger, nur um Henrik nicht in die Augen sehen zu müssen. Ich konnte auch so schon seinen vorwurfsvollen Blick spüren. Ja er machte sich Sorgen um mich, dass war ganz klar schließlich war er mein bester Freund. Doch ich wusste das er das hier für einen Fehler hielt und das konnte ich ihm nicht verübeln. Wäre es umgedreht würde ich ihn auch für vollkommen bescheuert halten! Aber das heute Nacht, dass was mit mir passiert war hat sich nicht normal angefühlt! Ich kann es nicht erklären, ich hatte keine Beweise dafür das es sich nicht um irgendein psychisches Problem handelte und ich konnte niemanden beweisen das ich nicht verrückt wurde. Doch diese Leute hier, dass alles schien selbst so seltsam und verrückt zu sein, dass ich einfach hoffte sie könnten mich verstehen. Mehr als jeder Arzt in einem normalen Krankenhaus es könnte. Oder meine Eltern. Ich brauchte Antworten und mein Bauchgefühl sagte mir, dass ich sie hier bekommen würde. Doch wie sollte ich das Henrik erklären? Besagter lehnte sich an die dunkle Steinwand neben meinem Nachtschränkchen und starrte den schwarzen Vorhang an. Ich schaute zu ihm auf. Er sah Besorgt aus, tiefe Ringe hatten sich unter seinen Augen gebildet und gaben seiner hellen Haut eine kränkliche Note. Seine rooten Haare hingen ihm wirr vom Kopf und ich erwischte ihm dabei wie er an seinem kleinen Finger kaute. Das machte er nur wenn er nervös war. Es tat mir unglaublich weh ihn so zu sehen. Ich konnte förmlich sehen wie er überlegte was er tun müsste um mich hier raus zu bekommen. Das er jede Möglichkeit bis ins Detail durchging, so wie er es sonst mit seinen Aufgaben vom Studium machte. Mein Bauch zog sich schmerzhaft zusammen und langsam keimte schlechtes Gewissen in mir auf. „Alles in Ordnung bei dir?" Fragte ich vorsichtig, mehr um die eisige Stille zu durchbrechen, als um die Antwort zu hören- ich kannte sie schon. Henrik lachte trocken auf und schüttelte den Kopf. „Em, was machen wir hier? Du gehörst in ein Krankenhaus und nicht zu irgendeiner Sekte!" Er klang nicht böse sondern fast verzweifelt. Als würde er so langsam wirklich an meiner geistigen Gesundheit zweifeln. „ Ich brauche antworten." Stotterte ich matt und ließ die Schultern schlapp hängen. Dier Antwort würde ihm nicht genügen. Er starrte zur Decke hoch, mied meinen Blick. „Das ist verrückt! Wir müssen hier weg und zwar schnell. Wer weiß was…" Doch Henrik konnte seinen Satz nicht zu Ende bringen, denn in diesem Moment wurde die Abtrennung unwirsch zur Seite gezogen. Ein großgewachsener Mann betrat den Raum. Seine grauen Haare zierten eher spärlich seinen Kopf, während ein umso üppiger schwarzer Umhang seine Schultern umspielte. Wie Frederike war auch er ganz in dunkel gekleidet und bildete kaum einen Kontrast zu seiner dunklen Haut. Einen Moment musterte er mich und Henrik ruhig, eher er mit einem warmen lächeln den Raum erhellte. „ Ihr müsst…" Er zauberte schwungvoll ein Tablet hinter seinem Rücken hervor, entsperrte es und starrte kurz auf seinen Display ehe er fortfuhr: Henrik und Emma sein. Schön euch kennenzulernen! Ich bin Doktor Bernhardt." Erlegte das Tablet auf meinen Nachttisch und wand sich dann wieder an uns. „So zuerst, fehlt euch etwas offensichtlich schlimmes? Klaffende Wunden? Abgetrennte Körperteile?" Er grinste und ich schüttelte lächelnd den Kopf. „Sehr gut, dann würde ich mit dir Anfangen Emma. Henrik? Meine Kollegin wartet im Raum nebenan auf dich, Sie wird dich auch untersuchen. Du warst ja nur Zeuge richtig?" Henrik starrte den Arzt an. „Mir fehlt nichts, ich würde lieber bei Emma bleiben!" Doktor Bernhardts lächelte, doch diesmal erreichte es nicht seine Augen. „Ich schätze es nicht meine Patienten vor anderen zu untersuchen. Und selbst wenn dir nichts fehlt schadet es doch nie die eigene Gesundheit kontrollieren zu lassen, oder nicht?" Henrik funkelte ihn noch immer böse an, doch ehe er erneut wiedersprechen konnte ging ich dazwischen. „Henrik, lass dich doch kurz untersuchen, dann musst du schon nicht auf mich warten. Und sobald ich fertig bin gehen wir, okay?" Ich schaute meinen besten Freund flehend an. Er wich meinen Blick aus. „Na gut, bis gleich." Er ließ es sich nicht entgehen Doktor Bernhardt noch einmal böse anzufunkeln, ehe er den Raum verließ.

„Ganz schön Temperamentvoll dein Freund, nicht wahr?" Doktor Bernhardt machte sich daran den Ärmel meines Kleides hoch zu krempeln und beugte sich dabei zu mir herunter. Er roch stark nach Kräutern und Desinfektionsmittel. „Es war für uns alle eine lange Nacht." Murmelte ich nur. Doktor Bernhardt quittierte mein Gesagtes mit einem nicken und begann dann mich zu untersuchen.

Er legte seine Hand um meinen Oberarm. Ich konnte spüren wie sich um seinen Griff wärme aufbaute und mein Arm zusammengedrückt wurde. Ich spürte mein Herz schlagen und hörte mein Blut durch die Venen rauschen. Erschrocken schaute ich nach unten, doch Dr. Bernhardts Hand ruhte ruhig auf meinem Arm ohne sich zu bewegen. Nach einer Weile wurde der Druck weniger und die Hitze wich einer angenehmen Kühle. „Dein Blutdruck ist etwas erhöht, dass ist nicht ungewöhnlich für das was du heute erlebt hast." Verwundert starrte ich den großgewachsenen Mann an. „Was? Wie haben Sie" Er lachte auf, ein tiefes grollendes Lachen. „Ach ich vergaß. Nun nicht jeder braucht teure Gerätschaften um eine Anamnese durchzuführen." Dr. Bernhardt zwinkerte mir zu und tastete meinen Rücken ab. Nachdem er mich gründlich untersucht hatte, tippte er etwas in sein Tablet ehe er sich an mich Wand. „Gut Emma, dass wars schon. Du hast keine Verletzungen von dem Vorfall von dir getragen. Ich hatte die Befürchtung das du innere Verletzungen haben könntest, doch das konnten wir ausschließen. Dennoch möchte ich dich heute Nacht zur Kontrolle hierbehalten und dir eine Infusion geben." Ich nickte stumm, mein Kopf drehte sich noch immer wie wild. Der Arzt schien das zu merken und fragte besorgt: „Oder fehlt dir noch etwas anders?" Wie konnte ich in Worte fassen was in mir vor ging, wenn sich in meinem Kopf die Gedanken wie auf einer Achterbahn drehten? „Es ist alles so...so viel." Stammelte ich und zuckte kraftlos mit den Schultern. In diesem Moment tauchte Akechetas Kopf hinter dem Vorhang auf und grinste breit wobei seine Zähne gefährlich funkelten. „ Du musst mit mir mitkommen, wenn der Medikus es erlaubt." Dann wand er sich an den dunkle gekleideten Mann. „Bernhardt, sie muss zu Elisaria. Danach kommt Sie aber wieder in den Krankensaal, ist das okay?" Doktor Bernhardt, oder Medikus wie Akecheta ihn nannte, nickte nur und tippte auf seinem Tablet herum. „ Ja kein Problem. Melde dich vorne an der Rezeption wenn du wieder da bist, Emma. Ich möchte bevor du schläfst noch einmal deine Vitalwerte kontrollieren." Damit wand er sich ab und verließ mit flatterndem Umhang den abgetrennten Raum Ich zog den Ärmel meines Kleides herunter, als Akecheta schon ungeduldig mit den Füßen scherrte. „ Mach schon Emma, man lässt Elisaria nicht warten." Ich stand auf und folgte ihm aus dem kleinen Raum. „ Wer ist diese Elisaria? Und warum muss ich zu ihr?" Der Dunkelhaarige stürmte schon in Richtung Ausgang davon, wobei seine Schritte laut von den Steinwänden wiederhalten. „Das wirst du schon sehen. Stell nicht so viele Fragen sondern richte lieber deine Haare ein bisschen, du siehst aus als hättest du einen Geist gesehen!" Er lachte laut auf und hatte in diesem Moment auch schon die Türe des Krankensaals erreicht.

DREI

Akecheta hatte mich einfach vor der dunkeln Flügeltür stehen lassen. Ich starrte unsicher den goldene Totenkopf an, welche wohl als Türklopfer diente. Ich atmete tief durch, dann griff nach dem kalten Metall und schlug zaghaft gegen die Tür. Ein dumpfes dröhnen ertönte, was die ganze Umgebung erfüllen zu schien, dann wurde die Tür plötzlich, wie von einem starken Windstoß aufgestoßen. Der scharfe Geruch von Anis schlug mir entgegen und ich verzog die Nase. Ich betrat das überraschend große Büro von Elisaria. Die Wände waren mit Schieferplatten tapeziert, auf denen mit goldener Farbe Drudenfüße und keltische Symbole ausgezeichnet waren. In einem Regal standen ordentlich aufgereiht Gläser mit hellblauen Flüssigkeiten, in denen Knochen, Köpfe, Hände und Schlangen schwammen. Angewidert schaute ich weg. Ihr Bürotisch war aus schwarzem Holz und stand erhöht am Ende des Raumes. Auch dieser hatte goldenen Beschläge, die sich zu irgendwelchen Symbolen verrenkten. Eine weiße Katze saß auf dem Tisch und starrte mich aus goldenen Augen aufmerksam an. Hinter dem antiken Schreibtisch knisterte ein Feuer im Kamin und verströmte eine warme Atmosphäre in dem düsteren Raum. Elisaria schrieb mit einer Feder auf ihrem IPad, doch als ich eintrat schaute die Frau mich freundlichen. Ihr Kupferrotes Haar schien im Kerzenlicht förmlich zu brennen. Ihre helle Haut war wie meine von Sommersprossen gesprenkelt. Fasziniert musterte ich die zierliche Frau. Es war schwer ihr Alter einzuordnen. Kleine Falten umspielten zwar ihre goldenen Augen, doch ihre Bewegungen, waren die einer jungen Frau.

„ Ah Emma, richtig? Schön das du da bist! Ich schätze du hast eine Menge Fragen, nicht wahr?" Ihre Stimme war zart, melodisch und durchwebte den Raum. Sie lächelte mich so freundlich an, das ein warmer Schauer meinen Rücken durchzog. Sie legte ihr IPad weg und winkte mich zu sich her. Langsam betrat ich das Büro und schloss die Tür hinter mir. Elisarias hatte sich in ihrem Stuhl zurück gelehnt und beobachtete mich aufmerksam. Ich durchquerte den Raum, vorbei an den Gläsern gefüllt mit den komischen Flüssigkeiten und stieg schlussendlich die drei Stufen zu dem Podium herauf. Ich zog den breiten Stuhl mit weinroten Polster vor Elisarias Schreibtisch zurück und lies mich in die schützenden Arme des Stuhls sinken. Nervös nestelte ich an meinen Nägeln herum während ich versuchte die richtigen Worte zu finden. Worte für alles was mir auf der Seele brannte, für das was ich heute gesehen und gefühlt hatte. Doch Elisaria kam mir zuvor. „ Schön dich kennen zu lernen, Emma. Mein Name ist Elisaria Weide, aber alle nennen mich nur Elisaria wie du bestimmt schon mitbekommen hast." Sie zwinkerte mir zu, dann deutete sie auf die Katze. „ Und das ist mein treuer Begleiter Luna." Sie streckte ihre Hand aus und begann mit langsamen Bewegungen das schneeweiße Fell der Katze zu streicheln, welche genüsslich schnurrte. „ Emma ich kann mir vorstellen das du unglaublich viele Fragen hast. Die darfst du mir auch alle stellen, dafür bist du hier. Doch was hältst du davon, wenn ich dir erstmal ein paar Grundlegende Dinge erkläre und du zuhörst. Die ein oder andere Frage wird sich dadurch sicherlich klären und ein paar Fragen werden dazu kommen. Wäre dir das Recht?" Ihre goldenen Augen schauten mich durchdringend an, fast als würden sie bis zu meiner Seele sehen können. Ich nickte. „ Ja das klingt gut."

„Also gut." Elisaria holte Luft und schien ein letztes Mal ihre Gedanken zu ordnen, ehe sie anfing zu erzählen. „Das alles hier hat viel mit der menschlichen Psyche zu tun. Es gab nur wenige Psychologen, welche den Einblick in mehrere Welten hatten. Sigmund Freud gehörte dazu." Sie strich Luna über den Rücken. „Unsere menschliche Psyche ist komplex, doch eine Sache ist als Kern in ihr verankert. Der Mensch glaubt immer das es nichts gibt, dass über ihn stehen könnte, dass es nichts gibt, dass er nicht beeinflussen kann." „Aber was ist mit Gott? Ich meine die Menschen glauben doch an den Teufel und an Gott. Und die stehen ja schon irgendwie über einen, oder?" warf ich verwundert ein. „Doch die Menschen glauben, dass sie durch beten und mit einem frommem Leben sowohl auf den Teufel als auch auf Gott Einfluss nehmen können, oder etwa nicht?" sie lächelte. „Alles andere wird verdrängt. Alles was nicht in die eigene individuelle Welt passt. Jeder von uns hat sich eine Welt konstruiert, die eigene Realität. Und in der Realität der Menschen ist kein Platz für eine andere Realität als die eigens Konstruierte. Sigmund Freud hat schon erkannt das etwas in uns lebt, etwas Gutes und etwas Böses. Er nannte es zwei Triebe: die Libido, dem

Streben nach dem Leben und dem Todestrieb, der Destrudo. Diese zwei stehen in einem ständigen Konflikt miteinander, ein ständiger Kampf. Und der stärkere Trieb gewinnt schlussendlich. Natürlich geht es dabei nicht immer um Leben oder Tod im wörtlichen Sinn- vielmehr um unsere mentale Einstellung. Doch was er nicht verstanden hat, oder vielmehr sein menschliches Gehirn nicht begreifen konnte ist, das es keine Triebe sind die da in uns Hausen." Sie stand auf und ging zu einem kleinen Regal vor dem großen Fenster, auf dem mehrere Gasflaschen standen. Sie zauberte zwei Gläser hervor und füllte sie mit einer klaren Flüssigkeit. Elegant schlängelte sie sich an Luna vorbei, welche aufgestanden war und sich genüsslich streckte. Dan stellte sie die zwei Gläser vor uns beiden ab. Etwas schwarzes schwamm darin. „Was ist das?" Ich versuchte nicht allzu angewidert auf das Getränk zu gucken. „Nicht fragen sondern trinken!" Lena hob ihr Glaß und stieß gegen meines „Auf Satan!" Dann leerte sie das Glaß in einem Zug, ohne das Gesicht zu verzerren. „Ach das hab ich gebraucht!" zufrieden lehnte sie sich in ihrem Stuhl zurück, der protestierend knarzte. Ich gab mir einen Ruck hob das Glaß und schüttete die Flüssigkeit in einen Zug in meinen Rachen. Ich verzerrte das Gesicht. Der Schnaps schmeckte unglaublich bitter und nach Moos. Ich wollte schon angewidert Husten, als sich der Geschmack plötzlich veränderte. Sanftes Schokoladenaroma, vermischte sich mit Vanille und Himbeere. Überrascht schaute ich Lena an. „Was...?" „Blutwurzel schnaps!" Sie grinste. „Für Menschen schmeckt er einfach nur nach billigem Jägermeister, aber nicht für Pugnator und Magier" Meine Gesichtszüge englitten mir. „Bitte was?" Um mich herum begann sich alles sanft zu drehen. Ich wusste nicht ob es vom Schnaps kam, oder weil mein Gehirn immer neue Informationen bekam, die es nicht einordnen konnte. „Aber was war dieses Glühen? Ich hatte das Gefühl zu leuchten!" er Schnaps hatte scheinbar meine Zunge gelöst und so sprudelte das Erlebte nur so aus mir heraus. „ Du gehst auf keine Details an, du umschreibst nur irgendwelche Dinge die zwischen Himmel und Erde stehen!" Die Frau nickte ruhig und deutet dann auf meinen linken Arm. „Krempel dein Kleid hoch." Verdutzt folgte ich ihrer Anweisung. Sie griff nach meinem Handgelenk und streckte meinen Arm aus. Sie strich mit ihren dünnen Fingern meinen Arm hoch und blieb kurz über der Armbeuge stehen. „Siehst du diese drei Muttermale die wie so ein Dreieck zusammenstehen?" Ich schaute nach unten und tatsächlich zeichneten sich dort drei kleine Leberflecke in einem schrägen Dreieck zusammen ab. „Das ist ein sogenanntes Hexenmahl." Erschrocken schaute ich Elisaria an. „Ein Hexenmahl?" „ Scheinbar bist du eine Hexe." Elisaria lächelte mich warm an. „ So wie ich." „Ich bin was?! Spinnst du!?" Geschockt starrte ich die ältere Frau an. Suchte in ihrem Gesicht nach einem Anzeichen das sie mich veralberte, dass das alles nur ein Witz war. Tatsächlich kräuselten sich ihre rot bemalten Lippen zu einem Lächeln, doch sie schien nicht über mich zu lachen. Meine Gedanken kreisten, versuchten das gehörte irgendwie einzuordnen, zu verstehen, doch das Karussell wollte nicht enden. „Je näher das Hexenmahl an deinem Herzen ist, desto enger ist deine Linie mit den Ursprünglichen Hexen verwand. Die linke Seite deutet auf eine reine Blutlinie hin, also das in jeder Generation deiner Ahnenreihe eine Hexe vorkam. Die rechte Seite deutet darauf hin, dass immer wieder reine Menschenlinien in deiner Ahnenreihe vorkommen." Erklärte Elisaria ruhig und schaute mich dabei prüfend an. Das Glühen, dass du gesehen hast," „Ich hab geleuchtet!" Unterbrach ich Elisaria wünscht. Ich hatte nicht nur etwas gesehen, ich hatte es gespürt und ich wollte das Elisaria das begriff. Sie nickte knapp und fuhr dann mit ihrer meloden Stimme ruhig fort. „ Dein Leuchten ist nichts anderes wie Magie. Du hast nie gelernt deine Magie zu kontrollieren und zu lokalisieren. In einer Stresssituation wie vorhin bei dem Pugnator Angriff versucht deine Magie aus dir auszubrechen, das dunkle zu bekämpfen. Das ist nichts schlechtes, doch vollkommen unnütz wenn man nicht gelernt hat mit dieser Magie umzugehen. Und dann passiert genau das, was du vorhin gesehen hast -du beginnst zu leuchten. Deine überschüssige Magie muss irgendwie verbraucht werden, wie Energie, und wandelt sich in Licht um. Wenn du gelernt hast deine Magie zu kontrollieren, kannst du diese gezielt einsetzen, dann leuchtest du auch nicht mehr." „Brauch ich für sowas nicht einen Zauberstab?" Elisaria lächelte und schüttelte den Kopf. „Nicht unbedingt, aber er schadet auch nicht. Jungen Magiern hilft der Stab die Magie zu lokalisieren, so dass sie in deine Hand und anschließend in den Stab läuft um sie dann auf jemanden oder einen Gegenstand zu richten. Er ist nichts anderes wie ein Leiter, mit etwas Übung brauchst du ihn aber nicht." Ich versuchte tief durchzuatmen und meine kreisende Gedanken zu beruhigen, doch vergeblich. Mir war schwindelig und ich war mir nicht sicher ob mir hier gerade etwas unglaublich tolles erzählt wurde, von einer Welt in der Magie Platz hatte. So wie ich es mir als Kind immer gewünscht hatte oder ob sich jemand einen üblen Scherz mit mir erlaubte. Ich durfte, nein ich konnte mir noch kein Urteil bilden. Ich musste noch mehr wissen um das alles irgendwie verstehen zu können. Ich brauchte Beweise, Beweise die über meinen eigenen Verstand hinaus gingen. Noch immer lauerte in mir die Sorge, dass ich vielleicht doch einfach halluziniert hatte und langsam verrückt wurde. „ Aber was war das vorhin? Irgendetwas hat doch von mir Besitz ergriffen und meinen

Körper beherrscht. Ich konnte mich nicht mehr selber steuern! War das irgendein Nervengift oder," ich schluckte schwer. Ich hatte keine Angst den Gedanken auszusprechen der schon die ganze Zeit durch meinen Kopf geisterte, sondern ich fürchtete mich vor der Antwort. „ …oder werde ich langsam verrückt?" Elisaria schaute mich ernst an. „Das was hier passiert ist verrückt, aber das bedeutet nicht das du verrückt wirst. Du hast Recht, du wurdest von etwas heimgesucht. Dein Körper wurde besessen und beherrscht von einem Daimon!" Mein Kopf drehte sich und ich hatte das Gefühl nur die Hälfte verstehen zu können. „Daimons. Das ist das was mich beherrscht hat?" mein Herz pochte wie Wild gegen meine Brust. Elisaria nickte. „Sind das sowas wie Dämonen." „Richtig Emma. Doch das Wort Dämon stammt von Menschen. Daimon ist der korrekte Name, den Satan seinen Untergebenen gab." „Warum hat er mich heimgesucht? Warum gerade mich?" Meine Hände zitterten und nervös nestelte ich an der kleinen Kette um meinen Hals herum. Die rothaarige seufzte und biss sich auf die Lippe. „Prinzipiell kann jeder Mensch von einem Daimon heimgesucht werden." „Aber dann müssen wir doch alle Menschen warnen! Wenn in jeder von Dämonen heimgesucht werden kann! Wir müssen alle lernen uns zu schützen!" Besorgt dachte ich an Henrik und meine Familie. Ich hatte am eigenen Leib gespürt was sie ausrichten konnten. Ich wollte nicht dass das jemand andres erleben musste.

„Daimons sind nicht ausschließlich böse. Menschen sprechen oft von Schutzengeln und Daimons sind nichts anderes. Daimon oder auch Dämon ist ein Überbegriff für nicht sterbliche Wesen. Wesen die sich materialisieren und von anderen Lebewesen Besitz ergreifen können. Doch sie sind nichts weiter als Schattenwesen. Ob sie gut oder böse sind ist abhängig ob sie von Satans geschaffen wurden, oder göttlicher Natur sind." Ihre langen Finger hatten das leere Schnapsglas umgriffen und schwenkten es hin und her. „ Ein Daimon wandelt nicht einfach so auf die Erde und ergreift Besitz von irgendwelchen Menschen. Er muss von eine Hexe oder einem Hexer beschworen werden. In seltenen Fällen geht bei so einer Beschwörung etwas schief, ein Daimon kann ausbrechen und wandelt frei auf der Erde herum. Dabei kann es natürlich passieren das er wahllos Besitz von irgendwelchen Menschen ergreift, doch glaub mir, dass kommt so gut wie nie vor." Meine Gedanken kreisten sich, ob nun von den konfusen Informationen oder den Schnaps. Dennoch keimte in mir eine böse Befürchtung. „ Das klingt so als würdest du nicht glauben das es Zufall war. Das ich nur zu falsche Zeit am falschen Ort war und der Daimon mich willkürlich ausgewählt hat." Elisaria wich meinen Blick aus, ihre goldenen Augen waren auf die Flasche Blutwurzelsaft gerichtet. Das Feuer schien nun lauter zu knistern, bedrohlicher. „Nein, ich glaube nicht das der Angriff Zufall war. Ein Magier muss diesen Daimon beschworen haben um ihn gezielt auf dich zu hetzen. Der Daimon war aggressiv, lies sich nicht von dir abbringen- das macht kein freier Daimon. Er sucht sich einen unscheinbaren Wirt mit wenigen menschlichen Kontakten und verschwindet, sollte es zu Komplikationen kommen. Es scheint so als hättest du irgendeinen Magier verärgert." Die Rothaarige schien sichtlich mit ihren nächsten Worten zu ringen, ehe sie diese aussprach. „Was mir Sorgen macht ist, ob derjenige es nochmal versuchen wird und wann. Du bist zwar eine Hexe, aber du kannst deine Magie noch nicht kontrollieren und bist einem Angriff so schutzlos ausgeliefert." Ein eiskalter Schauer lief mir den Rücken hinunter.

Du als Hexe hast sowohl göttliches But in dir, als auch das Blut von Satan. Deine Kraft aber, nimmst du aus der Unterwelt. Die Pugnator beten auch zu Satan, genau wie wir reinen Hexen." Ich unterbrach die Hexe. Sie hatte ein Wort genannt das ich noch nie zuvor gehört hatte und das ich in keinen Zusammenhang setzen konnte. Mal davon abgesehen das ich sowieso nur das wenigste von dem verstehen konnte, oder wollte, dass sie sagte. Zu verrückt und fremd klangen ihre Erklärungen. „ Was soll dieser Pugnator Dings sein?" Elisaria nickte wissend, als hätte sie bemerkt das ihre Erklärungen noch zu schwammig für mich waren. „ Nun Satan steht für die Dunkelheit. Die Pugnator, Hexen und Hexenmeister die auf die Jagd spezialisiert wurden, kämpfen gegen die Schatten, aber nicht gegen die Dunkelheit Satans. Denn nicht die Dunkelheit ist es, was dich umbringt -es sind ihre Schatten. Wie bereits gesagt, gibt es leider auch Hexen und Hexenmeister die ihre Magie missbrauchen um Dämonen zu beschwören und damit oft auch unschuldige Menschen anzugreifen. Die Pugnatoren sind so etwas wie Schutzengel, die die Menschen vor diesen Schatten schützen. Deshalb wurdest du auch gestern Nacht gefunden- sie haben den Schatten gespürt der dich Heimgesucht hat." „Aber ich verstehe nicht...," setzte ich an, doch Elisaria unterbrach mich barsch: „ Emma, lass mich doch erstmal alles in Ruhe erklären und dann kannst du Fragen stellen." Sie lächelte mich sanft an. „Wir haben genügend Zeit all deine Fragen zu beantworten, aber alles zu seiner Zeit meine Liebe." Sie seufzte und ihre goldenen Augen fixierten einen Drudenfuß an der Wand hinter mir, dann führ sie langsam fort.

„Problematisch wird es wenn es ein Höllendaimon auf dich abgesehen hat- so wie in deinem Fall. Sie handeln oft aus purer Boshaftigkeit, weil es ihnen Spaß macht, auch wenn ihr Beschwörer ihnen eine Handlung vorschreibt, wenden sie mehr Gewalt wie nötig an. Wenn du von einem Höllendaimon besessen bist, wird dein Überlebenstrieb automatisch abgeschaltet und je nachdem wie stark der Daimon ist, verlierst du die Kontrolle über deinen Körper. Das hats du ja schon am eigenen Leib erfahren müssen. Manche wollen dich umbringen, aber manche wollen auch nur deinen Körper einnehmen um ein Leben auf der Erde führen zu können, unabhängig von der Dauer ihrer Beschwörung." „Heißt das ich muss einen Daimon beschwören damit er auf die Erde kommt?" Elisaria nickte." Ja ganz genau, du kannst nur aus der Hölle in die Welt der Sterblichen kommen, wenn du bei einer Beschwörungszeremonie gerufen wirst. Ähnlich wie beim Gläserrücken. Du hast einen genauen Ablauf an den du dich halten musst und wenn du alles richtig machst und genügend Kraft hast eine Verbindung aufzubauen und aufrechtzuerhalten, kannst du Kontakt zu Geistern der Hölle aufnehmen.

Manchmal kann nur ihr Geist erscheinen, eben wie beim Gläserrücken und kann nichts weiter tun, als deine Kraft zu kanalisieren und Kleinigkeiten zu bewegen, oder Geräusche zu verursachen. Daimons hingegen gelangen dann auf die Erde, könne sich frei bewegen und Besitzt von einem sterblichen Lebewesen ergreifen." „Das heißt jeder kann einfach so einen Daimon beschwören?" fragte ich gebannt, doch Elisaria schüttelte den Kopf. „Es gibt verschiedene Daimons, jeder hat andere Kräfte und manche sind stärker als andere. Es kostet bereits unglaubliche Kraft einen relativ schwachen Daimon heraufzubeschwören und auch das schaffen die meisten nur durch die Unterstützung magischer Symbole. Wie diese Blutsstriche die du hinter dir siehst." Sie deutete auf die Drudenfüße die die dunklen Wände durchzogen. „Eine Beschwörung dauert immer so lange an, bis der Beschwörer den Daimon entlässt, die Aufgabe des Daimon erfüllt ist, oder er stirbt. Stirbt der Beschwörer während er die Beschwörung aufrecht erhält, kann der Daimon sich frei auf der Erde bewegen und tun und lassen was er will." Ich schluckte schwer. „Bedeutet das...das er einfach rumläuft und Besitz von Leuten ergreift?" „Hast du dich noch nie gefragt warum Menschen, die glücklich und gesund wirken, sich plötzlich komplett verändern...oder sich vom Leben verabschieden?" Meine Hände zitterten leicht und mein Herz pochte laut. „Und es gibt keinen besseren Auftragskiller wie einen Daimon, dass nutzen viele aus unseren Reihen aus." Elisaria seufzte schwer und stand auf. „Ich glaube ich brauche noch einen, du auch?" Ich schüttelte nur den Kopf und schaute aus dem Fenster. Elisaria hatte einen Atemberaubenden Ausblick auf die Weinberge. Die warme Herbstsonne küsste die Spitze der Berge und tauchte alles in ein goldenes Licht. In der Ferne erahnte ich einen kleinen Traktor, der sich seinen steilen Weg nach oben Bahnte. Der Ausblick wirkte so vertraut, die ganze Umgebung und trotzdem schien die Welt eine andere Farbe bekommen zu haben. Eine neue Bedeutung. „Deshalb wurde vor vielen Jahrhunderten Institute wie dieses hier gegründet um Satans Kindern beizubringen, wie man Daimons sicher beschwört und für welche Daimons man überhaupt die Kraft hat." Elisarias melodischen Stimme riss mich aus meinen Gedanken. „Warum wurden Beschwörungen nicht einfach verboten?" Sie lachte. „Weil Satans Kinder schlimmer wie jeder Aktivist sind die du kennst! Die lassen sich nichts verbieten! Also blieb uns nur eine Möglichkeit- versuchen Beschwörungen so sicher wie möglich zu machen! Doch wie du siehst funktioniert das nicht so ganz wie wir das wollen." Sie seufzte schwer. „Aber dafür gibt es ja auch Pugnator! Sie

sind Dämonenjäger und sowas wie Friedenswächter" Ich
schaute gedankenverloren auf meine weißen Hände, die von
vielen kleinen Sommersprossen gesprenkelt waren. Das alles
war einfach zu viel um es auf einmal zu verstehen, um
überhaupt zu begreifen was Elisaria gesagt hatte. Es gab
sowas wie Dämonen, ich sollte eine Hexe sein und ein
Daimon hatte mich Besessen! Das klang wie aus einem
schlechten Film und nicht nach dem Leben einer Studentin.
Und schon gar nicht nach meinem Leben! Ich wusste nicht
einmal was das alles zu Bedeuten hatte! Aber ich hatte das
böse Gefühl, das ich nicht so schnell in mein altes Leben
zurückkehren würde.

Elisaria griff nach meiner Hand. Ihre Finger waren
überraschend war und es schien als durchströme mich ihre
Energie. „Elisaria, das ist alles so...so viel! Ich weiß nicht was
ich denken soll. Das ist völlig verrückt!" Ich strich mir mit
meiner freien Hand durchs Haar. „Ich meine, du musst doch
zugeben dass das verrückt klingt, oder?" Die Rothaarige
schaute mich verständnisvoll an. „Allerdings! Und ich denke
für heute ist es erstmal genug. Hats du noch eine Frage die
dir auf der Seele brennt?" Wenn ich ehrlich war hatte ich
noch einen ganzen Stapel Fragen die mir auf der Seele
brannte. Elisaria war zwar unglaublich lieb und
verständnisvoll, dennoch ließ mich das Gefühl nicht los, als
wollte sie dieses Gespräch so schnell wie möglich hinter sich
bringen. Doch eine Sache war da noch. „Wann darf ich das
Institut verlassen?" platzte es aus mir heraus. „Meine Eltern
machen sich Sorgen wenn ich mich nicht melde. Und mein
Handy muss ich gestern verloren haben." „Natürlich. Nun
prinzipiell halten wir dich hier nicht gefangen. Aber wie du
bemerkt hast fällt es sogar dir, die am eigenen Leib Kontakt
mit unserer Welt gemacht hat, schwer zu begreifen was hier

vor sich geht. Du solltest also niemand Außenstehenden davon erzählen. Des Weiteren bist du eine Hexe. Du hast Kräfte in dir die du erstmal kennenlernen musst. Außerdem wissen wir nicht wer diesen Daimon auf dich gehetzt hat und ob es der Letzte war. Emma, du darfst deine Kräfte nicht unterschätzen! Wenn Hexen ihre Kräfte nicht kontrollieren können, wird die Magie für andere sichtbar werden- denk an dein leuchten. Ich weiß nicht warum du bis jetzt unerkannt geblieben bist, aber was auch immer dich geschützt hat ist vorüber. Wenn du deine Familie und Freunde nicht in Gefahr bringen willst, solltest du Abstand halten. Zumindest so lange bis wir wissen wer dich angreife wollte und du dich selbst und deine Familie beschützten kannst. Auch wenn das unglaublich schwer sein muss!" Ich schaute traurig aus dem Fenster. Plötzlich schien die Sonne gar nicht mehr so warm zu scheinen, sondern verströmte ein kaltes Licht. Ich fühlte mich so schrecklich alleine, wie seit langem nicht mehr. „Und bedenke mein Liebes, du darfst auf keinen Fall außerhalb des Instituts schlafen! Im Schlaf bist du noch angreifbarer, als wenn du bei vollem Bewusstsein bist! Glaub mir, indem du Abstand von deinen Angehörigen hältst schützt du sie mehr, als du jetzt denkst." Ich glaubte nicht das Elisaria verstehen konnte was ich gerade durchmachte. Ich wäre fast gestorben weil ein Daimon mich besessen hatte, ich erfahre das der ganze Übernatürliche Mist aus Filmen echt ist und dann darf ich keinen Kontakt zu meiner Familie und Henrik haben. Klingt echt super! Ich wollte mehr Antworten, mehr wissen. Elisaria konnte mich nicht schon gehen lassen.

„Was genau macht ihr hier? Was ist das für ein Ort? Und was ist mit Henrik! Er hat gesehen was mit mir passiert ist und er ist im Institut, was ist mit ihm?" Elisaria überspielte meinen Ausbruch gekonnt und fuhr ruhig fort: „Die Aufgabe unseres

Instituts ist es ein Rückzugsort für die Diener Satans zu schaffen, ein Ort an dem sie Magie praktizieren können und Schutz finden. Wir sind so etwas wie eine Satanische Kirche, aber auch eine Art Lehreinrichtung. Hexen und Hexenmeister besitzen eine unglaubliche Macht, dennoch haben sie schon immer Schutz gebraucht. Hier können wir nicht nur zu unserem Herren Satan beten und Kraft tanken, wir wollen unser Wissen weiter geben und unsere Kräfte stärken. Doch auch wir brauchen einen Rahmen um unter und mit den Menschen leben zu können. Deshalb kommen wir hier zusammen und stellen Regeln auf und Bestrafen."

Sie deutete auf mich. „Jede Hexe und jeder Hexenmeister hat eine Affinität die das Maximum aus seinen Kräften holt. Die Pugnator sind Jäger und sorgen dafür das die Regeln eingehalten werden. Doch nicht jeder von uns ist ein Jäger, machen liegt die Heilmagie, anderen Dunkle- oder Naturmagie. Das muss jede Hexe und jeder Hexenmeister für sich selber herausfinden. Das Lebens als Kind Satans ist nicht leicht, du musst lernen zu kämpfen, brauchst die Grundlage schwarzer Medizin. Das alles kannst du hier lernen. Und deshalb hab ich dich in die Liste für ein paar Kurse eingetragen. Ich denke es tut dir gut mehr über unsere Welt zu erfahren und über dich selbst. Schlussendlich musst zu überleben ,musst zu ein paar Basics lernen, ob du willst oder nicht." Ich starrte sie an, Elisaria sah nicht aus wie die Leiterin eines Instituts oder der Kirche Satans wie sie es nannte. Sie wirkte so zart und ihre flatterndes Blumenkleid ließ eher an eine Marketingleitung erinnern, als an eine Priesterin. Satanistisch hin oder her. „Ich darf also keinen aus meiner Familie sehen und muss verpflichtend an Kursen teilnehmen....das klingt irgendwie nach einer Sekte." Überraschenderweise lachte Elisaria auf. Ihre Lache war hoch, fast quietschend und schien so gar nicht zu der melodischen Stimme zu passen. „Liebes die Kurse sind nicht verpflichtend. Kurse oder Unterwelt, du hast die Wahl." sie grinste amüsiert und entblößte perlweiße Zähne. „Du weißt was passiert wenn ein Daimon besitzt von dir ergriffen hat. Du musst lernen dich selbst zu schützen, denn es wird nicht immer ein Pugnator da sein um dich zu retten." Eine Erinnerung flackerte auf. Ich am Rand des Geländers unter mir nichts als Dunkelheit. Das Gefühl keine Kontrolle über meinen Körper zu haben. Ich spürte wieder diese Panik, diese Verzweiflung die einem die Luftabschnürte.

Ich blinzelte und sah wieder in die goldenen Augen von Elisaria. „Ich will nicht anhängig von irgendjemanden sein! Ich möchte mich selbst schützen." „Gut und das wirst du hier lernen. Aber ich muss dich enttäuschen wenn du glaubst, die Sache seit in ein paar Wochen erledigt. Deswegen..." sie stand auf , ihre hohen Schuhe klackerten auf dem glatten Marmorboden. „solltest du keine Zeit verlieren und sofort anfangen." Sie deutet in Richtung Tür und ich folgte ihr. „Ich habe Gwendolyn gebeten, sie kennst du ja schon von letzter Nacht, dass sie dir alle Unterlagen gibt und dich die nächsten Tage ein bisschen an die Hand nimmt. Als deine Mentorin." Elisaria streckte ihre Hand nach dem eisernen Türgriff aus. „Nimm dir Zeit um das alles zu verarbeiten und sei offen für neues." Sie legte mir eine Hand auf die Schulter. „Dein Leben wird sich grundlegend verändern!" Sie öffnete die Tür vor der bereits Gwendolyn wartete und mich freundlich anlächelte. „Alles gute Emma, sei stark!" Dann schloss sie die Tür, welche mit einem lauten Klicken ins Schloss fiel. Unsicher drehte ich mich zu Gwendolyn um. Fern von Elisarias warmen Kaminfeuer, durchfuhr mich ein kalter Schauer. Das alte Gemäuer verströmte, trotz der warmen Spätsommersonne draußen eine frostige Kälte.

Erwartungsvoll schaute die junge Frau mich an. Ihr dunkler Bob rahmte ihr kantiges Gesicht ein. Mit ihren rot geschminkten Lippen und der olivfarbenen Haut erinnerte sie mich an eine Prinzessin. „Ähm Elisaria sagte du hast Unterlagen für mich und würdest mir alles zeigen?" Unsicher schaute ich sie an. Gwendolyn nickte eifrig und lächelte. „Yes, dass meiste habe ich für dich schon ausgefüllt und auf dein Zimmer gelegt. Hier..." Sie reichte mir ein Tablet auf dem ein Dokument geöffnet war. „ist eine Art Übersichtsplan mit allen Kursen die du belegen solltest. Wir sind hier nicht viele und jeder hat einen anderen Ausbildungsstand! Das wird toll. Die meisten hier sind echt nett. Klar, viele sind ziemlich eigen und haben ein paar seltsame Anwandlungen- aber das darf man nicht so ernst nehmen." Sie schnappte mich am Arm und zog mich mit sich. „Komm, es ist schon spät. Ich bring dich erstmal auf dein Zimmer damit du ein bisschen schlafen kannst und morgen früh hole ich dich ab." Sie spickelte auf ihr Tablet und quietschte dann begeistert auf: „Das wird super! Morgen früh haben wir zusammen einen Kurs und lernen erstmal ein bisschen Anatomie der Magie." „Was, ich dachte wir haben hier nur ein paar praktische Kurse und das wars?" Ich folgte ihr, sie ging zügig und schob sich bei jedem zweiten Schritt ihre Brille zurecht. „Ja, aber eine Wunde von einem Daimon heilst du nicht einfach mit einer Creme. Das erfordert schon ein bisschen mehr. Zumal du auch jede Menge Pflanzen kennen musst und ihre Wirkung. Jede Pflanze wirkt bei jeder Spezies anders! Und ich spreche aus Erfahrung: Wenn du da draußen bist, wirst du meistens Angegriffen und verletzt, wenn du keinen Zugang zu irgendwelchen Medikamenten hast. Das heißt, du solltest wissen welche Pflanzen dir in der Not das Leben retten können! Es ist wirklich sehr interessant, du wirst schon sehen!" Schwärmte sie und wir hielten vor einer Tür.

„Da wären wir. Ich hole dich morgen Früh ab und wir gehen zusammen zum Kurs, die Gänge hier können ein bisschen verwirrend zu Beginn sein. Du kannst dir ja schonmal das Manuskript auf dem Tablet durchlesen, wenn du was zum Einschlafen brauchst."

„Ist das hier so etwas wie eine Schule?" fragte ich die Pugnator ein wenig irritiert. „Betrachte es er als, wie überlebe ich als Kind Satans in einer Welt voller Menschen Feriencamp." „Sind wir nicht alle ein bisschen alt für Feriencamps?" „Ja, aber nicht zu alt um was fürs Leben zu lernen!" Sie zwinkerte mir zu und tippte etwas auf ihren Tablet herum. „Solltet ihr nicht alle auf Pergament und mit rabenfedern schreiben, als auf Tablets?" fragte ich und krallte mich an mein IPad fest. Gwendolyn lachte und schüttelte den Kopf. „Typisch die Harry Potter Generation. Warum auf Technik verzichten nur weil man eine Hexe ist?" Nachdem Gwendolyn verschwunden war, hatte ich vorsichtig die Tür zu meinem Zimmer geöffnet. Vor mir erstreckte sich ein kleiner Raum, gemauert aus grauem Stein. Das Zentrum des Zimmers bildete ein schmales dunkles Himmelbett mit ladender dunkelblauer Bettwäsche gesprenkelt mit hellen Sternen. Ein dunkler Schrank stand gegenüber der Türe, gezimmert aus braunem Holz. Von meinem Bett aus konnte ich aus dem Fenster raus auf die dunklen Weinberge blicken. Doch das eindrucksvollste waren die Kerzen, welche den kompletten Raum umsäumten. Sie brannten und tanzten m dunklen der Nacht und warfen ihre Silhouetten an die Wände. Sie verströmten einen süßen Duft der an Waldbeeren und Zimt erinnerte. Ich konnte mich nicht mehr erinnern wie ich es in die kleine Dusche des angrenzenden Badezimmers geschafft hatte, oder wie ich das weite schwarze Nachthemd aus dem Schrank gefischt und übergestreift hatte. Alles woran ich mich erinnerte war, wie ich mich in die Schützenden arme des Bettes fallen ließ und mich von ihm in den Schlaf tragen zu lassen.

VIER

Schwarze Medizin ist das Gegenteil von Humanmedizin. Es scheint niemanden zu interessieren wie man jemanden operiert oder eine Wunde näht. Vielmehr scheint der Fokus auf Pflanzen zu liegen, die solange gemörsert und mit diversen Flüssigkeiten gemixt werden, bis sie anscheinend jede Form von satanistische Verletzung heilen konnten.

„Hör zu, du musst ein paar Basics können. Daimons verletzten dich sowohl von außen, als auch von innen. Hat ein Daimon sich materialisiert unterscheidet sich seine Verletzung kaum zu einer normalen Verletzung. Kritisch wird es allerding, wenn Daimonblut in dein Blutkreislauf eindringt, es ist giftig und zerfrisst dich langsam von innen. Das hier..." Frau Foster, eine grauhaarige Frau mit opulentem Busen öffnete eine Tube in dem sich ein schwarzes Pulver befand. „Ist Schwarzpulver. Es muss auf die Wunde aufgetragen werden, oder gespritzt werden. Es neutralisiert das Gift und kann dein Leben retten, also merkt dir das."

Ich war bereits den ganzen Morgen in einem Kurs zu der Anatomie der Magie. Gwendolyn hatte ihr Versprechen gehalten und mich in meinem Zimmer mit einem Frühstück, bestehend aus Cappuccino und Brezeln überrascht. Anschließend waren wir zusammen in diesen Kurs gegangen. Unsere Dozentin Frau Foster war eine sympathische ältere Frau die mit Leidenschaft von Magie und ihrer Heilkraft sprach. Ich hatte angenommen das wir mehr sein würden, doch tatsächlich waren wir nur zu fünft in Frau Fosters Kurs.

Sie fühlte etwas in einen kleinen Beutel und warf es mir zu. „hier das ist für euch, steckt es ein und tragt es immer bei euch." Sie warf allen in der Runde einen schwarzen Beutel zu und löste ein munteres Stimmengewirr aus. Ich fing den Beutel auf. Er roch muffig, dennoch steckte ich ihn ein und Band das Bändel an meinem Gürtel fest. „Gut, dann machen wir weiter. Wie viele von euch hatten denn schon einmal Kontakt zu einem Daimon oder wurden sogar schon von einem besessen?" Vorsichtig hob ich die Hand, als einzige in der Runde. „Emma?" „Ich wurde von einem besessen," sagte ich vorsichtig und guckte auf meine Nägel. Doch die Grauhaarige schlug begeistert in die Hände. „Super! Dann ist dir sicher schon aufgefallen, dass wenn du von einem Daimon besessen wirst, er dich von Innen verbrennt. Kein menschlicher Gefäßchirurg der Welt kann diese Wunden heilen. Das können nur Magier und nur Satan weiß wie sie das anstellen..." „So wie bei mir Herr Bernhardt?" „Ganz genau. Aber du kannst zumindest eine kurze Minderung verschaffen, indem du mit dem Blut eines Pugnators auf das Herz des Verletzten ein Pentagramm aufzeichnest und ihm Eisdorn gibst." Sie deutete auf eine hellblaue Flüssigkeit die auf dem Schreibtisch vor ihr stand.

„Damit stirbst du zumindest nicht gleich."

„Hab ich das auch bekommen?" Irritiert starte ich auf die Flüssigkeit, ich konnte mich nicht daran erinnern das mir jemand etwas zu trinken gegeben hatte, geschweige denn mit seinem Blut etwas auf mich gezeichnet hatte. „Ja klar." Sie trat auf mich zu und deutete auf mein Oberteil. „Sieh doch nach?" Unsicher folgte ich ihrem Blick. Ich hatte mich schließlich gestern Abend und heute Morgen umgezogen ohne irgendetwas zu merken. Unsicher spickelte ich in den Ausschnitt meines roten Pullover und starrte erschrocken die feinen Linien ab, die sich über meine linke Brust erstreckten. Sie waren kaum noch zu erkennen so blass schimmerten sie auf meiner Haut, doch Frau Foster hatte Recht behalten. „Aber wie kann es sein das ich mich nicht mehr daran erinnere?" „Weil du noch besessen warst als es passiert ist, du hast warst nicht du selbst, als dich einer der Pugnatoren behandelt hat. Das ist nicht hier geschehen." „Aber...aber warum habe ich eine Narbe wenn das Blut eines andren nur aufgezeichnet wird?" „Das Blut des andern Pugnator muss in deinen Kreislauf übergehen, damit die Kraft des Pugnators deinen Körper bei der Heilung unterstützt. Das geht nur indem dir erst das Pentagramm eingeritzt wird, das Messer getränkt im Blut des anderen." Ich erschauderte und mir wurde flau im Magen. „Aber bekommt man da nicht eine Blutvergiftung oder so? Oder Hepatitis!" Ich wollte gar nicht wissen was für Krankheiten die Leute hier alle hatten, wenn sie solche Experimente mit ihren Blut machten. Und ich hatte keine Lust mit eine Autoimmunkrankheit einzufangen, nur weil ich einer Sekte hilflos ausgeliefert war. Doch Gwendolyn lachte laut auf. „Mach dir mal keine Sorge, wir haben alle die gleiche Blutgruppe, das ist nicht wie bei den Menschen. Fremdes Blut hilft dir immer, vorausgesetzt es stammt von einer Hexe oder einem Pugnator. Natürlich würde ich mir an deiner Stelle nicht einfach so Blut von einem Menschen geben lassen, deren

Krankheiten werden nämlich trotzdem so an dich übertragen. Aber für dich spielt eine Blutgruppe keine Rolle. Da gibt es wirklich anderes um das du dir Gedanken machen musst." Sie grinste verschmitzt, doch dann warf sie mir einen kritischen Blick zu und flüsterte in meine Richtung: „Magst du dir eigentlich nichts aufschreiben oder so? Das was du die nächsten Tage lernst haben wir uns jahrelang angeeignet. Ich glaube kaum das du dir das alles merken kannst." Warf sie ein und zog eine ihrer dunklen Augenbrauen nach oben. Ich holte mein neues Tablet aus der Tasche und folgte ihrem Rat.

Am Nachmittag fand ich mich vor der Bibliothek der Kirche der Nach ein. Gwendolyn, oder Gweny wie ich sie mittlerweile nennen durfte, hatte mich zu einem Kurs über die Kultur und Gesichte dieser Institution angemeldet. Da ich an dieser Veranstaltung ohne ihre Begleitung teilnahm, betrat ich etwas zögerlich die Heiligen Hallen des Wissens. Als ich die schwere Holztür aufgestoßen hatte, wurde ich sofort von einer Hülle der Geborgenheit umschlossen. Staunend betrachtete ich großen Raum der sich vor mir erstreckte: hohe Regale ummantelten ihn, gefüllt von tausender alter Bücher. In der Luft lag der Duft von Feuer, Kaffee, gemischt mit den alten Bücher und einer Note von Zimt. In Mitten des Raumes erstreckte sich ein gigantisches Kuppeldach über dem sich die grauen Herbstwolken türmten und vom nahenden Winter erzählten. Unter der Kuppel waren mehrere Schreibtische aufgestellt worden, hinter denen bereits ein paar Leute Platz genommen hatten. Ein steinerner Kamin brannte am anderen Ende der Bibliothek und umschloss mich immer mehr in seine Umarmung, als ich näher an die Tische trat. An den

Arbeitsplätzen hatten bereits ein halbes Dutzend Teilnehmer Platz genommen. Hauptsächlich jüngere die ich in meinem Alter schätze, aber auch eine Frau mittleren Alters mit grau melierten Haar. In einem großen Ohrensessel vor dem Kamin saß eine ältere Frau, ihr Gesicht war von Falten überseht wie eine Landkarte mit Straßen. Ihre Augen strahlten in einem hellen Grau und Musterten mich aufmerksam, als sie mit rauer Stimme sagte: „Ah unsere letzte Teilnehmerin! Sie sind ein bisschen spät, hopp hopp, nehmen Sie Platz." Die Frau machte eine wirsche Bewegung mit ihrer Hand in Richtung einem der letzten freien Tische. Schnellen Schrittes lief ich auf die Arbeitsplätze zu und quetschte mich auf einen der freien Holzstühle. Das kalte Holz brannte sich unangenehm in meinen Rücken, während ich schnell mein Tablet aus meiner Tasche fischte und auf den Tisch legte. Die ältere Frau stand etwas beschwerliche auf und blickte in die Runde. Ein dunkelblaues Kleid, verziert mit silbernen Sternen umhüllte sie und ließ sie königlich erstrahlen. Ihr silbernes Haar hatte sie zu einer eleganten Hochsteckfrisur gedreht. „Mein Name ist Eleonore Krüger. 1975 bin ich als junge Frau in die Kircher der Nacht gekommen und gebe seit dem Kurse über die Grundlagen und die Gesichte unserer Magie. Ich möchte das ihr zuhört, nachdenkt und erst dann Fragen stellt. Habt ihr das verstanden?" Sie blickte jeden von uns in die Augen, ehe sie sich umdrehte und zurück zu ihrem Ohrensessel ging. Mit einem leichten Seufzer sank sie in den weichen Stoff.

Eleonore Krüger rümpfte ihre spitze Nase und führ fort: „ Magie ist so vielfältig wie die Bedeutung des Wortes selbst. Magie oder auch magh bedeutet sowohl können, als auch zu helfen und das Wort macht. Das umschreibt das was wir sind, das was wir vermögen zu tun tatsächlich ganz gut. Wir haben das Vermögen Geschenkt bekommen die Macht der Natur und die Kraft die zwischen den Welt liegt zu spüren und können sie gezielt benutzen. Ursprünglich wurden unsere Vorfahren auf die Erde gesandt um den Menschen zu helfen." Die ältere Frau lehnte sich in ihrem Sessel zurück und schaute aus einem der großen Fenster nach draußen. Der Wind toste und trommelte gegen die alten Mauern der Kirche. Bunte Blätter vielen von den Bäumen und tanzten durch die Luft. „Doch die Menschen fürchteten sich vor unserer Magie, von unserer Kraft. Und so fing ein Krieg an, den wir teuer bezahlen mussten. Seit der Hexenverbrennung leben wir im Dunkeln, verstecken unsere Magie und nutzen sie um das Gleichgewicht zwischen dem irdischen und der Unterwelt aufrechtzuerhalten."

Ein junger Mann mit wild abstehenden Haaren und einer weißen Strähne hob die Hand: „Was für Formen von Magie gibt es überhaupt?"

„Grundsätzlich gibt es zwei Grundformen der Magie, abhängig von woher der Magie seine Kraft bezieht." Sagte Frau Krüge langsam und machte eine kurze Pause ehe sie fortfuhr. „Die sogenannte Weiße Magie ist die reinste Form der Magie, da sie sich komplett auf die Natur beruft und ihre Energie nur aus ihr zieht. Die Natur strebt nach einem ständigen Gleichgewicht, Magie bringt dieses Gefüge durcheinander. Wenn du eine Kerze zum Leuchten bringst, wird die Natur irgendwo ein Gleichgewicht schaffen und Energie von dem anwendenden Magier abzapfen. Das muss man sich bei jeder Anwendung von Magie klar machen, sie hat ihren Preis." Die Grauhaarige stand auf und ging zu dem großen Fenster neben dem Kamin. Einen Moment schaute sie den Blättern bei ihrem Tanz zu, ehe sie fortfuhr ohne uns anzusehen: „Und dann gibt es noch die dunkle oder schwarze Magie. Sie ist die stärkste Form der Magie und zieht ihr Kraft aus Opfergaben und der Unterwelt, aus dem Chaos. Sie steht im extremen Kontrast zum Gleichgewicht der Natur. Sie macht einen Stärker, aber der Preis ist auch höher. Die Anwender bezahlen entweder mit ihrer Seele oder müssen andere Seelen opfern. Dies Form der Magie steht im Widerspruch zu allem für das wir stehen! Mit ihr hilft man nicht, man schafft Probleme." Langsam hob ich meine Hand und schaute in den grauen Wirbel von Eleonore Krügers Augen: „ Was bedeutet es eine andere Seele zu Opfern?" Ein lächeln durchzuckte die faltigen Lippen der Frau: „ Eine wichtige Frage, Fräulein. Entweder man stirbt selbst nach einem Zauber, oder man lässt ein andres Lebewesen sterben. Für kleinere Zauber reicht es ein Tier zu Opfern, abhängig von der Größe. Für gewaltige Heilzauber muss man aber ein oder zwei Menschenopfern." Ich schluckte schwer : „Aber wer macht sowas?" „Wer gewaltiges Bewegen möchte muss Opfer bringen. Wer seine Menschlichkeit Verloren hat, ist der schwarzen Magie zugetan und da gibt es mehr Magier als du denken magst."

FÜNF

Die nächsten Tag vergingen wie im Flug. Elisaria hatte ihre Vorschriften ein bisschen gelockert und so durfte ich jeden Tag mit meinen Eltern telefonieren. Ihnen hatte ich gesagt das ich mich endlich voll auf meine Bachelorarbeit konzentrierte und mich deshalb ein bisschen rarmachte, ganz nach Elisaria Rat. Doch Henrik wurde mit jeden Tag den ich in der Kirche der Nacht verbrachte ungeduldiger und drängte darauf das ich endlich ging. Er durfte mich im Institut besuchen und verbrachte seit dem jede freie Minute in meinen Zimmer.

In den vergangen Tagen hatte ich viel über mich und das was ich war gelernt. Noch immer konnte ich nicht so ganz verstehen was es bedeuteter eine Hexe zu sein und welche Kräfte ich hatte. Hexen waren so etwas wie Allrounder, die sowohl Kämpfen, als auch Heilen und etwas erschaffen konnten. Ein Pugnator hingegen war nur auf das Kämpfen gepolt und beherrschte ausschließlich einfach Heilzauber. Ich war mir mittlerweile ziemlich sicher nur eine Hexe zu sein. Mich interessierte der Kurs von Frau Foster mit ihren Heilzaubern und Naturheilkunde. Ich hatte einen Einblick in diese Welt bekommen, dennoch hatte ich das Gefühl nur an der Oberfläche zu kratzen.

Und eine Sache hatte sich noch immer nicht geändert: Ich fühlte mich immer noch so schwach und hilflos. Und sobald ich Nachts die Augen schloss um ins Land der Träume zu sinken fühlte ich wieder diese Angst. Diese Gefühl als der Daimon Besitz von mir ergriffen hatte und ich keine Kontrolle über meinen Körper hatte. Der Moment vor dem Abgrund, das Gefühl von Hilflosigkeit das mich übermannte. Ich fühlte mich noch immer nicht stärker. Theoretisch verstand ich mehr von dieser Welt, doch Gwendolyn hatte mir deutlich gemacht das es Jahre brauchte um meine Kräfte zu trainieren. Und das machte mir Angst. Ich wollte zurück in mein altes Leben und wenn es dafür nötig war stärker zu werden wollte ich alles dafür tun. Doch es fühlte sich an als würden mich alle in Watte packen und mir nur irgendwelches Theoretisches Wissen mit auf den Weg geben wollen, ohne das ich es je anwenden konnte. Frustriert lies ich mich auf mein Bett sinken und starrte nach draußen. Es war später Nachmittag und die letzten Sonnenstrahlen küssten die Zinnen der Kirche. Das Herbstlaub der Weinberge funkelte bunt im letzten Licht des Tages. Ich seufzte schwer und schloss die Augen. Warum fühlte ich mich so schlecht, als würde eine dunkle Wolke mich umhüllen. Plötzlich vermisste ich es mit Henrik in unserem Kaffee zu sitzen, ich vermisste meine unbedeutend Probleme und einfach zu meinen Eltern zu fahren. Heiße Tränen stiegen mir in die Augen und vorsichtig löste sich eine, und schien sich in meine Haut zu brennen, als sie langsam meine Wange hinab kullerte. Wütend strich ich sie weg und rappelte mich auf. Ich musste mich zusammenreißen, hier rumzuliegen brachte mich nicht weiter. Und noch ehe ich mich versah trugen mich meine Füße Richtung Küche, ich brauchte dringend einen Kaffee! Der Weg zur Küche war der einzige Weg den ich ohne Probleme fand. Die große Landhausküche befand sich unterhalb der großen Treppe gegenüber der Eingangstüre zur Kirche der

Nacht. Als ich die Türe aufstieß in der Erwartung alleine zu sein, zuckte ich erschrocken zusammen, als ich in die blauen Augen Drays guckte.

„Emma," sagte er mit tiefer Stimme und griff nach einem Apfel, der auf dem großen Tisch in der Mitte des Raumes stand, an dem locker zehn Leute Platz fanden. Ich betrat den großen Raum, warmes Licht erhellte die dunkelbraune Arbeitsplatte auf der sich eine Küchenmaschine, eine Mikrowelle und eine graue Kaffeemaschine reihten. Die braune Arbeitsplatte stellte einen schönen Kontrast du dem olivfarbenen Fronten dar. Zielstrebig ging ich Richtung Kaffeemaschine und wich Drays Blick aus. Ich wusste nicht was es war, vielleicht das er mich in meinem hilflosesten Moment gesehen hatte, doch irgendetwas an ihn verunsicherte mich. Allein seine Anwesenheit schien mich aus dem Konzept zu bringen.

„Na wie laufen deine Kurse?" Der dunkelhaarige lehnte sich an die Kühlschranktür und biss genüsslich in einen Apfel. Ich zuckte mit den Schultern und griff nach dem Kaffeekanne. Vorsichtig goss ich das schwarze Gold in meine Tasse, während der verführerische Duft sich in der gesamten Küche ausbreitete. „Ganz okay denke ich." Wieder blitze das Bild von mir auf, wie ich die dunkle Treppe des Fabrikgebäudes hinauf stieg. „Warum so blass um die Nase?" Ich drehte mich zu Dray um welcher mich verschmitzt angrinste. Mein Bauch zog sich zusammen und kribbelte, doch ich konnte nicht deuten ob er mich aufregte oder ob ich anfing ihn zu mögen. „Ich will stärker werden. Mich verteidigen und endlich hier weg." Flüsterte ich und merkte das meine Hand anfing zu zittern. Schnell nahm ich einen großen Schluck der bitteren Flüssigkeit und genoss das Gefühl von Wärme das sich in mir ausbreitete. „Ich bin mir sicher das wirst du alles noch lernen." Überrascht stellte ich fest das er selbst den Stiehl seines Apfels gegessen hatte und einen Moment starrte ich irritiert auf seinen Mund. Ich riss mich los und schüttelte den Kopf. Dray schien dies als Antwort auf seine Aussage zu deuten den er lachte grollend auf. „Es geht dir nicht schnell genug?" „Ich will nie wieder so hilflos sein, ich will nicht beschützt werden. Ich will stark genug sein um auf mich selbst aufzupassen. Und nicht er irgendwann!" Überraschenderweise schaute Dray mich nicht amüsiert an sondern nickte nur ruhig. „Gut, dann heuet Abend. Wir treffen und um acht Uhr unten an der großen Treppe." Er stieß sich vom Kühlschrank ab und ging Richtung Türe. Irritiert starrte ich Dray an und folgte ihm mit meinem Blick. „Was soll das heißen?" Am Türrahmen angekommen drehte er sich noch einmal um, seine blauen Augen funkelten gefährlich auf: „Heute Nacht lernst du zu kämpfen!" Damit drehte er sich um und war verschwunden. Ich konnte hören, wie seine Schritte langsam leiser wurden, während ich noch immer Dray hinter her guckte. Ein kleines Lächeln stielte sich auf meine Lippen und ich nahm einen großen Schluck heißen Kaffee. Heute Nacht würde ich endlich einen Schritt weiter kommen. Und das erste Mal seit Tagen hatte ich das Gefühl, mein Leben würde nicht nur an mir vorbei ziehen, sondern als hätte ich wider die Zügel in der Hand. Und heute Nacht würde ich lernen es wieder zu lenken.

SECHS

„Ist das so ein Sekten Ding, dass man Nachts auf Friedhöfe geht?" fragte ich, als Dray das schmiedeeiserne Tor mit einem quietschen öffnete. Er warf mir einen genervten Blick von der Seite zu: „Wäre es normal, dass zwei Jugendliche Tagsüber in eine Gruft gehen, wären wir jetzt nicht hier." Er ging voran. Die Grablichter ließen finsteren Schatten auf die Steine projizieren. Es sah aus als würden die Geister in der Nacht tanzen. Unwillkürlich beschleunigte ich meine Schritte, um näher an Dray und seiner Waffe zu sein. Er lachte leise. „Sag bloß du hast Angst." Ich ignorierte ihn und ging stattdessen festen Schrittes neben ihn her und versuchte die Tanzenden Schatten auf den Gräbern zu ignorieren. „Du bist mit dem Nussbaum verbunden. Es ist ganz normal das du Angst hast." Sagte Dray trocken. Verblüfft starrte ich Ihn von der Seite an: „Was soll das schon wieder heißen?"

„Dein Himmelszeichen. Wir, also unsere Kraft ist teilweiße auf die Kelten zurück zu führen. Wir beten zwar Satan an, doch die Kelten haben unserer Kraft das erste Mal einen Rahmen gegeben und Zaubersprüche entwickelt. Und da du Ende

Oktober geboren bist, ist dein Himmelszeichen somit der Nussbaum. Zumindest nach den Mondzeichen der Kelten."

„Und der Nussbaum hat Angst? In meiner Welt bin ich ein Skorpion und lehre anderen das Fürchten."

„Nein, aber es sind komplexe Charaktere mit einem großen Sicherheitsbedürfnis, die sich stark von ihren Emotionen und Leidenschaften leiten lassen. Und so wie ich dich einschätze und vorausgesetzt du bist ehrlich zu dir selbst, kannst du mir da wohl kaum wiedersprechen."

Auch wenn ich sein Gesicht nicht sehen konnte, wusste ich das er süffisant grinste. Doch ich musste mir eingestehen das er recht hatte. „Emotionen sind nichts schlechtes."

„ Schlecht nicht, aber gefährlich." Mit diesen Worten erreichten wir ein kleines Steingebäude, das Dray als Gruft bezeichnete. Zwei Fackeln säumten ein kleine hölzerne Tür. Dray trat auf die Tür zu und beförderte einen kleinen Schlüssel aus der Jackentasche seines Mantels. Während er sich an dem kleinem Schloss zu schaffen machte, schaute ich mich nervös auf dem Friedhof um. Überall waren kleine Grablichter entfacht und ließen dunkle Schatten und die Gräber tanzen. Ein Windstoß kam auf und kroch durch meinen Mantel und hinterließ eine Gänsehaut auf meinem Rücken. Wie gerne würde ich in meiner kleinen Wohnung sitzen und an meinem Bild weiter malen, sogar meine Bachelorarbeit würde ich lieber schreiben, wie mit Dray hier auf dem Friedhof zu stehen. Obwohl ich auch dieses Gefühl mochte. Dray löste irgendwas in mir aus, etwas was ich von mir bis jetzt nicht kannte. Das funkeln in seinen Augen, dieses düstere, ich wollte mehr davon sehen. Ich wollte selber etwas davon haben, von dieser Stärke. Erschrocken zuckte ich zusammen, als ein kreischendes Geräusch die Nacht durchzuckte. Dray lachte auf. „Sag bloß du hast Angst vor der Tür?" Ein kleines grinsen umspielte seine Lippen und mit einer eleganten Bewegung zog er seine Kapuze aus dem Gesicht, Das Licht der fackeln loderte in seinen eisblauen Augen und seine Kieferknochen stachen ungewöhnlich stark hervor. Gott war dieser Mann attraktiv! Ich versuchte meinen Blick von ihm loszureißen und stattdessen durch den offenen Türspalt zu gucken. „Na los, gehen wir jetzt?" Er musterte mich noch einen Moment mit diesem kleinen Grinsen auf den Lippen, dann drehte er sich um und schob die Tür vollends auf. Mit der anderen Hand griff er nach einer der Fackeln und leuchtete hinab auf eine steinerne Wendeltreppe. „Folge mir und Achtung -hier gibt es Ratten." Sein dunkles Lachen erfüllte den Raum und hallte dumpf an den Wänden wieder. Ich holte tief Luft und folgte ihm in die Dunkelheit. Was zur Hölle machte ich hier eigentlich? Ich folge einem fremden Mann Nachts in eine Gruft? Wenn ich dort unten abgestochen werden sollte brauchte ich mich auch nicht wundern. Ich konnte mich selber nicht verstehen. Ich nahm das alles so leichtfertig hin und vertraute Fremden Menschen mein Leben an ohne darüber nachzudenken. Und jetzt bin ich auf dem Friedhof, nein unter dem Friedhof! Niemand wusste wo ich bin, außer dieser attraktive Mann mit der Fackel in der Hand. So langsam aber sicher scheine ich den Verstand zu verlieren.

Unsicher ging ich die Stufen hinter Dray nach unten. Ein feuchter Film überdeckte die Treppe und ich fuhr mit meiner Hand an der Wand entlang um etwas halt zu bekommen. Nach wenigen Metern hatte Dray das Ende der Treppe erreicht. Ich blieb auf den letzten Stufen stehen und betrachtete den Raum der sich vor mir erstreckte, während Dray an den Wänden entlang ging und die Fackeln entzündete, die an kleinen Halterungen an der Wand angebracht waren. Ein geräumiger rundgeschnittener Raum lag vor mir. Zwischen den Fackeln an den Wänden türmten dunkle Holzschränke, in die Ornamente geschnitzt wurden. Auf dem Steinernen Boden war ein großer länglicher Teppich ausgebreitet, welche nur schwer in das Bild passte. Er schien relativ neu und aus einem beigefarbenen synthetischen Stoff zu sein, rutschfest. Direkt hinter der Treppe befand sich eine große Hölzerne Sitzbank auf der rote gemütliche Kissen ausgebreitet waren. „Hier ist also euer Übungsraum?" Sagte ich an Dray gewandt und starrte fasziniert die Schränke an. Jeder von ihnen war anders verziert, mit alten Malereien von Schlachten und Helden. Dray der mittlerweile alle Fackeln angezündet hatte, grinste mich an. „Und Waffenlager." Überrascht zog ich eine Augenbraue hoch. Hatte ich das eben richtig verstanden?

„Du musst dich für eine Waffe entscheiden." Dray ging auf den Waffenschrank zu. Hier reihten sich diverse Messer, an Schwertern, Bogen und Pistolen. Ratlos starrte ich auf das Waffen Arsenal.

„Ich weiß nicht...welche ist denn am besten?"

Dray strich über den Holzrahmen eines Bogens.

„Hier ist es nicht wie bei den Leiko Waffen, wo eine Schusswaffe am effektivsten wäre. Der Angriff eines Daimon auf einen Pugnator ist immer auf den Pugnator abgestimmt. Daimons spüren deine Schwächen, deine Ängste. Du kannst einen Daimon nur mit einer Waffe bekämpfen, die eins mit dir ist, die zu dir passt." er schaute mir tief in die Augen. „Was sagt dir dein Gefühl?" Ich trat neben Dray. Es fiel mir schwer mich zu konzentrieren wenn er so dicht neben mir stand. Ich starrte auf die verschiedenen Waffen, ohne recht zu wissen was ich gerne für mich zur Verteidigung hätte. „Ich weiß nicht," ich strich mir eine blonde Strähne aus dem Gesicht. „Ich mag keine Schusswaffen. Ich weiß das klingt blöd, aber die wirken immer so Aggressiv. Und das passt nicht zu mir." Dray lachte leise. Überrascht drehte ich meinen Kopf in seine Richtung. Erst jetzt viel mir auf, dass ich den sonst so grimmigen Pugnator noch nie lachen gehört hatte. „Weil du das nette Mädchen von nebenan bist?" Ich wand mich wieder den Waffen zu und blickte Grimmig auf die Messer. „Was ist an einem netten Mädchen so schlimm? Muss ja nicht jeder mit Messern werfen können." Ich blieb an den Degen hängen und strich vorsichtig über die scharfe Klinge. „Na dann stehst du doch vor der richtigen Waffe." Dray hob den Degen aus der Halterung und ich machte Instinktiv einen Schritt zurück. In der Klinge brach sich das Licht und ich konnte Drays eisblondes Haar darin schimmern sehen. „Ein Degen?" kritisch beugte ich die Waffe in Drays Hand. „Die edelste Waffe von allen." Ich streckte meine Hand nach dem Degen aus und Dray reichte ihn mir. Der Degen war schwer, lag aber gut in der Hand. „ Der Daumen gehört nach oben, und die Finger greifen jeweils eine Fuge." ich folgte seinen Anweisungen. Seine Finger strichen sanft über meine und hinterließ ein sanftes prickeln. „Du musst deine Körper seitlich nach hinten drehen, so dass du eine möglichst kleine Angriffsfläche bildest. Wenn du kämpfst bist du leicht in den Knien, so dass du mitfedern kannst. Wenn du angreifst stößt du mit einem Ausfallschritt nach vorne." Er machte mir es vor. Er war leicht in den Knien, seine Füße bildeten einen dreißig Grad Winkel. Dann stieß er nach vorne und ging dabei in einen Ausfallschritt. „Achte darauf das du deine Hand im Stoß nicht drehst, die Glocke kann nur so deine Hand schützen." Er ging wieder in seine Ausgangsposition zurück. „Und jetzt du." Ich tat es ihm gleich und stellte mich Schulterbreit hin. Ausfallschritte kannte ich bereits aus meinem Training im Fitnessstudio, doch es viel mir schwer mich gleichzeitig auf meine Schritte und auf meine Hände zu konzentrieren. Dray ließ mich eine Weile die Schritte üben. Dabei musterten mich seine eisigen Augen die ganze Zeit kritisch. Langsam taten meine Muskeln weh, der Degen war schwer und jeder Faser meines Armes schien zu brennen. Es war still um uns herum und unangenehm laut ging mein keuchender Atem.

„Gut und jetzt kämpfen wir!" Dray zog eine weiße Jacke über, die dick gepolstert war. Sie lag eng um seinen durchtrainierten Körper. Er stellte sich vor mich und hob seine Waffe. „Da hinten ist deine Jacke." Er deutet vor den Waffenschrank. Auf dem Boden lag eine weiße Jacke. Ich legte meinen Degen auf den Boden und streckte zum ersten mal meine Beine, seit dem Beginn der Übung durch. Ich stöhnte, was Dray ein Lachen entlockte. „Sag bloß du kannst jetzt schon nicht mehr, Laiko?" feixte er. „Ach halt die Klappe!" zischte ich zurück und bückte mich nach der Jacke. Die Jacke war dick und saß extrem eng. Nachdem ich mich langsam angezogen hatte um noch ein bisschen Kraft zu tanken, ging ich zurück auf die Bahn. Ich stellte mich in Position. Meine Muskeln in den Beinen zitterten. Dray stand mir gegenüber. Ein amüsiertes Lächeln lag auf seinen Lippen. Er wirkte so überheblich, so überzeugt von sich. Ich wollte es Ihm zeigen! Ich war nicht nur das nette Mädchen von nebenan. Ich wusste das ich kämpfen konnte, ich spürte es.

„Nicht zu zaghaft sein, Em." Eine blonde Strähne hing ihm in Gesicht und betonte seine hohen Wangenknochen. Wie er so vor mir stand, seinen Degen hoch erhoben, sah er aus wie ein echter Krieger.

Ich wollte nicht warten bis er mich angriff, ich wollte den ersten Schlag setzten. Ich wippte leicht mit den Füßen, dann machte ich ein paar Schritte nach vorne, er zurück. Wir tänzelten eine Weile hin und her. Dray musterte mich dabei aufmerksam, doch das grinsen verschwand nicht von seinen Lippen. Es war komisch jemanden gegenüber zu stehen, mit dem Ziel, auf Ihn einzustechen. Ich nahm all meinen Mut zusammen und hoffte das meine Beine so schnell folgen würden wie meine Hände. Dann stieß ich nach vorne und versuchte Drays Brust zu treffen. Ich hielt den Atem an und konzentrierte mich auf das Zielen. Doch Dray währte meinen Schlag elegant ab und stürzte nach vorne. Der Treffer ließ mich nach hinten stolpern. Er hatte meine Schulter getroffen. Ein stechender Schmerz schoss meinen Arm hinunter. „Ach Spinnst du!" schrie ich überrascht auf. Der Stoß tat doller weh als ich gedacht hätte. „Du musst doch nicht so doll auf mich einstechen!" verärgert rieb ich meine Schulter. Doch Dray zuckte nur unbeeindruckt mit den Schultern. „Du musst wissen was deine Waffe anrichten kann und wie gefährlich sie ist. Ich kann nicht auf dich einstechen, aber du solltest eine Idee davon bekommen. Jeder gute Kämpfer weiß, was seien Waffe anrichten kann." Er stellte sich wieder in Position. „Los Leiko!" Wut kochte in mir auf. Ich wollte es diesem arroganten Kerl zeigen! Und ich wollte nicht noch einmal getroffen werden! Die Wut brannte in mir wie ein wildes Feuer. Doch es war nicht allein die Wut das Dray mich so stark getroffen hatte. Ich wollte mich selbst verteidigen können, gegen meine Daimons kämpfen. Ich wollte nie wieder vor einen Abgrund stehen, kurz vor dem Tod. Und wenn die einzige Möglichkeit war, um dies zu vermeiden, das ich mit diesem Degen kämpfte, dann würde ich das können. Und zwar verdammt gut! Ich hob die Waffe und richtete sie auf Dray. „En garde." Ertönte tief Drays Stimme. Seine Augen funkelten. Ich nahm nichts um mich herum war, ich sah nur Dray und seinen Degen. Jeden Muskel den er anspannte sah ich, ich hörte das zischen, wenn er seinen Degen leicht die Luft zerschneiden ließ. Sein Gesicht war emotionslos, er ließ nicht erahnen welchen Zug er plante. Doch ich ebenso wenig, ich hatte meine Züge unter Kontrolle. Wir versuchten uns zu lesen, doch es gelang keinem von uns. Jede Faser meines Körpers war angespannt. Ich war bereit anzugreifen und ich war bereit angegriffen zu werden.

Drays Klinge schoss nach vorne, doch diesmal war ich darauf vorbereitet. Ich parierte den Schlag und nutzte Drays Kraft um nach vorne zu stürzen. Mit eine überraschenden Zielgenauigkeit, traf ich seine Rippe, zog meinen Degen zurück und brachte schnell ein paar Schritte zwischen uns. Stolz ließ ich den Degen sinken. Der Pugnator nickte zufrieden. „Gut gemacht, Leiko." Ich wischte mir den Schweiß von der Stirn und grinste Stolz. „Keine Leiko, Pugnator." sagte ich mit fester Stimme. Das erste Mal seit ich ins Institut gekommen war, hatte ich das Gefühl etwas aus eigener Kraft geschafft zu haben. Er lachte grollend auf. „Nicht so vorlaut, dann wollen wir doch mal sehen was du drauf hast!" Ohne Vorwarnung hob er blitzschnell seinen Degen und legte die paar Schritte die uns trennten zurück. Reflexartig schob ich meine Waffe zwischen Dray und mich, die Klinge dabei auf seine Brus gerichtet. Ich konzentrierte mich auf seine Bewegungen und versuchte jeden Schlag voraus zu sagen. Drays muskulöser Körper bewegte sich gleichmäßig vor und zurück- er griff immer wieder an um dann zurück zu weichen, sobald ich einen Gegenangriff startete. Die Waffe wurde langsam schwer in meiner Hand, meine Schulter brannte von dem ungewohnten Gewicht und den ständigen Stößen gegen das Metall. Wir gingen beide ein paar Schritte auseinander. Doch diesmal wollte ich nicht lange fackeln und ihm den ersten Angriff überlassen. Schwungvoll stieß ich meinen Degen nach vorne, doch Dray parierte meinen Angriff ohne mit der Wimper zu zucken und reagierte mit einem Gegenangriff, allerdings so langsam, dass ich ihn ohne Probleme blocken konnte. Ich wusste das er absichtlich so langsam war und antwortete deshalb mit schnelleren, geschickteren Manövern. Ein kurzer Ausdruck von Überraschung flackerte in Drays Gesicht auf, dennoch konnte er den Angriff parieren und konterte deutlich schneller als zuvor. Das kämpfen mit der Waffe viel mir zusehends leichter. Es fühlte sich so vertraut an und die Bewegungen wurden mit jedem stoß flüssiger. Ich war nur einen Moment in meinen Gedanken versunken gewesen, doch das war mein Fehler! Mit einer schnellen Bewegung hatte Dray meinen Degen zur Seite gestoßen, so das er klirrend zu Boden viel. Seine Waffe ruhte nun unterhalb meines Kinns, gefährlich nah an meiner Kehle und drückte mich gegen die kalte Wand. Erschrocken schaute ich auf in Dray blaue Augen. Wie ein sog zogen sie mich an und ich drohte in ihnen zu versinken. Mein Atem beschleunigte sich und ich nahm jede Faser in seinem Gesicht auf. Er fixierte mich. Plötzlich wanderten meine Augen zu seinen Lippen, die meinen gefährlich nahe waren. Seit Atem liebkoste sanft mein Gesicht und hinterließ eine Gänsehaut. Plötzlich regte sich etwas in meinem Bauch, ein einzelner Schmetterling flatterte nervös hin und her. Ich biss mir auf die Lippe und löste meinen Blick langsam von Drays um ihn wieder in die Augen zu gucken. Seine Augen huschten kurz nach unten, eher sich unsere Blicke wieder trafen.

Einen Moment schienen wir uns in unseren Blicken zu verlieren, ehe Drays raue Stimme flüsterte: „Du kämpfst sehr passiv. Deine Waffe ist nur auf Verteidigung gerichtet, weil du Skrupel hast deine Gegner ernsthaft zu verletzen, das kann ich verstehen. Das ist für den Anfang nicht schlimm... Doch wir lernen das kämpfen nicht zum Spaß. Du solltest dich darauf einstellen, dass du das eines Tages tun musst."

Ein Klos bildete sich. „Ich hoffe trotzdem, dass das nie passieren wird."

„Das wirst du nicht vermeiden können", sagte Dray und ich nickte. „Ich weiß."

SIEBEN

#Wir traten aus der Gruft. Es dauerte einen Augenblick ehe sich meine Augen an die Dunkelheit gewöhnt hatten. Ein kalter Wind wehte über den Friedhof und ließ mich frösteln. Das Gras war nass, es musste geregnet haben. Noch immer flackerten kleine Lichter vor den Gräbern. Ich hatte keine Ahnung wie spät es war, oder wie lange wir in der Gruft trainiert hatten.

Plötzlich beschleunigten sich Drays Schritte und er bedeutete mir mit einer Handbewegung mir zu folgen.

„Wir werden verfolgt." sagte er stumm, nahm meinen Arm und zog mich hinter sich her. Verwirrt stolperte ich dem Pugnator hinterher. „Von wem denn und wo?" ich drehte mich um, um einen Blick auf unsere Verfolger erhaschen zu können. Doch keine Menschenseele zwischen den Grabsteinen erkennen. „Lass das!" zischte Dray. „Zieh deine Kapuze auf!" Der Blonde zerrte mich zwischen den Grabsteinen hindurch, er schien bewusst hacken zu schlagen.

Plötzlich tauchte eine dunkle Gestalt vor uns auf. Das Gesicht war verhüllt, nicht einmal die Augen stachen heraus. Die Gestalt trug einen schwarzen Umhang der sanft im Wind wehte.

In einer schnellen Bewegung hatte Dray mich hinter sich gezogen, ohne auch nur stehen zu bleiben. Ich spürte den Windhauch als er an seinen Gürtel griff. Mit einer enormen Geschwindigkeit am die Gestalt auf uns zu. Wir würden kollidieren. Ich wollte schreien, doch der Schrei blieb mir im Hals stecken. Erst jetzt bemerkte ich das blaue glühen das Dray umgab. Rasend schnell hob er seine Hand und warf das kleine goldene Messer, dass immer an seinen Gürtel hing. Der Wurf war viel schneller und stärker, als er jemals von einem Menschen hätte sein können.

Der Treffer saß, dass Messer steckte in der Brust des Angreifers. Ein Ohrenbetäubender Schrei ertönte, eh die Gestalt zusammenklappte. Ein eiskalter Schauer lief mir den Rücken hinunter. Ich konnte meinen Blick nicht von der Gestalt abwenden, die langsam in sich zusammenviel. Doch Dray zog mich unbarmherzig hinter sich her. „Wir müssen weg hier Emma! „keuchte er. „Das war nicht der Einzige." Keuchend lies ich mich hinter Ihm herziehen. „War das....war das ein..." setzte ich an. „Ja ein Daimon!" Wir hatten das Tor erreicht. Dray stieß das Tor auf und wir tauchten in das sanfte Licht der Straßenlaternen. Ohne uns umzusehen, rannten wir die kleine Straße in Richtung Hauptstraße entlang. Nicht weit hinter uns zerschnitt das Quietschen des Tores die Stille der Nacht. Was auch immer hinter uns her war, es war uns dicht auf den Fersen.

Dray hatte ein unglaubliches Tempo drauf und nur mit Mühe schaffte ich es, ihm standzuhalten. Meine Schuhe rutschten immer wieder auf der nassen Straße weg. Dicke Tropfen vielen vom Himmel und ich musste meine Augen zusammenkneifen um keine Tropfen in die Augen zu bekommen. Rasselnd ging mein Atem, meine Lungen brannten. Doch ich wagte es nicht mein Tempo auch nur ein bisschen zu drosseln. Bei jedem Schritt stieß mein Degen unangenehm gegen meinen

Oberschenkel. Morgen würde ich dort sicher einen blauen Fleck haben.

Es war komisch, alles um uns herum schien still zu stehen. Kein Geräusch drang an unser Ohr, obwohl das Stadtzentrum nur fünf Minuten entfernt sein konnte. Drays Anspannung war spürbar. Jeder Muskel schien unter seiner Lederjacke angespannt zu sein.

Dann endlich hatten wir die Hauptstraße erreicht. Tosend fuhren die Autos an uns vorbei, ohne uns eines Blickes zu würdigen. Keuchend kamen wir an der Ampel neben einem älteren Ehepaar zum Stehen, welches uns kritisch von der Seite musterte. Ich konnte es Ihnen nicht verübeln. Zwar sahen sie unsere Waffen und Drays leuchten nicht. Dennoch waren wir zwei vollkommen schwarz gekleidete Jugendliche, die aus der Richtung des Friedhofes gerannt kamen. Wir mussten einen seltsamen Anblick bieten.

Dray stand vollkommen ruhig an der Ampel, während ich mich immer wieder panisch nach hinten umdrehte, doch es schien niemand zu kommen. Auf einmal spürte ich Drays Atem an meinem Ohr. „Keine Sorge, sie werden uns nicht in der Öffentlichkeit angreifen." Die Ampel sprang um und wir überquerten zügig die Kreuzung.

Trotz des Regens waren die Straßen voll. Leute drängten sich durch die engen Gassen, mit dem Ziel so schnell wie möglich heim zu kommen. Dray hatte recht, wer auch immer uns verfolgte würde es schwer haben, solange wir in den Massen untertauchen konnten.

Ich schaute ihn an. Sein pechschwarzes Haar funkelte in dem sanften Mondlicht. Durchdringen blickten mich seine blauen Augen an. Plötzlich packte er meinen Arm und zog mich zu sich her. Mein Herz setze für einen Schlag aus. Dort wo seine Hände meine Gelenke umschlossen, prickelte es. Ich hörte nichts, außer meinen lauten Herzschlag und das pulsieren meiner Adern. Die Welt um mich herum schien zu verschwimmen. Da war nur er. Seine Berührung, sein Geruch und seine Augen. Er sah mich an, wie mich noch keiner Angesehen hatte, Als könne nur er mich wirklich sehen. Alles in mir drin schien zu Glühen, Ich brannte ohne zu verbrennen. Er sah nicht nur in mich. Jetzt erst Begriff ich, was Lena gemeint hatte. So fühlte es sich an, wenn jemand deine Seele berührt. Wir sahen uns einfach nur an, versanken in unseren Augen, in der Welt des anderen. Und Plötzlich streckte er seine Hand aus und griff nach meiner. Perfekt schmiegten sie sich zusammen, als wäre er dazu bestimmt meine Hand zu halten. Ein Hupen riss uns aus unseren Gedanken und reflexartig ließen wir unsere Hände los. Erst jetzt nahm ich den Regen war, welcher mit kalten Stichen meine Kleidung durchdrang. Ein Tropfen lief meine Wange hinab und einen Moment durchzog mich ein frösteln. Um uns herum war es laut, Martinshörner halten in der Nacht, patschende Schritte von vorbeieilenden Menschen und der Gestank von Abgasen und billigen Frittierfett lag in der Luft. Mein Puls raste noch immer und ich holte keuchend Luft, so als hätte ich sie die ganze Zeit angehalten. Peinlich berührt schaute ich auf den Boden. „Wir sollten gehen." Drays stimme klang rau. Er schaute mit zusammengekniffenen Augen in eine der dunklen Gassen. Regen lief in kleinen Wasserfällen sein Haar hinab, welches er sich geschickt aus der Stirn strich. Ich saugte die dreckige Luft ein und versuchte mich zu fassen. „Okay." Ich ging an Dray vorbei und zog meine Kapuze ins Gesicht. Doch plötzlich packte etwas mein Handgelenk und schleuderte mich herum. Ein erschrockener Laut kam aus meinem Mund, als sich weiche Lippen auf meine legten. Mein Körper pulsierte. Ich spürte alles und nichts, Es war als würde die Welt um uns herum still stehen und als gäbe es nur noch uns. Ich schmeckte so viel Sehnsucht und so viel Schmerz auf seinen Lippen. Er zog mich dicht an sich und hielt mich eisern fest. Es war als würde er mich hochheben, als würde ich mit ihm schweben.

Langsam lösten sich unsere Lippen. Meine Wangen glühten, als ich in seine hellen Augen blickte. „Nun sollten wir wirklich gehen." Ein kleines Lächeln umspielte seine schmalen Lippen. Dann griff er nach meiner Hand und zog mich weiter. Ich lief ihm hinterher wie in Trance, als befände ich mich in einer Blase. Ich war unfähig irgendetwas anderes zu spüren oder an etwas anderes zu denken, als an seine Lippen.

A C H T

Dray hatte gerade die Tür zur Kirche aufgestoßen, als Dott schon mit verschränkten Armen vor uns stand. „Dray verdammt wo warst du! Du hast uns alle in Gefahr gebracht ist dir das eigentlich klar?" Schrie Sie in an, ihre sonst so tiefe Stimme war mindestens drei Oktaven höher. „Dott, Emma musste ausgestattet werden. Sie muss lernen sich zu verteidigen und das geht nun mal nur mit Waffen." beschwichtigend hob er die Hände. Dann flüsterte er leise in die Richtung der Dunkelhaarigen, so dass ich es nur schwer verstehen konnte. „Und woher sollte ich wissen, dass mein Vater ein paar Leute auf uns hetzt?" „Ach sei doch nicht so naiv, Dray!" zischte Sie und dann wand sie sich an mich „Und du Emma siehst zu das du dich von Herrn Bernhardt untersuchen lässt. Sofort!" Zischte sie in meine Richtung, ohne mich auch nur eines Blickes zu würdigen. „Ich helfe dir." Flüsterte Dray zu mir gewandt. Und noch ehe ich mich versah, hatte er einen seiner starken Arme um mich gelegt um den schweren Degen von meinem Gürtel zu lösen. Erneut brachte mich seine Berührung aus dem Konzept und nur mit Mühe konnte ich ein lächeln unterdrücken. „Lena will euch beide sehen! Bring erst Sie hoch und dann komm nach." Die dunkelhaarige machte auf dem Absatz kehrt und verschwand in Richtung Bibliothek.

„Die hat ja miese Laune!" flüsterte ich, während wir uns auf den Weg Richtung Bibliothek machten. Obwohl es schon mitten in der Nacht war, blühte das Institut vor Leben. Überall brannten Fackeln an den steinerne Wänden und der Duft von Kaffee lag in der Luft. Wir gingen an ein paar Rundlichen Männern vorbei, welche allesamt in Bademäntel gekleidet waren und vor der finnischen Sauna standen. Sie nickten uns freundlich zu, musterten aber kritisch unsere nasse Kleidung. Dray würdigte sie keinen Blickes. Wir Bogen um die Ecke und standen vor der Gewaltigen Tür der Bibliothek.

„Hier wären wir. Sprich du als erstes mit Elisaria. Ich denke bei mir wird es länger dauern." er zwinkerte mir verschmitzt zu. Ich wollte nachfragen warum es bei Ihm länger dauerte und warum wir nicht zusammen zu Elisaria gingen, doch da hatte er schon die Tür geöffnet und schob mich hinein.

NEUN

Die Bibliothek strahlte immer etwas beruhigendes auf mich
aus, sobald ich sie betrat. So auch jetzt. Der große Raum,
welcher komplett von hohen Regalen ummantelt war, schien
das Herz der alten Kirche zu sein. In Mitten des Raumes,
erstreckte sich das Kuppeldach, durch welches sich das
Mondlicht sanft im Raum erstreckte und Elisarias rotes Haar
zum Leuchten brachte. Sie sahs hinter einem der vielen
Schreibtische, die direkt unter der Kuppel aufgestellt worden
waren. Elisaria stand mit dem Rücken zur Tür und schaute
auch nicht auf, als sich diese leise schloss. Der steinerne Kamin
am Ende der ovalen Bibliothek, knisterte sanft und verströmte
eine angenehme Wärme. Ein kalter Schauer lief mir über den
Rücken, erst in der Wärme des Feuers merkte ich wie
durchgefroren ich war. Meine Kleidung war bis auf die
Knochen durchnässt und hinterließ eine eiskalte Schicht auf
meiner Haut. Noch immer trug ich meine nassen Kleidung,
was mir durch die einladende Wärme des Feuers schmerzlich
bewusst wurde. Am liebsten hätte ich mich in eine der
flauschigen Decken aus dem Schlafsaal gewickelt und mich
mit einer heißen Zitrone vor den Kamin gekuschelt. Doch ich
musste zuerst mit Elisaria sprechen. Sie war bestimmt sauer

weil ich Hals über Kopf aus der Kirche der Satanisten verschwunden war. Doch es war mir einfach alles zu viel gewesen und dann diese Sache mit Dray... Erst jetzt konnte ich nachvollziehen wie Naiv ich gehandelt hatte und wie Rücksichtslos ich alle in Gefahr gebracht hatte. Ich seufzte und straffte meine Schultern. Egal was sie von mir dachte, die Informationen die ich hatte würden Sie interessieren.

Meine nassen Sohlen quietschten auf dem glatten Holzboden, als ich auf Elisaria zuging. Sie war über ein Buch gebeugt und schrieb etwas auf einen kleinen Zettel. Als ich näher kam, drehte sie sich langsam um. Ein besorgtes Lächeln zierte ihre schmalen Lippen, doch ihre goldenen Augen strahlten so warm wie an meinem ersten Tag. „Emma, meine Liebe! Ich bin so froh das du und Dray heil zurück gefunden habt. Geht es dir soweit gut?" Ich ging nicht weiter auf ihre Frage ein, sondern nickte nur, um selbst meinen Fragen stellen zu können. „Elisaria, ich versteh das alles nicht. Ich meine diese ganze Welt hier, wo werde ich da hinein gezogen? Warum werden wir mitten auf der Straße von Daimons angegriffen? Das kann doch nicht normal sein" ratlos schaute ich die Leiterin des Instituts an. „Du weißt das meine Eltern Menschen... ich meine Leikos sind." Elisaria nickte zustimmend. „Wie kann ich dann so...so komisch leuchten wie ihr." Sie lächelte und ihre feuerroten Haare leuchteten im schwachen Kerzenlicht. „ Gene machen nicht immer das was wir von Ihnen erwarten. Deine Eltern und auch deine Großeltern mögen keine Pugnator sein, doch woher weißt du, dass nicht einer deiner Großeltern einer war?" Ich schluckte. „Schlussendlich spielt das aber auch keine Rolle Emma. Du bist jetzt nun mal Teil unserer Welt und deshalb musst du auch entsprechend vorbereitet werden. Daimons werden dich immer wieder heimsuchen und nicht jedes Mal wird jemand in der Nähe sein um dich zu beschützen." Sie schloss das Buch

, kleine Staubkörner tanzten im Licht. „Nicht jeder von uns kennt seine genaue Herkunft und manche die sie kennen, würden sich wünschen es wäre jemand anderes. Du hast gute und liebevolle Eltern, aber sie können nicht Teil von dieser Welt sein. Menschen können die Besessenheit von einem Daimon nur schwer überleben. Ich sage nicht, dass du den Kontakt zu deiner Familie und deinen Freunden abbrechen sollst. Doch lenke nicht die Aufmerksamkeit eines Daimons auf sie. Daimons haben Spaß die Welt ins Chaos und Verzweiflung zu stürzen und wenn es nur deine kleine Welt ist. Du musst lernen nicht nur dich, sondern auch sie zu schützen." sie legte mir eine Hand auf die Schulter. „Und manchmal bedeutet das für einen gewissen Zeitraum keinen Kontakt zu haben. So schmerzlich das auch sein mag." Zuversicht lag in Ihrem dunklen Gesicht. „Und du wirst stärker werden Emma! Hab nur Vertrauen in dich und deine Fähigkeiten!". Tränen brannten in meinen Augen und ich versuchte sie wegzublinzeln. Mein Magen zog sich zusammen, mein Gefühl sagte mir das Elisaria mir etwas verschwieg. Sie redete immer wieder davon warum ich hier her gehörte und warum ich das alles für mich behalten und stärker werden musste. Doch ich war nicht blöd. Irgendetwas ging hier vor sich. Solche Angriffe waren nicht normal, das konnte ich deutlich an Dray Reaktion ablesen. „Ist es also normal das man einfach von Daimons angegriffen wird? Und zwar von mehreren?" Ich hatte meine Tränen erfolgreich verdrängt und guckte die Leiterin nun herausfordernd an. Diese erwiderte meinen Blick ruhig, noch immer dieses leichte lächeln auf den Lippen tragend. „Nein das ist nicht normal", sie seufzte und strich sich eine Strähne aus dem Gesicht. „Ich denke du hast schon mitbekommen das nicht jeder von uns mit unserem Lebensstil einverstanden ist?"

„Du meinst damit das Magie nicht öffentlich praktiziert wird?"

„ Richtig. Es gibt Magier denen es nicht gefällt wie wir unsere Kirchen der Nacht führen, und den Menschen unterordnen und Magie im verborgenen anwenden." Als Elisaria redete schien ein dunkler Schatten über ihr Gesicht zu ziehen und ließ sie um Jahre altern: „Doch Menschen und Hexen können nicht friedlich nebeneinander Leben, wenn sich nicht einer unterwirft und anpasst. Das haben Jahrhunderte voller Hexenjagten gezeigt! Wir haben eine Macht die sie nicht begreifen können, gegen die ein Laiko nicht ankommen kann. Das macht ihnen Angst und Angst macht böse! Glaub mir, ich fände es auch angenehm meine kraft nicht immer verstecken zu müssen, doch wir müssen das große und ganze betrachten." Gebannt hörte ich der Älteren zu als sie mit leiser Stimme fortfuhr.

„Emma, ich wollte das alles noch von dir fern halten. Du hast deine Kräfte erst neu entdeckt und muss lernen mit ihnen umzugehen. Doch heute Nacht wurdest du selbst Opfer eines solchen Angriffes, eines ihrer," sie stockte kurz ehe sie mit zitternder Stimme fort fuhr, „Attentates. Und das tut mir vom Herzen leid! Doch leider befinden wir uns seit ein paar Wochen im Krieg. Vor drei Monaten wurde die erste Kirche der Nacht angegriffen, abgebrannt und ihre Mitglieder mit ihr. Niemand hat überlebt. Und sie kommen näher! Das heute… wir müssen Maßnahmen treffen und ich muss mit Dray reden." Das erste Mal seit ich Elisaria kannte, strahlte sie keine Ruhe und Zuversicht aus. Sie wirkte besorgt und erst jetzt konnte ich die tiefen Ringe unter ihren Augen erkennen. Dann plötzlich riss sie sich aus ihren Gedanken und griff nach meiner Hand. Ihre Finger waren eiskalt und hinterließen einen Schauer auf meiner Haut. Die Rothaarige schaute mir tief in die Augen und ich konnte die goldenen Sprenkel in ihnen leuchten sehen. „Das alles darf keine Rolle für dich spielen, hörst du Emma! Du musst lernen und stärker werden. Sich auf dich selbst zu konzentrieren ist in deinem Fall nicht egoistisch, sondern lebensnotwenig! Du bist hier in Sicherheit, hast du verstanden?" Prüfend musterten ihre Augen mein Gesicht. Ich nickte stumm. Ein Klos hatte sich in meinem Hals gebildet und schnürte mir die Kehle zu. Ich verstand kaum etwas von dieser Welt und trotzdem wurde ich in einen Krieg reingezogen und das machte mir eine Heiden Angst. Doch Elisaria hatte ihr Lächeln wieder gefunden und sagte an mich gewandt: „Ich hoffe Dray konnte dich ein bisschen ablenken." sie zwinkerte mir verschmitzt zu. Ich musste lächeln und ich spürte wie mir die röte ins Gesicht schoss. „Ja, ich habe heute viel gelernt." „Das klingt nach einem anstrengenden Tag. Lass dich noch von Herr Bernhardt untersuchen und dann ab ins Bett mit dir." Mit diesen Worten wand sie sich um und widmete sich einem neuen Buch.

Wie Elisaria mir angeordnet hatte, machte ich mich auf den Weg zum Krankensaal. Obwohl ich bereits ein paar Tage in der Kirche Satans verbracht hatte, verwirrten mich die endlosen Türen und Gänge noch immer. Ich konnte mich bei besten Willen nicht mehr erinnern ob ich die rechte oder linke Gabelung Richtung Krankensaal nehmen musste. Die letzten Tage war ich nie über den Haupteingang zu meinem Zimmer gekommen und wo wusste ich nicht einmal wo dieses von hier entfernt war. Auf gut Glück nahm ich die linke Gabelung. Ich hatte bereits einige Türen passiert und war mir ziemlich sicher das ich die falsche Wahl getroffen hatte, als ein mir nur zu bekannter Schatten vor mir in den nächsten Gang bog. Schnellen Schrittes folgte ich Dray. Ich hatte auf einmal das dringende Bedürfnis mit ihm zu reden- ihn zu sehen. Das alles war so viel und verwirrend, doch bei ihm fühlte sich alles normal an. Ich konnte alles vergessen und im hier und jetzt sein ohne über die Zukunft oder das warum nachzudenken. Und am liebsten würde ich einfach in seinen starken Armen versinken. Erschrocken über mich selber schob ich diesen Gedanken schnell zur Seite. Dray war ein Einzelgänger und ein arroganter Kotzbrocken dazu! Solche Gedanken kann ich mir gleich abschminken. Außerdem gab es jetzt wichtigere Dinge zu klären. Versuchte ich mir mit Nachdruck einzureden. Doch diesen einen Moment, dieser Moment wo unsere Lippen sich so nah waren-da war etwas dagewesen. Doch was? Gegen jede Vernunft trugen meine Füße mich in Richtung Dray. Meine Muskeln brannten bei jedem Schritt und waren bereits jetzt ein böser Vorbote für den morgigen Tag. Hoffentlich kannte Herr Bernhardt einen Trank gegen Muskelkater brauen. Dray war nur wenige Meter vor mir zum Stehen gekommen und öffnete eine Türe. Er war bereits hinter der dunklen Tür verschwunden ehe ich sie erreichte. Atemlos klopfte ich gegen das Holz.

Dray öffnete die Tür und ich blickte in seine eisblauen Augen, die mich anzogen wie ein Magnet. Verwunderung lag in seinem Blick: „Emma, was machst du hier?" Eine Frage auf die ich selber keine Antwort hatte. Ich konnte ihm ja schlecht sagen das ich ihn sehen wollte, einfach so. nervös nestelte ich an einer meiner Haarsträhnen herum ehe ich stotterte: „ Ich wollte kurz mit dir reden, ist das okay?" Der Dunkelhaarige nickte und öffnete seine Tür ein Stück weiter. „ Na Dann komm rein."

Dray drehte sich um und ging voraus, so das ich ihm in sein Zimmer folgen konnte. Doch als er in den Schein der Fackel trat zog ich scharf die Luft ein. Dray erstarrte in der Bewegung und kniff mit einem unterdrückten Stöhnen die Augen zusammen. Er verharrte Still in seiner Position, wartend auf das was folgen würde.

"Dray...!", flüsterte ich atemlos und näherte mich ihm zögerlich, ohne dabei den Blick von der riesigen Narbe lösen zu können, die seinen nackten Rücken wie ein Kreuz überstreckte. Er war wie versteinert, als hätte ich ihm bei etwas ertappt was nie jemand hätte sehen sollen. Er hatte wohl einfach vergessen das er sich bereits das T-Shirt ausgezogen hatte. Ich streckte meine Hand aus und berührte sanft die Haut um die Narbe. Seine Muskeln waren angespannt, obwohl ich nur vorsichtig mit den Fingerspitzen über die unverletzte weiche Haut um die Narbe streifte, zuckte er erschrocken zusammen, als meine Finger ihn berührten. Fast als hätte ich ihm einen schrecklichen Stromschlag verpasst.

„Wer hat dir das angetan?", fragte ich leise und streichelte behutsam seinen muskulösen Rücken hinunter, eine Spur aus Gänsehaut zurücklassend.

„Niemand!", presste Dray zwischen zusammengebissenen Zähnen hervor und schlug meine Hand weg. Schnellen Schrittes ging er zu einem Kleiderständer, an dem diverse dunkle Oberteile hingen und schnappte sich das erstbeste T-Shirt. Mit einer schnellen Bewegung zog er sich das Shirt über den Kopf um seine Narbe vor meinen Blicken zu verbergen. Doch so schnell wollte ich nicht aufgeben. Ich hatte noch nie eine so schreckliche Narbe gesehen. Sie musste der Akt roher animalischer gewallt gewesen sein.

„War das ein Daimon?", fragte ich vorsichtig um trotzdem etwas aus ihm heraus zu bekommen.

„Nein."

„Dray…"

„Nein!", zischte er und funkelte mich böse a,, um deutlich zu machen, dass das Gespräch beendet war.

„Schön", zischte ich zurück und stand unschlüssig im Raum. Am liebsten würde ich einfach aus dem Zimmer stürmen und

Dray alleine lassen, doch andererseits wollte ich immer noch bei ihm sein.

Dray atmete tief ein und schloss für einen Moment die Augen ehe er fragte: „Was machst du eigentlich hier?" Ich stöhnte innerlich auf. Tolle Frage auf die ich die Antwort selber nicht wusste. Ich konnte ihm ja schlecht sagen das ein Teil von mir in seien Arme sinken will.

„Ich…ich versteh das Ganze nicht. Warum wurden wir heute angegriffen?" Dray strich sie die Haare aus dem Gesicht und antwortete ohne mir dabei in die Augen zu schauen. „Das hat Elisaria dir bestimmt schon erklärt."

„Ja, aber ich habe immer das Gefühl das da noch mehr ist. So viel mehr als das sie mir sagen will!"

„Wir führen krieg und der Krieg kommt immer näher. Mehr gibt es da auch nicht zu wissen." Dray ging Richtung Tür und öffnete sie mit einem klacken. „Du solltest gehen, es ist schon spät!" Ich starrte ihn einen Augenblick sprachlos an. Vorhin hatte ich das Gefühl das wir uns näher gekommen waren, das da ein Funken war den man entfachen konnte. Doch jetzt brachte er mir so viel kälte entgegen das es fast weh tat. Trotzig ging ich an ihm vorbei und wollte mich noch einmal umdrehen um ihm an den Kopf zu werfen wie widersprüchlich ich sein verhalten fand- doch er hatte die Tür schon hinter mir zugeschlagen. Ich starrte die Maserung des Holzes an und versuchte die in mir aufbrodelnde Wut zu beruhigen. Ohne das ich etwas machen konnte spürte ich wie mir heiße Tränen in die Augen stiegen. Ich ballte die Hände zu Fäusten und wand mich ab. Ich würde wegen diesem Idiomen bestimmt nicht weinen! Ich wand mich ab und ging den Weg zurück, diesmal hoffentlich Richtung Krankensaal.

Herr Bernhardt hatte mich schnell untersucht und bis auf ein paar Schrammen und blaue Flecken nichts feststellen können. Der hagere Arzt hatte verordnete, dass ich so schnell wie möglich ins Bett sollte. Und diesen Rat befolgte ich jetzt auch. Ich hatte keinen Hunger. So langsam holten mich die Anstrengungen des vergangene Tages ein. Ich war froh das mein Zimmer nicht allzu weit entfernt von dem kleinen Krankenzimmer war. Zwei Gänge weiter stand ich schon vor meiner dunkelbraunen Buchentür. Die goldenen Buchstaben meines Namens funkelten im schwachen Licht. Ich kramte den schweren Schlüssel aus meiner Jackentasche und mit einem lautenklicken öffnete sich die Tür. Ich schaltete das Licht an, doch die schwache Deckenlampe tauchte das Zimmer nur in ein Hauch von Licht. Es fiel mir schwer mir vorzustellen, dass dieses dunkle alte Zimmer mein Zuhause sein sollte. Doch ich war zu müde um jetzt weiter darüber nachzudenken. Ungeschickt schälte ich mich aus meinen klammen Klamotten und steckte meine Haare hoch. Dann ließ ich mich in die unendlichen weichen Federn des Bettes sinken. Einen Moment kreißten meine Gedanken wieder um Dray, um seine Lippen und wie er zurückgezuckt war, als ich seinen Rücken berührte. Doch im nächsten Moment war ich auch schon eingeschlafen, während mein Traumfänger beschützend über meinem Kopf schaukelte. Heute Nacht würde mich kein Daimon heimsuchen können.

ZEHN

Sanftes Sonnenlicht küsste liebevoll meine Haut und ein leichtes Lüftchen strich über mein Gesicht. Ich schlug die Augen auf. Mein Zimmer war von warmen Herbstlicht durchflutet und blendete meine müden Augen. Gähnend rieb ich mir die Augen. Gedankenverloren griff ich nach meinem Handy und stöhnte unwillkürlich auf. Ich hatte einen extremen Muskelkater im ganzen Körper vom gestrigen Fechttraining mit Dray. Das ständige heben der Waffe und das parieren von Drays kräftigen Schlägen schien meinem Körper stärker zugesetzt zu haben als ich gestern dachte, da hatte ich mich fast schwerelos gefühlt. Ein grinsen schlich sich auf meine Lippen. Gestern war ein schöner Tag gewesen, trotz der Vorkommnisse. Bei dem Gedanken an Dray begann mein Bauch zu kribbeln. Immer wieder versank ich in Gedanken in seinen blauen Augen. Und immer wieder hörte ich sein Lachen und sah seine Lippen die meinen so gefährlich nahe waren.
Plötzlich durchströmte mich eine unglaubliche Energie, wie ich sie seit langen nicht mehr gespürt hatte. Ich schwang mich aus dem Bett und blickte auf den Display meines Handys. Es war bereits zehn. Ich ging zu meinem Kleiderschrank und öffnete die schwere Holztür. Gwendolyn hatte mir ein paar

Kleider gekauft, die praktischer als meine Kleidchen waren. Der Schrank war vollgestopft mit schwarzen Hosen, Lederjacken, Tops und zwei Paar hohe Boots. Ich schüttelte ungläubig den Kopf. Das war ein extremer Gegensatz zu den Blumenkleidern die ich sonst trug. Schnell zwangte ich mich in die engen Sachen und schminkte mich ein wenig. Die schwarze Kleidung ließen meine helle Haut noch blasser als sonst wirken. Ich band mein blondes Haar zu einem hohen Pferdeschwanz zusammen und steckte mein Handy ein. Mein Magen zog sich zusammen und knurrte. Ich hatte seit gestern Mittag nichts mehr gegessen, dass würde ich jetzt nach holen und dann zu den Trainingsräumen gehen. Ich hoffte das ich dort Dray treffen würde. Vielleicht konnte ich Ihn zu einer Trainingseinheit überreden und vielleicht konnten wir auch den heutigen Abend zusammen verbringen. Einen Film gucken oder so, irgendetwas normales. Oder zumindest etwas anderes als auf einem Friedhof herumzuschleichen.

In der großen Küche reichte mir eine rundliche Frau einen Stapel Pfannkuchen mit Ahornsirup und Speck. Ich aß genüsslich den ganzen Stapel und trank zwei Tassen Kaffee, eh ich mich auf die Suche nach Dray machte. Plötzlich vibrierte mein Handy. Ich zog es aus der Hosentasche und eine Nachricht von Henrik blickte mir entgegen. Er hatte mich in den letzten Tagen täglich besucht und darauf gedrängt das ich hier endlich verschwand. Ich hatte Ihm zwar erklärt das die Kirche der Nacht zwar schon so etwas wie eine Sekte war, mir aber auch half zu verstehen was mit mir passiert war und wie ich mich währen konnte, doch er hielt das alles hier noch immer für Schwachsinn. Und irgendwie konnte ich ihm das auch nicht verübeln. Ich seufzte. Ich vermisste Ihn ich vermisste meine Eltern, mein altes Leben. Doch dann war da auch diese Stimme in mir, ein sanftes Flüstern das mir sagte, dass ich hier her gehörte. Und ich konnte es nicht ignorieren, so sehr ich es auch wollte. Am liebsten würde ich Henrik alles erzählen, bis ins kleinste Detail. Doch ich hatte auch Angst davor, das er mir nicht glaubte oder noch schlimmer: mich abartig fand. Außerdem wie sollte ich Ihm erklären was wir hier machten? Was das für ein Institut war? Ich konnte es einfach nicht. Und da erschien es mir leichter Ihn für ein paar Tage auf Abstand zu halten. So wie Elisaria es mir geraten hatte. Doch es viel mir schwerer als ich gedacht hätte. Wir hatten nie geheimnisse voreinander gehabt und sahen uns fast täglich. Ich seufzte schwer. Zu gerne würde ich mich jetzt mit Henrik im Kupferstecher treffen, einen Kaffee trinken und ihm alles erzählen. Doch das konnte ich nicht. Nach meinen vermeintlichen Selbstmordversuch würde er doch denken das ich vollkommen verrückt war. Ich schloss Henriks Chat ohne ihm zu antworten. Ich steckte mein Handy wieder in die Hosentasche und machte mich auf den Weg zu den Trainingsräumen. Die Tür stand offen und ich hörte die gedämpften Schläge schon von weiten. Der Raum war leer, bis auf Gwendolyn, die auf einen Boxsack einschlug. Als sie mich hörte hielt sie in ihrer Bewegung inne und hielt mit einer Hand den schwingenden Boxsack fest. Ihren ärger von gestern Nacht schien sie vergessen zu haben. Sie grinste mich freudig an und wischte sich mit der freien Hand den Schweiß von der Stirn. Ihre schwarzen schulterlangen Haare und den Pony hatte sie mit klammern nach hinten gesteckt. „Na ausgeschlafen? War wohl ganzschön anstrengend gestern?" Sie grinste verschmitzt. In diesem Moment wurde die Tür lautstark aufgestoßen und eine lachende Gruppe junger Männer stiefelte in den Raum. Ich drehte mich um und blieb an seinen blauen Augen hängen, versank einen Moment in ihnen. Wie Automatisch hatte mein Blick den von Dray gefunden. Ich wusste nicht was es war, vielleicht seine stoische Ausstrahlung, doch er stach aus jeder Gruppe hervor.

Akecheta rempelte ihn freundschaftlich an und forderte ihn scheinbar zum Kampf auf, doch er winkte lachend ab. Nun hatte auch Akecheta uns entdeckt und die beiden kamen auf uns zu. Mein Herz machte einen freudigen Sprung, doch mein Bauch zog sich besorgt zusammen. Ich hatte unsere kleine Auseinandersetzung von gestern Nacht nicht vergessen. Als die beiden bei uns ankamen ließ sich Dray doch nichts anmerken, sein Gesicht war so unergründbar wie immer. Umso distanzierter Dray wie immer war, desto Körperbetonter war Akecheta, dieser drückte erst Gwendolyn an sich, dann mich. Akecheta hatte sein langes Haar zu einem Zopf gebunden der ihn weit bis über den Rücken reichte. „Ich hab von eurem kleinen Ausflug letzte Nacht gehört," ein breites Grinsen schlich sich auf seine Lippen, „ nächstes Mal will ich dabei sein!" „Ake!" Gwendolyn funkelte ihn böse an und stieß ihm in die Rippen. „ Es wird kein nächstes Mal geben, das war verdammt gefährlich und leichtsinnig!" Diesmal funkelte sie erst Dray und dann mich an. Ein Schauer lief mir den Rücken hinunter, ich wollte mich nicht noch einmal mit Gwendolyn anlegen. Ich war mir ziemlich sicher das ich so langsam keinen Welpenschutz mehr hatte und sie mir einen erneuten Ausrutscher nicht so einfach verzeihen würde.

„Sollen wir eine Runde Trainieren?" Dray schaute mich fast entschuldigend an, ein kleines lächeln umspielte seine Lippen. Vorsichtig nickte ich:„ In Ordnung."

Wir gingen auf die Trainingsfläche und zogen unsere Waffen. Drays Kampfstil war erschreckend vertraut und auch meine Bewegungen liefen bereits nach der gestrigen Trainingsstunde überraschend automatisch ab. Es kam mir vor als würde ich schon seit Ewigkeiten Fechtkampf trainieren. Doch bereits nach einigen Schlägen spürte ich wider, dass ich Dray nicht einmal ansatzweiße gewachsen war. Seit unserem Angriff gestern hatte ich kaum etwas gegessen und zerrte nun überwiegend von meinen Energiereserven. Das und der Muskelkater vom gestrigen Training machte sich nun bemerkbar. Nach ein paar Drehungen zitterte mein Arm so stark, dass ich nur kläglich die starken Angriffe Drays parieren konnte.

Dray erhöhte das Tempo ein wenig und nach wenigen Schlägen hatte er mich entwaffnet. Erschrocken sah ich zu wie mein Degen ein paar Meter durch die Luft flog und klirrend auf dem steinernen Boden aufschlug.

„Im Ernst, Emma? Das lief gestern Abend aber besser."

Überrascht über den Ärger in seiner Stimme zuckte ich zusammen. Dray hatte wütend die Augenbrauen zusammengezogen und funkelte mich wütend an.

Ich ging zu der Stelle an der mein Degen aufgekommen war und hob ihn auf. „Was?", murmelte ich und richtete mich wieder auf. Kaum hatte ich meinen Degen gehoben drosselte eine erneute salve an Angriffen auf mich ein. „Streng dich mehr an! Du kannst kämpfen, dein Körper hat die Kraft, aber dein Kopf gibt dich heuet auf!", knurrte er und teilte kräftig aus. „Das gestern war knapp, du musst dich verteidigen können, auch wenn du erschöpft bist!" ich biss die Zähne zusammen und versuchte mich auf den Kampf zu konzentrieren. In diesem Moment vibrierte mein Handy in meiner Hosentasche. Abgelenkt hatte Dray mich innerhalb kürzester Zeit erneut in die Enge getrieben. Erschrocken wich ich zurück und versuchte kläglich die Schläge zu blockieren. Mit einem letzten Hieb stieß Dray meinen Degen aus der Hand.

Ich hielt meine Augen geschlossen, doch ich konnte seinen stählernen Blick auf mir spüren. „Ich dachte ich hab dir gestern mehr beigebracht", sagte Dray fast ein bisschen enttäuscht. Ich reagierte nicht.

„Kurze Pause?" Fragte Dray. Ich nickte erschöpft und schob meinen Degen in die Schneide zurück.

Mein Handy vibrierte zum wiederholten Male und genervt zog ich es endlich aus meiner Hosentasche. Henrik hatte mich viermal Angerufen und mehrerer Nachrichten hinterlassen. Das war sonst nicht seiner Art, er rief einmal an und wartete sonst bis ich mich zurück melde. Schnell entsperrte ich den Display und öffnete die drei Nachrichten:

„Emma mir geht's nicht gut."

„Kannst du kommen?"

„Ich will jetzt nicht alleine sein….ich kann nicht. Bitte."

Ein Schauer lief mir den Rücken hinunter und ich biss mir auf die Lippe. Henrik war nicht der Typ der bettelte das seine beste Freundin nach ihm sah, sondern würde mich eher belehren warum ich so verrückt war noch hier zu sein. Ich kannte ihn zu gut um zu wissen, dass irgendetwas passiert sein musste. Seine Oma? Dagmar lag seit längerem im Krankenhaus mit Herzproblemen, was wenn ihr etwas passiert war? Ich musste zu Henrik, Sofort! Panisch schaute ich mich in dem vollen Raum um und entdeckte Dray der ein Stück entfernt mit meinem Degen in der Hand stand. Ich würde ihm einfach sagen das ich gehen musste, keine Details. Mit gestrafften Schultern ging ich auf Dray zu.

E L F

Seine blauen Augen blitzen mich gefährlich an. „Emma ,
fordere mich nicht heraus." Sein Kiefer spannte sich an,
wodurch seine hohen Wangenknochen noch deutlicher als
sonst auf seinem blassen Gesicht hervortraten.
Unbewusst spannte ich meine Schultern an und richtete mich
etwas auf. „Du kannst mich hier nicht festhalten! Ich kann
gehen wann immer ich will und ich möchte jetzt gehen!"
Zischte ich Dray an. „Und wo willst du hin gehen? Zu diesem
Lorek?" Er lachte hämisch auf. „Und wie soll der dich bitte
beschützen falls ein Daimon auftaucht? Du riechst
Kilometerweit nach einem Pugnator! Wir wurden gestern erst
angegriffen und diese Daimons haben wir nicht besiegt! Wenn
sie es auf dich abgesehen haben ist es ist nur eine Frage der
Zeit bis sie dich finden! Und wenn sie euch angreifen kann ich
dir versprechen das dein unnützer Lorek zuerst stirbt. Dann
kann er sich sein, er will nicht alleine sein, sonst wo hin
schieben! Denn in der Unterwelt wird er alleine schmoren!" Da
war es wieder, der höhnische Zug um seine Lippen und das
böse funkeln in seinen Augen. „Lass Hendrik in Ruhe!" Ich
versuchte mich an ihm vorbeizudrängeln, doch er hielt mich
an den Schultern fest. Nach kurzem Wiederstand ließ er mich
gewähren und trat einen Schritt zur Seite. Unwillkürlich nahm
ich seinen vertrauten Duft von Leder und Mocca wahr. Ich

wiederstand dem Drang mich zu ihm umzudrehen und in seine starken Arme zu sinken. Warum brachte er mich so aus dem Konzept? Er war ein Arschloch und nur weil er mich einmal gerettet hatte, würde das nichts daran ändern.

Ich konnte Drays Zorn förmlich spüren, sein Blut in den Adern rauschen hören. Er glühte, dieses sanfte blaue Schimmern das ihn und die anderen Pugnator immer umgab, wenn sie gegen Daimons kämpften. Die Magie die sich langsam lokalisierte. „Nochmal werde ich dich nicht beschützen. Meine Aufgabe ist es nicht dumme Leikos zu retten!" Er drehte sich nicht um, die Stahlkappen seiner Boots halten laut in der Kirche wieder. Und mit jedem Schritt, hatte ich das Gefühl ein Stück meines Herzens zu verlieren.

Ich schloss die Augen und holte tief Luft. Ich musste raus hier, zurück in mein altes Leben und endlich einen klaren Gedanken fassen.

Ich stieß die Kirchentür auf und sofort wurde ich von einem Meer an Geräuschen überschwemmt. Vorbeilaufende Menschen, Hupende Autos, Sirenen in der Ferne.

ZWÖLF

Mit einem seufzen ließ ich mich auf Henriks weiches Ikea Sofa sinken. Ich war so unglaublich müde, dass ich nicht mal Hunger hatte. Trotzdem stellte der Rothaarige eine große Portion chinesischer Nudeln für mich auf den Couchtisch. Als der Duft von würzigem Gemüse in meine Nase stieg, zog sich mein Magen sehnsüchtig zusammen. Vorsichtig griff ich nach der Schüssel und stopfte mir eine Gabel voll in den Mund. Genüsslich schloss ich die Augen. Es schien eine Ewigkeit her zu sein das ich normales Essen und nicht ein Gericht aus der Kirche bekommen hatte.

Henrik hatte mich die ganze Zeit ausdruckslos gemustert. Kaum hatte ich an seiner Tür geklingelt, hatte er mich an sich gedrückt und hereingelassen. Ich war so besorgt um ihn gewesen, dass ich fast nicht böse sein konnte, als er mir mitteilte er habe mich nur aus der Kirche der Nacht bringen wollen. Dabei hatte er immer wieder beteuert das es nur eine halbe Lüge gewesen war, da er unsere gemeinsamen Abende schrecklich vermisste. Und er brauchte mich, mich seine beste Freundin. Den Versuch einer Entschuldigung meinerseits hatte er mit einem Winken abgeschlagen. Stattdessen hatte er mich duschen geschickt und Chinesisches Essen bestellt. Endlich konnte ich die Sachen der Pugnator ausziehen und mich in einen lockeren Pullover von Henrik hüllte. Ich war es nicht gewöhnt so kurze und enge Kleidung zu tragen. Da war mir Henriks kuscheliger dunkelgrauer Pullover um einiges lieber, in welchen ich mich gekuschelt hatte. Meine Haare waren noch feucht und zu einem hohen Knoten gebunden. Nun durchbohrten mich Henriks goldene Augen geradezu und ich konnte es ihm nicht verübeln. „Wo warst du die ganze Zeit? Ich meine klar du warst in dieser Kirche und ich durfte dich besuchen, aber was ist das? Was machen die dort? Hat dir dieser blonde Schlägertyp etwas angetan? Emma du siehst schrecklich aus!" Henrik hatte nach meiner Hand gegriffen. Ich versuchten den Klumpen von Nudeln in meinem Mund herunter zu schlucken und wich seinem durchdringenden Blick aus. „Ja ich war bei den Kirchenleuten, aber es ist nicht so wie..." Setze ich an, doch Henrik unterbrach mich barsch. „Emma, dir ist doch wohl hoffentlich klar dass das nichts anderes als eine völlig kranke Sekte ist. Dieses...dieses komische Leuchten was die umgibt, ist so ein kranker Trick um Leute zu beeindrucken. Das machen die bei Scientology auch...nicht mit Leuchten aber die gleiche Taktik. Fall doch nicht auf solche Leute rein! Und dieser Blonde Typ erst! Der ist doch krank, wir sind hier in Deutschland! Der darf keine Waffen und Messer mit sich herumtragen. Wir sollten die Polizei rufen, Emma!" Henriks stimme überschlug sich fast und er spielte nervös an seiner braunen Brille herum. „Das ist ein Degen Hen, und kein Messer." „Völlig egal was das ist. Emma was ist los mit dir! Ich mache mir ernsthaft Sorgen um dich." Sanft streichelte er meine Hand. Ich seufzte. Es tat gut endlich wieder in meiner gewohnten Umgebung zu sein und weg von all den Daimons und Waffen Gerede. „Em, du warst Tagelang verschwunden." Ich seufzte. „Henrik das ist schwer zu erklären. Aber ich kann dir versichern das mir keiner etwas angetan hat, ganz im Gegenteil. Dort in der Kirche sind noch andere Leute, denen es so geht wie mir. Der blonde Typ zum

Beispiel, und sie konnten mir helfen meinem Problem auf den Grund zukommen." Ich strich mir nervös eine meiner blonden Strähnen aus dem Gericht. Ich konnte Henrik unmöglich alles erzählen, er würde mir ohnehin nicht glauben. Aber ich konnte auch nicht Lügen und Henrik kannte mich gut genug um zu wissen, dass ich nicht einfach eine Woche verschwand ohne mich mit ihm ins Detail über das Erlebte zu unterhalten. „Was soll das bei denen sein? Eine Psychiatrie in einer verfallenen Kirche? Emma ich bitte dich, wir können doch auch zusammen zu so einem Schlaftherapeuten gehen. Der kann dir besser helfen als irgendwelche dahergelaufenen Prediger. Und wie haben Sie dir überhaupt geholfen? Wurstest du mit Drogen weggeschossen?" Besorgt musterten mich seine goldenen Augen. „Emma ich helfe dir. Du musst da nicht alleine durch, ich meine so viele Menschen Schlafwandeln." Henriks Stimme war so liebevoll, dass ich Ihm am liebsten glauben würde. Das es diesen ganzen Daimons und Hexen nicht geben würde. Doch ich hatte es nicht nur am eigene Körper erlebt wie es ist, fast von einem Daimons besiegt zu werden. Ich Schlafwandelte nicht nur einfach, ich wurde heimgesucht wenn ich mich nicht schützte. Doch wie sollte ich das meinem besten Freund klar machen, ohne das er mich für noch verrückter hält, als er es ohnehin schon tat. Und wenn ich ihm sagen würde das ich eine Hexe bin, oder zumindest Magische Kräfte hatte und eine Ausbildung als Pugnator antreten sollte... Das konnte ich einfach nicht. Und das tat weh, verdammt weg. Zu wissen das ich nun Geheimnisse haben musste und es keinen Ausweg gab. Und mich beschlich die böse Vorahnung das dieses Geheimnis zwischen unserer Freundschaft stehen würde, dass war unvermeidlich.

Ich nickte nur schwach. „Ja wahrscheinlich hast du Recht." Erleichterung breitete sich auf dem Gesicht des Älteren aus. „Sehr gut! Ich schau gleich morgen mal ob wir in diesem

Schlaflabor in der Königsstraße einen Termin bekommen! Du weißt doch welches ich meine, da wo der Sandmann über dem Eingang hängt?" Ich versuchte begeistert zu lächeln und nickte. Wir waren früher mit der Schule öfter daran vorbeigelaufen und hatten uns immer über die verwitterte Figur lustig gemacht.

Erst jetzt bemerkte ich, das Henrik noch immer meine Hand hielt. Er bemerkte meinen Blick und ließ sie zögerlich los. Dann stand er auf, nahm meine halbleere Schüssel und ging in die kleine Eckkücke, in welcher sich die verschiedensten Essenspackungen stapelten. „Und vergiss diese Kirchenleute, die brauchst du nicht." Zuversichtlich warf er die leeren Kartons in den Müll und räumte klirrend das Geschirr ein.

Henrik hatte eine neue Serie eingeschaltet, die anscheinen jeder guckte und „Meeeeega gut" sein sollte. Es ging um Verbrecher die in eine Geldnotenbank einbrachen und irgendwann alles schief ging. Doch ich nahm die Story nur am Rande war. Immer wieder dachte ich über Dray und meinen Streit nach. Warum hatte mich seine kalte Art so verletzt? Ich meine so war er sonst immer, warum verletzte mich das auf einmal so? Ich war sauer. Er hatte null Verständnis für meine Lage gehabt. Wie hätte er sich verhalten wenn er sich fast umgebracht hätte, weil er von einen Daimons besessen worden wäre und dann erfuhr das er gegen Daimons kämpfen musste. Weil es seine Bestimmung war? Weil man plötzlich irgendwelche magischen Kräfte besaß?

Wütend starrte ich den Fernseher an und versuchte mich auf die Story zu konzentrieren. Dabei merkte ich nicht, wie ich langsam in die Welt der Träume glitt…

D R E I Z E H N

Panisch riss ich meine Augen auf und schnappte hektisch
nach Luft. Immer wieder versuchten meine Lungen sich
keuchend mit Sauerstoff zu füllen, doch es war als könne
mein Körper diesen nicht aufnehmen. Angst kroch mit jeden
Herzschlag weiter in meinen Adern durch meinen Körper.
Doch diesmal wusste ich was mit mir passierte. Dray hatte
recht gehabt, ich war nicht stark genug um alleine gegen
Daimons anzukämpfen. Und sie hatten mich heimgesucht,
schneller als ich jemals gedacht hätte. Nein, eigentlich hatte
ich es gar nicht für möglich gehalten! Dieser Krieg, wer oder
was zog mich damit hinein? Ich stellte doch für keinen eine
Bedrohung dar!

Immer wieder hörte ich Drays tiefe Stimme, die in mein Ohr
flüstere: Konzentriere dich, fülle deine Lungen langsam mit
Luft.

Und mit jedem einatmen versuchte ich meine Kraft zu
sammeln. Mit einer schwammigen Bewegung griff ich nach
der Kette um meinen Hals. Das kalte Silber brannte sich
schmerzhaft in meine glühende Haut. Schweißperlen rannen
meine Stirn hinab und ich konnte das Salz auf meinen Lippen
schmecken. Plötzlich spürte ich zum ersten Mal bewusst
meine Magie. Ein sanftes kippeln breitete sich in meinem

Bauch aus und durchströmte sanft meine Glieder. Mein Körper schien sich zu zentralisieren.

Der Daimon floss aus mir heraus und sammelte sich auf dem Boden zu einer silbrig schimmernden Flüssigkeit. Ich versuchte mich schwankend aufzurappeln. Meine Hände zitterten und nur mit Mühe schaffte ich es aufzustehen. Und dann sah ich es, mein ganzer Körper schien von einem kalten blauen Leuchten umgeben zu sein. Ein sanftes Leuchten, dass mich umschloss und die unglaubliche Macht ausstrahlte, die alle Pugnator umgab. Geschockt starrte ich meine Hände an. Bis jetzt hatte ich nicht geglaubt auch nur einen Funken Magie in meinem Körper zu tragen und schon gar nicht, dass diese zum Kämpfen geschaffen war. Doch dieses sanfte pulsieren, das jede Faser meines Körper durchdran und sich in meiner Brust sammelte war ein unglaubliches Gefühl. Ich hatte Angst und fühlte mich gleichzeitig mächtig!

Das Leuchten schien meinen glühenden Körper abzukühlen. Doch wie konnte mich das Licht eines Pugnator umgeben? Elisaria hatte deutlich gemacht, dass man deren Blut in sich tragen musste um ein Jäger der Daimons zu werden, ein Hüter des Lichts. Und das hatte ich definitiv nicht.

Plötzlich nahm ich eine Bewegung war. Reflexartig sprang ich zurück, als sich vor mir der Daimon materialisiert. Sein Körper formte sich zu einem bulligen Mann, voller Tattoos und kahlgeschorenen Kopf. Er sah aus wie ein Türsteher aus einem Nachtclub in London. Ich ging ein paar Schritte rückwärts Richtung Küche, darauf bedacht den Daimon nicht aus den Augen zu lassen. Dieser folgte mir langsam mit schräg gelegten Kopf, die schwarzen Augen folgten dabei flink jede meiner Bewegungen. Ich stieß gegen den Tresen und streckte meine Hand nach hinten aus, bis meine Finger etwas kaltes berührten: der Messerblock!. Henrik kochte gerne und legte immer Wert darauf, das seine Messer stehts geschärft im steinernen Messerblock standen. Ich schnappte mir das erste Messer, welches meine zitternden Finger berührten und hielt es schützend vor mich. Das Licht der Straßenlaternen fiel durch das kleine Küchenfenster und brach sich auf der scharfen Klinge „Verschwinde!" Zischte ich den Daimon an und verfluchte mich gleichzeitig das ich nicht meinen Degen griffbereit hatte. Der Daimon erwiderte mit einem grölenden Lachen, dass den gesamten Raum erfüllte. Ich spürte wie sich meine Haare aufstellten, der Raum war gefüllt von Elektrizität. Warum zur Hölle wachte Henrik nicht auf. Er musste den krach doch hören. „Leg das Messer weg Mädchen und ich bring dich an einem Stück hier raus. Anderenfalls kann ich nicht garantieren, dass du all deine Gliedmaßen behältst." Der Daimon bleckte seine Zähne und lies seine dicken Hände knacksen. Langsam kochte wieder Wut in mir hoch. Ich wollte kein Teil dieser Welt sein. Ich wollte nicht leuchten und mich mit Daimons rumschlagen verdammt! „Lass mich in Ruhe," Zischte ich, „Ich gehen nirgend wo hin." Das grinsen des Türstehers verstärkte sich, dann stürzte er ohne Vorwarnung auf mich zu. Ich schrie auf und hob mein Messer, doch der Daimon schlug es mit einem kräftigen schlag au meiner Hand. Meine Finger brannten, so stark hatte ich mich an den hölzernen Griff geklammert. Nun stürzte ich blitzschnell durch die Tür und schmiss sie hinter mir zu. Mit all meiner Kraft stemmte ich mich gegen das dünne Glass. Der Daimon schmiss sich immer wieder donnernd gegen die Tür. Lange würde ich dem Gewicht des Reißen nicht standhalten können.

„Henrik!" Schrie ich keuchend. Wir mussten hier raus und zwar so schnell wie möglich. Dray hätte den Daimon einfach abgestochen oder in ein Gefäß gesperrt, doch ich hatte keine Ahnung wie das ging. Und dieser Daimon schien entschlossen zu sein Besitz von mir zu ergreifen. Wer hatte es nur auf mich abgesehen? Und warum zur Hölle?

Ohne groß nachzudenken, rannte ich von der Wohnzimmertür zu Henriks Schlafzimmer. Panisch stieß ich gegen seine Tür und stürzte in sein kleines Zimmer. Mit einer schnellen Bewegung öffnete ich die Tür. Ich musste irgendwas vor die Tür stellen, mein Gewicht alleine würde nicht reichen um den Daimon davon abzuhalten durch Henriks Türe zu gehen. Schnell sah ich mich in dem dunklen Zimmer um und entdeckte die weiße Ikea Kommode Hemnes direkt neben der Tür, auf der sich ein paar Bücher stapelten. Ich nahm meine gesamte Kraft zusammen und schob quietschend Hemnes vor den Eingang zum Zimmer. Henrik war aus seinem Bett aufgesprungen und starrte mich entgeistert an.

„Emma was machst du…", doch ich ließ ihn nicht aussprechen. Henrik stand entgeistert neben seinem Bett, er trug nur eine lockere Jogginghose, das rote Haar hing ihm verschlafen im Gesicht. Ich sprintete an ihm vorbei zum Balkon und öffnete die Türe. Von hier aus konnte man über eine Feuerleiter nach unten auf die Straße gelangen. Henriks Wohnviertel war Nachts nicht sehr belebt, wir mussten also näher in die Innenstadt kommen, unter Menschen. Der Bahnhof war von der Straße aus nur ein paar Gehminuten entfernt, wenn wir dort hin gelangten, konnten wir untertauschen. Zumindest fürs erste.

„Wir müssen gehen, jetzt sofort schrie ich!" Meine Stimme zitterte. Ein knacken ertönte und zog mich wie ein

Stromschlag. Ich drehte mich panisch, doch in diesem
Moment

schmiss sich der Daimon erneut gegen die Tür. Ächzend
wand sich die alte Holztür unter dem Gewicht und Hemnes
verschob sich ein Stück. Entgeistert starrte Henrik in
Richtung Tür. „Emma..." Doch ich packte seine Hand und
zog ihn hinter mir her auf den Balkon. Die kühle Nachtluft
hüllte uns in ihren schützenden Mantel. Es war völlig dunkel,
nur auf der kleinen Straße leuchteten ein paar Laternen und
verströmten ihr warmes Licht. Ich verstärkte meinen Griff um
Henriks Hand und umgriff mit der anderen das kalte Metall
des Geländers. Ich stand schon auf der ersten Stufe der
schmalen Treppe, als Henrik abrupt stehen blieb: „Emma,
Emma du leuchtest." Panik schwang in seiner Stimme mit
und ich konnte es ihm nicht verdenken. Ich konnte mir
vorstellen was in seinem Kopf für ein Chaos herrschen
musste. Doch das war der falsche Augenblick für Fragen.

„Henrik dafür ist jetzt keine Zeit, komm endlich!" Schrie ich
den Älteren an und sprintete vorsichtig die glatten Stufen
hinunter. Henrik zögerte einen Moment, doch dann hörte ich
endlich das Poltern seiner Schritte hinter meinen. Doch das
hielt ihn nicht von seinen Fragen ab. Keuchend stieß er
zwischen ein paar Atemzügen hervor: „Emma was zur Hölle
ist hier los! Wer ist da in meiner Wohnung! Wir müssen die
Polizei rufen!" Ein Ohrenbetäubender Schlag erfolgte, gefolgt
von dem Geräusch zersplitternden Holzes. Ich zuckte
erschrocken zusammen und hätte fast die nächste Stufe
übersehen. Im letzten Moment griff ich nach dem kalten
Geländer und klammerte mich daran fest, während wir Stufe
für Stufe hinunter rannten. Der Daimon hatte sich wohl nicht
die Mühe gemacht das Zimmer zu dursuchen, sondern war

schon auf dem Absatz des Balkons angelangt. Zu unserem Glück war die Treppe schmal geschnitten, wodurch unser Angreifer sich schwerfällig zwischen die beiden Geländer quetschen musste. Henrik hatte mich eingeholt und war nun dicht hinter mir. Sein warmer Atem kitzelte mich im Nacken und bei jedem Schritt hörte ich Ihn keuchen. Henrik war noch nie besonders sportlich gewesen, ich hoffte wir konnten das Tempo bis zum Bahnhof halten.

Die Treppe vibrierte unter dem Gewicht des Daimons und ich klammerte mich noch stärker an das dünne Geländer. Noch ein Treppenabsatz, dann hatten wir es endlich geschafft! Henrik wohnte zwar nur im vierten Stock, dennoch hatte ich das Gefühl ewig bis nach unten zu brauchen. Mein Herz schlug mir bis zum Hals und ich konnte das Blut in meinen Adern rauschen hören. Im nächsten Moment hatte ich die letzte Stufe erreicht und sprang auf die Straße. Ich zog Henrik hinter mir her und wir bogen links ab. Die Straßen waren wie leergefegt, nur vereinzelt brannte in den großen Häusern noch Licht. Es war vollkommen still und auf absurde weiße mischte sich unter das sanfte plätschern der vielen Brunnenanlagen in der Gegend unser panischen keuchen und das aggressive Fauchen des Daimons. Unsere Schritte halten laut an den Hauswänden wieder. Jetzt hatte auch der Daimon den Treppenabsatz erreicht und hatte die Verfolgung aufgenommen. Ohne die enge Treppe kam das Geschöpf der Nacht viel schneller voran, in einem höheren Tempo als Henrik und ich. Henriks keuchen wurde lauter. „Emma ich...", presste er zwischen zwei schweren Atemzügen hervor. Doch ich wusste auch so was er sagen wollte. Er würde nicht mehr lange durchhalten. Bis zum Bahnhof waren es vielleicht noch ein knapper Kilometer. Ich griff nach seiner Hand und drückte sie aufmunternd. Wir

Bogen um die nächste Ecke, in eine kleine Haussiedlung ein. Rechts und links von uns standen Autos, die Straße war schmaler als die zuvor. Der Daimon war schon dicht hinter uns, als plötzlich, ein paar Reihen weiter vor uns, eine dunkle Gestalt zwischen den Autos hervortatrat. Blutrote Augen leuchteten uns entgegen. Er stand einfach nur da und starrte uns mit seinen dunklen Augen an. Ich bremste abrupt ab. Wir konnten nirgendswo hin. Seitlich reite sich Haus an Haus aneinander und hinter uns kam der Daimon. Henrik kam keuchend zum Stehen und stütze seine Hände auf den Knien ab. „Emma vor wem zur Hölle rennen wir weg und wer ist der Typ mit den Kontaktlinsen?" Doch ich nahm seine Stimme nur am Rande war, zu laut schlug mein Herz. Alles in mir begann zu pulsieren und ich sah wie mein Leuchten zunahm. Nun bewegte sich die Gestalt mit eleganten Schritten auf uns zu. Im schwachen Licht der Straßenlaternen konnte ich erkennen, dass er sich die Kapuze einer dunklen Jeansjacke tief ins Gesicht gezogen hatte. Die Gestalt war ein großgewachsener Mann, welcher komplett in schwarz gekleidet war, lediglich seine hellen braunen Augen bildeten einen Kontrast. Wie alle trug auch er einen Degen an seinem Gürtel. Doch im Gegensatz zu Lena und Dray umgab Ihn ein rotes Leuchten. Er blieb nur wenige Schritte von uns entfernt stehen und musterte uns ruhig. Er hob seine Hand und legte sie entspannt auf den Griff seines Degens. An jedem Finger steckte ein anderer Ring.

„Wer seid Ihr?" Platze es aus mir heraus. Ich zitterte am ganzen Körper. Mich von dem Daimon zu befreien und die Flucht, hatte mir mehr Kraft gekostet als ich erahnt hatte. Und so langsam holte mich die Erschöpfung ein. Es war vollkommen Still auf der Straße, lediglich das leise quietschen einer Schaukel in der Ferne, drang zu uns herüber. Der mir gegenüber legte seinen Kopf schräg und musterte mich. Als er antworte klang seine Stimme melodisch, als würde er einen Vers vortragen. „Das spielt keinerlei Rolle für dich, Emma Pirk." Er hob seine beringet Hand und ich konnte spüren wie sich der Daimon hinter uns in Bewegung setzte. Henriks Atmung hatte sich mittlerweile beruhigt, jetzt warf er einen panischen blick nach hinten. Beschützend legte er einen Arm um meine Hüfte und ich spürte die Hitze die von ihm ausging. „Was sollen wir jetzt machen?" Flüsterte er leise, ohne den Blick von der Gestalt uns gegenüber zu wenden. Doch ich hatte keine Antwort auf seine Frage. Ich war zu schwach um noch einmal gegen den Daimon anzukämpfen. Mein Leuchten lies langsam nach und damit kamen die Schmerzen. Ich hatte das Gefühl Verbrennungen am ganzen Körper zu haben und umso stärker die Schmerzen wurden, desto benebelter wurde auch mein Geist. Ich konnte kaum noch klar denken. Doch mir war bewusst, dass der Unbekannte ein Pugnator sein musste, oder zumindest etwas in der Art. Wie Dray musste er Engelsblut in sich tragen. Es war unmöglich ihn einfach so zu besiegen. Und ehe ich mich versehen konnte, hatten zwei starke Hände mich gepackt. Mit einer Hand hatte der Daimon meine Hände auf den Rücken gedreht, mit der anderen krallte er sich in meine blonden Haare und riss meinen Kopf in den Nacken. Keuchend schnappte ich nach Luft und versuchte die Sternchen vor meinen Augen wegzublinzeln. Der Daimon stank nach Erde und Verwesung. Mir wurde schwindelig von seinem Geruch und ich unterdrückte einen Hustenreiz. „Henrik..." Versuchte ich zu sagen, doch es kamen nur unverständliche Laute heraus. Ich konnte nicht erkennen was um mich herum geschah, ich blickte nur gegen den dunklen Himmel. Was wollt Ihr von uns? Lasst Sie gehen!" In Henriks Stimme schwang Panik mit.

„Lass sie gehen." Mein Herz setzte für einen Moment aus als ich seien Stimme hörte.

„Ach Henrik." Der Unbekannte schüttelte langsam den Kopf. „Du weist so gut wie ich das ich nichts von euch beiden will, sondern nur von dir. Du hast die Kleine da mithinein gezogen. Findest du nicht auch, dass du jetzt die Konsequenzen tragen musst?" Er lachte melodisch. „Ach Herrgott Henrik jetzt guck doch nicht so, es war doch nur eine Frage der Zeit." Ich versuchte krampfhaft zu verstehen was zwischen den beiden vor sich ging. Kannte Henrik den Mann? Und wenn ja woher, schließlich waren wir seit der vierten Klasse beste Freunde. Wir hatten jede Minute miteinander verbracht, ich hätte gewusst, wenn er den Mann kennen würde. „Henrik..." Würgte ich erneut, doch dieser schien mich nicht zu beachten. Ich konnte seine Anwesenheit spüren, ich wusste das er nicht weit von mir Weg stand. Doch er schien mich nicht wahrzunehmen. Erneut sprach Henrik, doch diesmal klang seine Stimme bedrohlicher. „Lass Sie hier, Taurin, ich mach auch alles was ihr sagt." „Oh und verdirbst uns den ganzen Spaß?" Nun klang die Stimme des Fremden bedrohlicher. „ Ich habe dir schon einmal vertraut, den Fehler mach ich nicht ein zweites mal."

In diesem Moment durchbohrte eine klinge meinen Peiniger. Blut spritze auf und sprenkelte mein Gesicht. Mit einem schlürfenden Geräusch wurde der Degen aus dem leblosen Körper gezogen und die Waffe in die Luft gehalten. Die blutige Klinge schimmerte im Licht des Vollmondes. Keuchend schaute ich auf nur um in die blauen Augen Drays zu blicken. „Lass sie gehen." Mein Herz setzte für einen Moment aus als ich seien Stimme hörte.

„Dray." Taurin, wie Henrik den Mann gerade genannt hatte, dehnte den Namen des Pugnators ungewöhnlich lang.

Taurin klatschte erfreut in die Hände. „Was für eine Überraschung!"

Seine Stimme veränderte sich, wurde tiefer und wandelte sich als er sang: „*maghoSba', maghoSba'*…" Wie aus dem nichts zogen dunkle Schwaden aus den Gullideckeln, krochen aus jeder Ecke aus jedem Hausspalt. Der Nebel war aus einem dunklen Grau und raubte mir langsam die Sicht. Wie ein dicker Schleier kroch er langsam an unseren Füßen hoch und tauchte alles um mich herum in seine dunkle Hülle. Ich spürte wie die Panik mir zusehends die Kehle zuschnürte, mich langsam lähmte. Ein Schrei ertönte gefolgt von aufeinandertreffenden Metall. Und ohne das ich es bemerkte oder beeinflussen konnte, löste sich ein Schrei aus meiner Kehle: „Dray!"

Ich versuchte aufzustehen, doch meine Beine zitterten und wollten mir nicht gehorchen. Immer wieder sackte ich ein, als hätte ich keine Kraft mehr um aufzustehen.

Ich konnte nichts sehen, ich konnte nur das Keuchen der Kontrahenten hören, ihre Waffen die aufeinander schlugen und deren Schläge die stille der Nacht durchschnitten.

Mit erschrecken nahm ich war wie die Kampfeslaute immer leiser wurden, sie schienen sich von uns zu entfernen. So schnell wie der Nebel aufgezogen war, so schnell schien er sich auch wieder zu lichten. Und mit seinem Verschwinden, schienen meine Füße auch ihre Kraft wiederzugewinnen. Mit wackligen Knien stand ich auf und schaute mich auf der Straße um, niemand war zu sehen: weder Dray, noch Henrik oder einer der Angreifer. Ich war alleine. Plötzlich entdeckte ich auf dem Asphalt rote Blutstropfen die wie eine Spur aufgelegt waren und zu einem großen Stein am Straßenrand zu führen.

Ich schrie zum wiederholten Mal in dieser Nacht seinen Namen. Ich stolperte auf die Kante des Steines zu und ließ mich dort hart auf die Knie fallen. Es hätte eigentlich wehtun müssen, aber ich spürte keinen Schmerz, als ich auf den weißen Stoff blickte… Er war voller Blut, aber es war unverkennbar das Hemd, was Dray heute getragen hatte. Die Tränen schossen mir in die Augen, rollten über meine Wangen und tropften auf den kalten Boden. Es platschte leise, als sie in dunkle Pfütze voll Blut fielen, die sich unter meinen Füßen erstreckte. Mit zitternden Fingern griff ich vorsichtig nach Drays Hemd das inmitten der Lache voll Lebenssaft ruhte. Das purpurne Rot lag wie ein Ölfilm um den weißen Stoff und ich versuchte es panisch abzuschütteln wollte das es verschwand.

Das durfte nicht sein, Dray durfte nicht…

Schluchzer erfüllten meinen Körper und ich drückte den Handschuh an meine Brust, presste ihn an mich als würde er mich vor dem Ertrinken retten können. „Dray…" brachte ich immer wieder zwischen zwei Schluchzern hervor. Er war Tod… und das wegen mir.

Ich weinte, schrie und schluchzte und die Tränen flossen in Sturzbächen über meine Wangen, doch da war niemand, der mich hörte, niemand der antwortete. Ich war allein und diese

Erkenntnis war die Schmerzhafteste, die ich jemals hatte machen müssen.

Plötzlich packte mich jemand von hinten. Ein stechender Schmerz durchzuckte meine Oberarme, als sich lange Finger in meinen Oberarm krallten. Eine schnelle Handbewegung folgte und mein Kopf wurde ruckartig in den Nacken gezogen. Ich keuchte schmerzerfüllt auf und Sterne tanzten vor meinen inneren Augen. Panisch versuchte ich sie wegzublinzeln und mein Blick huschte wild um her, in dem Versuch einen Blick auf meinen Angreifer zu erhaschen: doch vergeblich.

Ich konnte seinen Atem spüren, der wie Messerstiche mein Ohr durchzog. Er roch nach Zeder und Blut. Übelkeit kroch in mir hoch und mein Magen drohte zu rebellieren, als der Unbekannte leise flüsterte: *„Bijatlh 'e' yImev je yIQong…"*. Kaum waren die Worte an mein Ohr gedrungen, wurde um mich herum alles schwarz.

VIERZEHN

Eine beiernde Schwere hatte sich über mich gelegt , und hinderte mich daran meine Augen zu öffnen. Dumpf drangen geräusche an mein Ohr, doch ich konnte sie nicht einordnen. Es fühlte sich an als wäre ich in einer Blase gefangen, aus der ich nicht ausbrechen konnte. Nur langsam regte sich meine Lebensgeister wider. Ich dachte nichts, ich spürte nichts. Und für einen Moment wollte ich nichts anderes, als diese Gleichgültigkeit zu genießen.

Als ich die Augen aufschlug, brauchte ich einen Moment, eh ich klar sehen konnte. Ich blinzelte. Über mir hing eine alte Lampe, die den Raum in schwaches Licht hüllte. Die Decke war aus grauen Stein und verströmte eine durchdringende Kälte.

„ Wo bin ich?" Krächzte ich, in der Hoffnung eine Antwort zu bekommen.

„Nein, du solltest dich nicht so viel bewegen.", stammelte eine piepsige Stimme. Vorsichtig drehte ich den Kopf zur Seite. Meine Wangen streiften rauen, kratzenden Stoff. Ich lag auf dem Boden, mein Kopf ruhte auf einem zerfressenen rauen Kissen, mein Körper war in eine dünne Decke gewickelt. Im Halbdunkel der Lampe war kaum etwas zu erkennen. „Wer ist da?"

„Maureen Leander, schön sie kennenzulernen."

Ich hörte wie Wasser in ein Gefäß gegossen wurde, dann erschien das Gesicht einer jungen Frau in meinem Blickfeld. Sie hatte dunkle, wilde locken, welche graziös ihr dunkles Gesicht umrahmte. Ihre Augen funkelten in einem freundlichen Gold, als sie mir ein hölzernes Gefäß reichte. Erst jetzt bemerkte ich, dass ich furchtbaren Durst hatte. „Ist das für mich?" fragte ich zaghaft. Maureen nicht und reichte mir das Getränk. „Danke!" Gierig trank ich das kühle Wasser, welches langsam meine Sinne belebte. Maureen lächelte, sie schien es nicht gewöhnt zu sein, dass man sich für etwas bedankte. „Wo sind wir?" „Keylam Manson." Überrascht sah ich auf, den Namen hatte ich schon mal gehört. Doch ich konnte nicht einordnen in welchen Kontext. „Warum bin ich hier?" Stotterte ich und griff mir unwillkürlich an den Hals. Ein Pflaster klebte direkt auf meiner Halsschlagader. Ich seufzte, als langsam die Erinnerungen zurück kamen. Heiße Tränen stiegen mir in die Augen und mit ihnen flammte erneut dieser unglaubliche Schmerz auf, der mir den Atem raubte. Dray. Ich sah seine blauen Augen vor mir, spürte wie er mich berührte, wie mein Herz einen Schlag aussetzte. Schmerzerfüllt kniff ich die Augen zusammen.

„Woran kannst du dich noch erinnern?" Fragte Maureen zögerlich und blickte mich besorgt an. Ich schluckte schwer, versuchte den Klos in meiner Kehle los zu werden, ehe ich leise anfing zu erzählen: „ Das letzte woran ich mich erinnerte war, dass ich mit Henrik, meinem besten Freund, vor einem Daimon geflohen war, der mich zuvor besetzt hatte. Dann war plötzlich dieser Fremde aufgetaucht. Henrik und er schienen sich bereits zu kennen und dann war Dray aufgetaucht." Ich schloss schmerzerfüllt die Augen ehe ich stammelte: „ Er war gekommen um mich zu retten. Und dann war da nur noch dieser dunkler Nebel, die Schreie und Blut. So viel Blut! Natürlich konnte ich nicht wissen was wirklich passiert war. Doch der Menge an Blut nach zu urteilen musste Dray im Kampf schwer verwundet worden sein. Da lag sein Hemd und eine lache Blut auf den Boden. Das Hemd hatte er sich sicher ausgezogen um die Blutung seiner Stichwunde zu stillen. Es war so viel Blut gewesen, er konnte das unmöglich…" Ich schaffte es nicht den Gedanken zu Ende zu bringen und ein ersticktes Schluchzen kam mir über die Lippen. „Das er nicht zurück geblieben ist, das seine… seine Leiche nicht da lag, sie mussten ihn mitgeschleppt haben. Vielleicht um keine Beweisstücke zurück zu lassen?" Er war Tod. Und das war meine Schuld!

Angst keimte in mir hoch. Wo war Henrik? Hatten Sie ihn auch mitgenommen? Überwältig von meinen Gefühlen, kullerten die ersten Tränen über meine Wange.

„Hey,…," flüsterte Maureen und breitete hilflos ihre Arme aus. Und ich warf mich schutzsuchend gegen sie, vergrub mein Gesicht an ihrer Brust und weinte. Ich weinte, wie ich noch nie in meinem Leben geweint hatte. Maureen sagte nichts, sie hielt mich einfach nur fest, wiegte mich in ihren Armen und streichelte mir beruhigend über den Rücken.

Ich wusste nicht wie lange ich in Maureens Armen lag, doch irgendwann schienen keine Tränen mehr zu kommen. Und es blieb nichts zurück außer Angst und eine gähnende Leere. Maureen löste sich behutsam von mir und ich lockerte meinen Griff.

„Es tut mir Leid um deinen Freund", flüsterte Maureen sanft und drückte meine Hand. Ihre goldenen Augen waren voller Mitgefühl und Schmerz. Ich schloss die Augen und nickte stumm. Erneut sammelten sich Tränen und rannen stumm über meine Wangen. Ich versuchte tief durchzuatmen um einen klaren Gedanken fassen zu können. So sehr ich es auch wollte, durfte ich mich jetzt nicht meiner Trauer und meinen Schuldgefühlen hingeben. Ich war entführt worden, darauf musste ich mich jetzt konzentrieren.

„Bin ich alleine gekommen? Oder war noch ein Junge dabei?" Doch Maureen schüttelte den Kopf. „Du meinst diesen Henrik? Tut mir Leid, ich weiß nichts von einem weiteren Gefangenen." Ich konnte nur hoffen das es ihm gut ging.

Ich fuhr nachdenklich durch meine Haare und stellte fest, dass sie fettig und strähnig waren. In ein paar Strähnen hing Blut. Unruhig begann ich mich in dem Raum umzusehen. Ich lag auf einem provisorischen Bett, dass mit rauem Stoff bezogen war. Der Raum war klein und von kalten Steinmauern umhüllt. Außer der kleinen Lampe über mir gab es keine Lichtquelle, keine Fenster oder Spalte. Rechts von mir befand sich eine alte Holztür, die der einzige Ausgang aus unserem Raum zu sein schien. Es sah aus wie in einem mittelalterlichen Kerker. Wo zur Hölle war ich hier?

„Was machen wir hier?" Maureen sahs an die Wandgelehnt und hatte ihre Füße angewinkelt. Sie trug eine fleckige Jeans, Boots und eine karierte Bluse. Ich setzte mich vorsichtig auf, sofort fing alles um mich herum an sich zu drehen . Ich atmete tief ein und wartete einen Moment bis der Schwindel vorüber war, eh ich wieder die Augen öffnete. „Nun wir sind beide Hexen. Und da wir beide in diesem Keller sitzen, haben wir wohl beide nichts dagegen unsere Magie im stillen zu praktizieren, ohne das jeder Leiko erfährt was wir sind."

„Wie lange bist du schon hier unten?", ich betrachtete die junge Frau genauer. Tiefe Ringe hatten sich unter ihren Augen gebildet und ein gelber Schleier umspielte ihre Zähne. Ihre lockigen Haare schienen von einem dicken Fettfilm überzogen zu sein. Scheinbar musste sie schon ein paar Wochen hier unten verbringen. „Ich weiß nicht ob du es mitbekommen hast, aber vor ein paar Wochen wurde eine Kirche der Nacht in Österreich überfallen und abgebrannt," schmerz lag in ihrer Stimme und sie lächelte traurig. „Ich hatte dort einen Kurs über Haushaltsmagie. Wie man mit unauffälligen kleinen Zaubern seinen Alltag erleichtern kann, ohne das es Leikos bemerken. Naja und dann wurden wir angegriffen und seit dem bin ich hier. Ich hab keine Ahnung wer den Angriff überlebt hat, oder ob ich die Einzige bin." Sie blickte hinab auf ihre Hände und spielte an ihren Nägeln. Ein eiskalter Schauer lief mir den Rücken hinunter. Elisaria hatte mir die Geschichte erzählt, dass das Institut abgebrannt ist und es anscheinend keine überlebenden gab. Ein Schluchzer entfuhr Maureen und sie fügte mit erstickter Stimme hinzu: „Oder ob ich hier jemals wieder raus komme! Aber man muss stark bleiben, oder? Und darf nicht aufgeben zu hoffen." Sie lehnte ihren Kopf an die kalte Steinmauer und starrte zur Decke. Ich wusste nicht was ich sagen sollte, wie ich sie trösten konnte. Und so saßen wir einige Minuten schweigend zusammen, wir beide Gefangen in unserem eigenen Schmerz.

FÜNFZEHN

Mit einem Knall, wurde die hölzerne Tür schwungvoll aufgestoßen. Licht strömte durch die Öffnung in unsere Zelle und ließ die Staubkörner tanzen. Ein kleiner dicker Mann stand in der Tür und musterte mich grimmig. Sein Schnauzer war nach oben gedreht und auf seinem Kopf war von seinem schütteres Haar nur ein glänzender Halbmond übriggeblieben. Er sah elegant aus, mit seiner dunkelbraunen Anzugshose und der kartierten Weste, die sich über seinen gewaltigen Bauch spannte. „Hey du," einer seiner dicken Finger deutete auf mich, „ mitkommen. Frau Keylam möchten mit dir sprechen." Verwunderter schaute ich den Mann an. Maureens blick ruhte auf mir und sie lächelte mich aufmunternd an. Ungeduldig tippte der Mann mit der Fußspitze auf den Steinboden. Ich versuchte aufzustehen, doch sofort wurde mir wieder schwindelig und ich musste mich an der Wand abstützen. „Beweg dich!" Er fuchtelte ungeduldig mit seiner kleinen dicken Hand. Langsam lief ich auf die Tür zu. Meine Augen hatten sich noch nicht an das helle Licht gewöhnt und ich kniff schützend meine Augen zusammen. Flink trat der Mann aus der Tür in den Steinernen Gang. Zwei dunkelgekleidete Männer traten neben mich, ihre Münder und Nasen waren von schwarzen Stoffmasken bedeckt, lediglich ihre braunen Augen beobachteten mich aufmerksam. Ich fühlte mich klein und verloren zwischen ihnen, obwohl der Mann vor mir so viel kleiner war als ich .

Die große Marmortür wurde aufgestoßen und der kleine Mann im Anzug trat hinein. „Frau Keylam, dass Mädchen ist da." Mit einer barschen Bewegung winkte er mich hinterher. Eine Frau, mit eisblonden Schulterlangen Haaren saß in einer eleganten ledernden Sitzgruppe. Sie trug einen schwarzen Hosenanzug, ihre Lippen erstrahlten in einem lebhaften Rot, doch ihre hellblauen Augen starrten mich regungslos an. Auf dem kleinen Tisch vor ihr stand ein Tablett mit frischem Tee. Weil Sie nichts sagte, setzte ich mich unschlüssig zu ihr.

„Du bist schon wach, das ist gut. Wie fühlst du dich?" fragte sie nach einer Weile, nachdem sie mich stumm gemustert hatte. Ich fühlte mich unwohl mit meiner Verschmutzen Kleidung und den fettigen Haaren.

„Ähm... ganz gut!", flüsterte ich leise, verunsichert von der grotesken Situation. Ich wusste nicht wo ich war, warum ich hier war und was mit mir passiert war.

„Tee?" Fragte Frau Keylam und schenkte mir etwas von der braunen Flüssigkeit ein, ohne meine Antwort abzuwarten. Sie reichte mir die schwarze Tasse, die mit grauen Ornamenten bemalt war.

„Weist du wo du hier bist?" Ihre Stimme war ungewöhnlich rau, für die einer so zierlichen Frau. Ich zögerte einen Moment, ehe ich antwortete: „Nein", das war gelogen. Laut Maureen befanden wir uns im Keylam Manson, doch ich hatte keine Ahnung ob ich das wissen sollte und ob ich sie mit einer anderen Antwort in Schwierigkeiten bringen würde. Ehe sie meine Lüge bemerkte, konterte ich mit einer Gegenfrage: „ Wer sind Sie und was mache ich hier?"

Frau Keylam schaute mich schweigend an und musterte mich durchdringend. Nervös spielte ich an meinen Nägeln herum und wich ihrem Blick aus. Ihre Augen verunsicherten mich, ich hatte dieses eisblau schon einmal gesehen: Sie hatte die Augen von Dray.

„Wie bin ich hierhergekommen?", traute ich mich nach einer Weile des Schweigens zu fragen. Frau Keylam nippte an ihrem Tee und spitzte die roten Lippen.

„Die Leute meines Mannes haben dich auf unser Anwesen gebracht, Keylam Manson." Sagte Sie knapp, dann lehnte sie sich mit überkreuzten Beinen in ihren ledernen Sessel zurück. Die Teetasse fest in ihren langen Fingern. „Und du bist hier, weil mein Mann glaubt, dass du ein Druckmittel gegen Henrik Bertram bist." Sagte Sie mit einem Blick, der mir einen Schauer über den Rücken jagte.

Verdutzt schaute ich die blonde Frau an: „Was hat Henrik damit zu tun? Seit ihr auch Hexen oder Pugnatoren?" Sie lächelte. „So etwas ähnliches. Hat dir mein Sohn denn nichts erzählt." Sie hob eine dunkle Augenbraue und musterte mich aufmerksam.

„Ihr Sohn?" Überrascht blickte ich Frau Keylam an.

„Ich habe gehört ihr seid euch näher gekommen. Du und Dray."

Mein Herz setzte für einen Schlag aus. Dray. Natürlich, diese Frau hatte dieselben Augen wie er. Keylam, diesen Namen hatte Elisaria einmal erwähnt. Doch Dray hatte nie ein Wort über seine Familie verloren, nicht eines. Ein Klos bildete sich in meinem Hals. Er konnte unmöglich etwas mit meiner Entführung zu tun haben. Er hat versucht mich zu retten, er ist für mich gestorben.

„Er hat dir nichts erzählt, dass überrascht mich nicht." Einen Moment schaute sie mich mitfühlend an, dann widmete sie sich wieder ihrem Tee. Ich durfte jetzt nicht an Dray denken, ermahnte ich mich. Ich musste herausfinden was Henrik mit der ganzen Sache zu tun hatte. „Was hat Henrik mit all dem zutun? Er ist nur ein Lorek?" Frau Keylam lachte. „Ich habe das Gefühl als wären die Männer in deinem Leben nicht gerade ehrlich zu dir." Sie beugte sich nach vorne, eine blonde Strähne viel ihr vors Gesicht. „Er ist der Schlüssel zu den Toren der Unterwelt." Dann lehnte sie sich wieder zurück in ihren Sessel ein kleines Lächeln umspielte ihre Lippen: „ „Moran, mein Mann wird dich nachher verhören." Ich meinte so etwas mit Mitleid in ihren Augen lesen zu können. Beunruhigt senkte ich den Blick und atmete schwer ein. „Meinst du, du fühlst dich dazu bereit?" Nein! Ganz und gar nicht bereit. „Bleibt mir etwas anderes übrig?" erwiderte ich mit einem zynischen Lächeln, weil wir beide die Antwort kannten. Sie sah mich mitfühlend an und schüttelte dann mit dem Kopf. Ich ahnte dass das Verhör nicht angenehm enden würde.

„Warum wollten Sie mich sprechen?", mein Herz pochte wie verrückt gegen meinen Brustkorb. Dieses Gespräch erschien mir grotesk, Sie stellte mir keine Fragen, sie beobachtete lediglich. Warum machte sie sich deshalb die Mühe mich aus meiner Zelle zu holen. Zumal ja später ein Verhör erfolgen sollte. Erneut musterte die zierliche Frau mich ruhig, ohne jede Reaktion. Langsam strich sie sich die blonde Strähne aus dem Gesicht ehe sie antwortete: „ Ich wollte wissen warum du das Druckmittel gegen meine Söhne sein solltest." Ihre Söhne? Bedeutete dass das Henrik und Dray…? Nein, das konnte nicht sein! Ein Schauer lief mir über den Rücken und ließ mir das Blut in den Adern gefrieren.

„Ruh dich noch etwas aus, mein Mann wird erst gegen Abend erwartet. Ich lasse dir etwas zu essen nach unten bringen." sagte Sie och, bevor Sie aufstand und mir im Vorbeigehen ihre Hand auf die Schulter legte. Sie hatte schon beinahe die Tür erreichte, als sie sich noch einmal umdrehte. „Emma, wenn du Ihnen alles sagst, was du weißt, dann wird es schon nicht so schlimm werden. Dray würde dir das gleiche Raten."

Mein Herz pochte wild gegen meinen Brustkorb. Mein Magen rebellierte und ich bekam kaum noch Luft. Ich wollte Schreien, doch mein Körper war gelähmt.

SECHSZEHN

Wie versprochen hatte mir Frau Keylam essen nach unten bringen lassen. Maureen und ich hatten einen Eintopf bekommen, den wir beide nur wiederwillig gegessen hatten. Nachdem ich der Dunkelhaarigen erzählt hatte, wer mich nachher verhören würde, war Sie blass geworden. Sie hatte einfach nur schweigend ihr T-Shirt hochgehoben und mir ihren Rücken gezeigt. Hunderte sichelförmige Narben hoben sich hell von ihrer dunklen Haut ab. Es würde keine Befragung werden, sie würden mich so langen foltern bis sie die Informationen hatten, die sie brauchten. Doch ich hatte keine Ahnung. Ich war in eine mir vollkommen Unbekannte Welt hineingerutscht. Vollkommen egal was Henrik mit diesen Leuten zu tun hatte, er wollte ihnen etwas verheimlichen. Ich wusste nicht was, doch ich würde nichts über ihn Preisgeben. Es war mein bester Freund, seit Ewigkeiten, dass würde ich heute nicht aufs Spiel setzten. Ich konnte nur hoffen, dass sie mir glaubten, das ich von dieser Welt keine Ahnung hatte.
Unruhig tigerte ich in unsere Zelle auf und ab. Ich hatte die gesamten Wand abgesucht, war jeden Stein entlanggestrichen. Ich hatte sogar die Rohre an der Wand ausgekundschaftet und versucht die Türe aufzubrechen. Doch es gab keinen Weg hinaus. Die Keylams verstanden ihr Handwerk.

Ich hatte kein Zeitgefühl. Doch es mussten schon ein paar Stunden verstrichen sein, als ich mich endlich soweit beruhigt hatte, um mich auf mein Bett zusetzten.

Wir gingen in einen anderen Raum als heute Morgen. Er war größer, aber mit ebenso beeindruckenden Flügelfenstern bestückt. Draußen konnte man eine großflächige Parkanlage erahnen, welche von düsteren Fackellicht umschlossen wurde, die wie Dämonen der Nacht an den Zinnen tanzten. Wie das gesamte Haus, bestand war auch dieser Raum mit dunklen Wänden und Steinfußboden umhüllt. Trotz seiner gewaltigen Größe, war der Raum nur mit ein paar ledernder Seele bestückt, die sie um einen gewaltigen Kamin reihten. In jeder Ecke des quadratischen Zimmer stand eine, aus Stein meißelte, Figur, die Krieger in den verschiedensten Positionen zeigten. In der Mitte stand ein einzelner Stuhl, der wohl für mich reserviert war. Meine Vermutung wurde bestätig als ich unsanft von meinem Wächter in Richtung Stuhl geschoben wurde. Mit schnellen groben Bewegungen wurde ich auf diesen geschubst und gefesselt. Das Seil schnitt scharf in meine Handgelenke und bohrte sich mit jeder Bewegung tiefer in mein Fleisch. In einem der Sessel saß bereits ein Mann. Er hatte dunkle kinnlange Haare, welche er elegant zurück gegelt trug. Herr Keylam saß entspannt in seinem Sessel und schwenkte ein Glas Whiskey in seiner Hand. Obwohl ein Lächeln auf seinen Lippen lag, verrieten seine Augen wie gefährlich er war. Er genoss die Situation und ergötzte sich an meiner Angst. Seine Frau stand hinter seinem Sessel und schien sich, so gut es ging, heraushalten zu wollen. Eine große dürre Frau die Frau Keylams Schwester sein könnte, tauchte aus einer dunklen Ecke hervor. Mit eleganten Schritten, die taktvoll von den Wänden wiederhallten, ging sie auf mich zu. Mit jeden ihrer Schritte pochte mein Herz immer lauter. Doch als ich glaubte sie würde erst kurz vor mir zu stehen zu kommen, tänzelte sie elegant um mich herum und blieb außerhalb meines Sichtfeldes stehen. Es machte mich nervös das ich nicht wusste was sie tat. Immer wieder konnte ich aus dem Augenwinkel ihre wirren roten Haare erkennen, die in wilden locken ihren Rücken hinab hingen.

„Nun wie ich hörte hast du heute Morgen bereits meine Frau kennengelernt und ihr konntet euch ein bisschen unterhalten." er lächelte süffisant seinen Whiskey an und schwenkte die goldbraune Flüssigkeit. „ Kommen wir jetzt doch zu dem eigentlichen Grund warum du hier bist. Die Frage schien wohl offen geblieben zu sein." Seine Stimme war kalt, ohne jegliche Emotion. Er schwenkte den Whiskey in seinem Glas und nahm quälend langsam einen Schluck. Er machte mir Angst. Alkohol ließ die Menschen ihre Hemmungen verlieren.

„Wohin ist dein kleiner Freund geflohen." Er meinte Henrik.

„Ich weiß es nicht" antworte ich ehrlich, doch ich konnte an seinem Blick erkennen, dass er mir nicht glaubte. Er presste die Lippen zusammen und zog eine dunkle braue nach oben. Er ließ sich viel Zeit mit seiner Reaktion.

„Hör zu Prinzessin: Das hier kann zwei Ausgänge nehmen", flüsterte er drohend und beugte sich zu mir nach vorne. Eine Fahne Alkohol schwang mir entgegen und ich presste angewidert meine Lippen aufeinander, „Den einen wirst du nicht überleben. Der andere kann auch ganz glimpflich verlaufen, dass liegt ganz an dir..." Seine eisgrauen Augen bohrten sich in meine. Sie hatten die selbe Farbe wie Drays Augen. Doch ansonsten erinnerte nichts an diesem Mann an ihn. Dieser Mann machte mir Angst.

„Wo ist Henrik Bertram ?" wiederholte Keylam streng.

Ich atmete geräuschvoll aus. „Ich weiß es nicht!" Moran Keylam setzte sich gerade hin und baute sich dabei zu voller

Größe auf. Er sah Frau Keylams Schwester , die hinter mir stand an und gab ihr mit einem kurzen nicken zu verstehen, dass sie loslegen konnte. Grob packte sie meine Haare und zog meinen Kopf nach hinten. Nur mit Mühe konnte ich ein überraschtes keuchen verhindern. Sternchen traten vor meine Augen und ich versuchte gegen die Tränen anzublinzeln. Ich spürte Ihren Atem an meinem Hals, welcher einen unangenehmen Schauer hinterließ. Sie schnalzte ein paar Mal mit der Zunge, als würde sie einen Welpen zurechtweisen. Dann spürte ich die kalte Spitze eines Messers an meinem Hals. Langsam, fast schon genüsslich strich sie an meiner pulsierenden Schlagader entlang. „Weist du in was dieses Messer getränkt ist." Ihre Stimme klang fast liebevoll. „Dämonenblut. Ein kleiner Schnitt verursacht bei Pugnator die schlimmsten Schmerzen." Sie war mir noch näher gekommen. Ihre Lippen waren zu einem widerlichen Grinsen verzerrt. Die Frau war irre, so viel war klar.

„Ich werde nur noch einmal fragen,...wo ist Henrik Bertram?"
Panik keimte in mir hoch. Sie würden mir nicht glauben, selbst wenn ich die Wahrheit sagte. Es war unmöglich das ganze heil zu überstehen. Ich schaute in Keylams stürmische Augen und versuchte meine Stimme so fest wie möglich klingen zu lassen: „Ich weiß es nicht! Ich habe vor ein paar Wochen erst erfahren das es Daimons gibt und bis gestern wusste ich nicht einmal das Henrik irgendetwas mit dieser Welt zu tun hat.", zischte ich.

„Ich habe nicht einmal mitbekommen das er geflohen ist!" Meine Brust hob und senkte sich schwer. Er tauschte einen Blick mit der Frau hinter mir. Ihre kleinen Finger gruben sich in meinen Hals, Schmerz durchzuckte meinen Hals und wanderte blitzartig hoch in meinen Kopf. Plötzlich schleuderte sie meinen Kopf grob nach vorne und lies los.

„Von wo aus habt Ihr das alles geplant? Wir suchen Henrik seit Jahren und konnten ihn nie finden! Welcher Magier hat euch geholfen, dass ist kein einfacher Zauber!", die hellen Augen des Mannes funkelten mich böse an, als die erste Salve an Fragen auf mich niederprasselte. „Wo hattet ihr euer Versteck?" Fragte er sofort weiter. Ich überlegte fieberhaft was ich ihm sagen konnte. Wie konnte ich ihnen Beweisen das ich keine Ahnung hatte von was Maron Keylam sprach? Henrik und ich waren bis vor ein paar Wochen noch ganz normale Studenten gewesen. Zu unseren Problemen gehörten steigende Lebensmittelkosten und Lernen gehörte, aber doch keine Daimons und Entführungen. Doch ich kam nicht dazu weiter zu überlegen, denn ein plötzlicher stechender Schmerz durchfuhr meinen ganzen Körper wie ein Schlag. Es fühlte sich an, als würden meine Eingeweide zerreißen. Mein Blut kochte und verbrannte unbarmherzig mein Inneres. Jeder Muskel meines Körpers krampft und mein Kopf schien zu zerspringen. Ich schrie. Ich konnte es nicht kontrollieren, die Schreie des Schmerzes brachen unbarmherzig aus mir heraus. Mein Körper war zu nichts anderem mehr Fähig als meine Schmerzensschreie voller Verzweiflung auszustoßen. Ich spürte wie Tränen aus meinen Augen quollen, schmeckte das Salz auf meinen Lippen.

So schnell wie der Scherz gekommen war, so schnell hörte er auch wieder auf. Doch mein Blut pulsierte weiterhin durch meine Adern, meine Atmung ging schwer. Ich spürte das pochen an der Stelle, an welcher die Frau mich geschnitten hatte.

„Wo hat er sich versteckt?" Dröhnte Morans Frage in meinen Ohren. Ich konnte einen Scheuchzer nicht unterdrücken, als eine plötzliche Welle der Verzweiflung mich überrollte. Selbst wenn ich Ihm eine Antwort geben wollte, konnte ich sie ihm nicht geben. Ich hatte keine Antwort auf seine Fragen. Für mich war Henrik ein normaler Student, mein bester Freund und zwar s hon immer! Das Henrik mehr mit dieser Welt, meiner neuen Welt zu tun haben sollte, dass konnte einfach nicht wahr sein! Aber warum sollte dieser sich die Mühe machen mich zu entführen und zu befragen, wenn Henrik nur ein einfacher Laiko war? So langsam hatte ich das Gefühl Henrik nicht zu kennen. Doch selbst wenn er irgendwas mit dieser Welt zu tun haben sollte, war er doch ein stiller, zurückhaltender Mann und kein Rebell. Ich schüttelte nur den Kopf, während mit Tränen heiß die Wangen hinabliefen. Diesmal war ich darauf vorbereitet, dennoch war der Schmerz stärker als zuvor. Ich wusste nicht wann ich angefangen hatte zu schreien. Alles in mir brannte. Ich wand mich auf dem kleinen Stuhl, versuchte der Klinge an meinem Hals zu entkommen, ohne Erfolg. Ich konnte nicht denken, ich war wie ein wildes Tier das seinen Peinigern entkommen wollte, gefangen in einer Welle des Schmerzes.

Als meine Peinigerin endlich das Messer senkte, sackte ich nach vorne in mich zusammen. Tränen rannen unentwegt meine Wangen hinab, immer wieder ließen kleine Schluchzer meinen Körper erbeben. Ich spürte warmes Blut meinen Hals und Rücken hinablaufen. Und in diesem Moment wünschte ich mir nichts sehnlicher, als nichts mehr zu fühlen, nie wieder. Ich konnte diesen Schmerz nicht noch einmal aushalten. Ich hatte keine Kraft mehr mich gerade aufzusetzen. Verschwommen nahm ich Moran war, wie er meine Peinigerin zufrieden zulächelte. „Moné Kino," flüsterte ich matt. Das war der einzige Ort an den ich mir vorstellen könnte, Henrik zu finden. Er hatte immer mal wieder erzählt, dass seine Oma in den armen eines Kanals von Venedig seit vierzig Jahren ein kleines Kino führte. Wenn ihm das Studium zu viel wurde, hatte er immer gescherzt, dass er alles hinschmeißen würde, um zu ihr nach Italien zu ziehen. Mehr wusste ich nicht über seine Oma.

Augenblicklich bekam ich ein schlechtes Gewissen, was wenn ich ihn wirklich verraten hatte?

Wieder tauschten Moran und die Irre einen Blick aus. Doch diesmal lehnte sich Moran süffisant lächelnd in seinem Sessel zurück. Er schien zufrieden mit sich zu sein.

„Warum bist du zu Elisaria und ihrer Sippe gegangen? Solltest du für Henrik eine Kooperation aushandeln?", fragte Maron Keylam, während seine Augen mich durchbohrten. Die dunkelhaarige Frau hatte ihre Taktik geändert. Wie eine Raubkatze tigerte sie um mich herum, jederzeit bereit sich auf ihre Beute zu stürzen. Die Hand mit dem Blutenden Messer hatte sie stets auf mich gerichtet. Ich konnte kaum klar denken, noch immer bebte ich vor Angst. Ihren Blick konnte ich nicht standhalten, stattdessen starte ich den teuren Marmorboden an, welcher leicht rot gesprenkelt von meinem Blut war. Moran bewegte sich schnell und unerwartet. Er packte meinen Hals und zwang mich damit, Ihm in seine kalten Augen zu blicken. „Was hattest du dort zu suchen!" donnerte er. Sein Atem stank nach Alkohol. Der griff um meinen Hals verstärkte sich, er drückte immer fester zu. Ich bekam keine Luft mehr, hörte nur das rasseln meines Atems, das verzweifelte lechzen nach Sauerstoff. Mein Kehlkopf schmerzte , bunte Punkte tanzten vor meinen Augen.

Abrupt ließ der Mann von mir ab. Ich hustete und versuchte mich aus meinen Fesseln zu befreien. Vergeblich. Ich hatte keine Zeit mich zu erholen, denn ich spürte die kühle Klinge, die Susanne an meinen Hals anlegte. Der Druck von Susannes Messer wurde stärker. Sie berührte meine Fesseln mit dem einem Feuerzeug. Diese begannen sofort zu Glühen. Panisch schrie ich auf, als ich den brennenden Schmerz an meinen Handgelenken spürte. Es wurde immer schlimmer.

Brandblasen bildeten sich und zerplatzen sogleich wieder. Ihr ekelhaftes Lachen drang an mein Ohr. Ihr gefiel das hier, sie erfreute sich an meinen Schmerzensschreien.

„Aufhören!", brüllte ich unter Tränen. „Bitte!" Ich schluchzte wild.

„Schwächling!" lachte sie. Dennoch übergoss im nächsten Moment jemand meine Fesseln mit Wasser, so dass die hungrigen Flammen erloschen. Doch der Schmerz blieb.

„Ich war von einem Daimon besessen und der hat versucht mich umzubringen. Dann haben mich Elisarias Leute irgendwie gefunden und konnten mich von diesem Daimon befreien," brachte ich stotternd zusammen. „Doch mir war das alles zu viel und ich wollte einfach nur zurück in mein altes Leben. Deshalb bin ich zurück und zu Henrik gegangen."

„Unfug!" Zischte meine Peinigerin. Mein Körper krampfte sich auf dem Stuhl zusammen. Ich nahm all meine Kraft zusammen und drückte meine Handgelenke gegen meine angekokelten Fesseln, im Versuch diese zu sprengen. Doch es ging nicht, sie blieben starr wie zuvor. Verzweiflung schwappte in mir hoch und kroch langsam durch meinen Körper. Die Verzweiflung breitete sich aus wie ein unbarmherziger Virus, fraß das letzte bisschen Hoffnung in mir auf. Ich konnte nicht mehr denken. Die Schmerzen brachten mich beinahe um. Mein Hals brannte, von den endlosen Schreien. Die Zeit schien stillzustehen. Es gab nichts mehr um mich herum, außer endlose Qualen. Als das Messer endlich aus meiner Wunde geholt wurde, sank ich zitternd in dem Stuhl zusammen. Meine Haare klebten an meinem Schweiß nassen Gesicht.

Ich versuchte es mit der Wahrheit. Ich versuchte Ihnen alles zu erzählen was ich wissen könnte. Ich redete von unserer Kindheit, wie wir und kennengelernt hatten, unseren Lieblingsorte, was wir beide Studierten. Ich redete einfach über alles. Zum einen hoffte ich, dass ich Henrik nicht verraten würden, doch ich musste Ihnen irgendetwas geben, damit sie mich in Ruhe ließen. Ich konnte diesen Schmerz nicht länger ertragen! Immer wieder redete ich mir ein, dass ich Henrik ja nicht schaden konnte, schließlich wusste ich ja wirklich nichts. Und falls Henrik wirklich was zu verheimlichen hatte, wusste ich nun warum er mir es nicht anvertraut hatte: Ich war eine Verräterin.

„Mehr weiß ich nicht," wimmerte ich. „Tut mir Leid."

„Das heißt dieser Feigling versteckt sich nicht nur, er hat einen Plan," sagte Moran nachdenklich. Ich wusste nicht was ich gesagt haben könnte, auf das man schließen konnte, dass Henrik etwas Plante. Ich brachte nur noch ein Schulterzucken hervor. Meine Augen waren schwer. Es wurde immer schwieriger einen klaren Gedanken zu fassen. Das Gefühl in meinem Körper kam langsam zurück und mit ihm die Schmerzen.

„Woher wollen wir wissen das sie wirklich nicht mehr weiß. Das Sie uns die Wahrheit sagt?", zischte meine Peinigerin leise. Die Beiden gingen in eine andere Ecke des Zimmers. Ich bekam nicht mehr mit worüber die beiden Sprachen, doch die Panik beherrschte noch immer meinen Körper. Es würde Ihnen nicht reichen. Sie würden weitermachen. So lange bis ich Ihnen etwas sagte, dass sie hören wollten. Ich schluchzte. Es war zu Ende. Ich spürte das ich gleich sterben würde.

In diesem Moment wurde die große Türe mit einem donnern Aufgestoßen. Mit all meiner Kraft drehte ich meinem Kopf. Ich konnte meinen Augen nicht trauen. Mit einer eleganten Bewegung zog er sich die schwarze Kapuze vom Kopf und strich sich durch das nasse dunkle Haar. Lässig ließ er seine Hand auf den Degen sinken, doch ich konnte sehen wie seine Adern hervortaten. Sein Blick fand meinen. Mein Herz setzte für einen Moment aus, dann fand es seinen Takt wider. Ein

Engel. Dray war gekommen. Er weckte neue Lebensgeister in mir. Ich wollte zu Ihm und in seinen schützenden Armen versinken. Alles vergessen. Er würde mir den Schmerz und die Angst nehmen. Doch Dray verzog nicht eine Miene. Schnellen Schrittes ging er auf die Sitzgruppe zu, hinter der sich Moran und die Frau bis eben unterhalten hatten. Ein angespanntes Schweigen lag in der Luft, dass nur durch das Quietschen der nassen Boots auf dem Marmorboden gestört wurde. Im Vorbeigehen nickte er Frau Keylam knapp zu, welche sich seit dem Beginn meines Verhörs in die hinterste Ecke des Raumes verzogen hatte. Sie wirkte noch blasser um die Nase, als heute Morgen. „Mutter.", sagte Dray abwesend, während er mit schnellen Schritten den Raum durchquerte. Erschrocken zuckte ich zusammen. Mutter. Er hatte Frau Keylam seine Mutter genannt. Konnte das wahr sein? Dray war so, so anders. Natürlich wusste ich nichts über seine Familie, er hatte sie nie erwähnt. Ich fixierte ihn mit meinen Blick, versuchte seine Augen einzufangen, doch er ignorierte mich. Dabei brauchte ich ihn. Einen aufmunternden blick, irgendetwas vertrautes das mir wärme schenkte. Doch dann war er bei der kleinen Sitzgruppe mir gegenüber angekommen bei Marlon Keylam. Einen Moment herrschte Stille, in dem nur das Feuer knisterte und mein rasselnder Atem im Raum widerzuhallen schien. Dray ließ sich in einen der Sessel sinken und schenkte sich ein Glas Whiskey ein. Der Schein des Kamins ließ seine Wangenknochen dunkel hervorstehen. Ein tiefer Schnitt zog sich über seine Augenbraue bis hin zu seiner linken Wange. Ein Überbleibsel des Kampfes, doch ansonsten schien er unverletzt. Ich erwartete von einer Welle der Erleichterung durchflutet zu werden, doch diese blieb aus.

Die Kieferknochen des Pugnators waren angespannt. Wie zuvor Marlon Keylam, schwenkte er die bernsteinfarbene Flüssigkeit in seinem Glas hin und her. „Ich habe gehört du hast Fragen, Vater.", Drays Stimme klang verändert. Sie war tiefer, mehr wie ein knurren. Moran Keylam musterte ihn grimmig. „Was willst du Sohn?", zischte der dunkelhaarige Mann. Entspannt lehnte sich Dray zurück und nahm einen Schluck Whiskey: „Du willst Informationen über Henrik. Und ich kann dir mehr geben als dieses nutzlose Mädchen." Bei Drays barschen Worten zuckte ich getroffen zusammen. Sicherlich sagte er das nur um mir nicht zu schaden, versuchte ich mir einzureden. Doch wie er hier gerade reingekommen war, ohne mich auch nur eines Blickes zu würdigen, ließen leise Zweifel aufkochen. Meine Peinigerin funkelte Dray böse an: „Und warum solltest du uns helfen? Du hast dich doch gegen die Familie gewandt!" Sie strich mit der Fingerspitze über das Messer, welches sie noch immer in ihren dürren Fingern hielt. Blut tropfte auf den Boden.

„In diesem Fall stehen wir auf derselben Seite, Tante." Sie war seine Tante, meine Peinigerin war die Tante von Dray. Schockiert starrte ich den Pugnator an, doch dieser fuhr unbeirrt fort: „Elisaria hat ihre Seite gewählt. Sie wird Henrik unterstützen und wie ihr wisst, hab ich ihn schon immer gehasst. Das wird sich auch jetzt nicht ändern." zischte Dray, dabei zuckten sine Kieferknochen gefährlich. Dann deutete er auf mich. „Die könnt ihr nicht für Informationen gebrauchen, glaubt mir. Wenn sie etwas wüsste, hätte sie es mir erzählt. Auch ohne eure albernen Spielchen."

Ich hatte keine Kraft mehr aufrecht zu sitzen und hing in meinen Fesseln. Es fiel mir schwer dem Gespräch zu folgen Immer wieder verschwommen die Worte zu einem dumpfen Dröhnen in der Ferne und ich versuchte gegen den Schwindel anzukämpfen. Doch Drays Worte hatten mich getroffen. Es bereitete mir körperliche Schmerzen ihn so abwerten von mir reden zu hören.

„Er hat ihre Erinnerungen gelöscht." betont lässig zuckte er mit den Schultern. „Hat einen guten Job gemacht der Bursche." Drays Tante verschränkte die Arme vor der Brust. „Du Verräter! Woher wissen wir das du uns die Wahrheit sagst?" funkelte sie Dray böse an. Doch dieser lächelte nur überheblich: „Weil es schon Hofvertrat ist Keylam Manson auch nur zu betreten." Diese Antwort schien ihnen zu genügen. Moran setzte sich wieder und trank sein Glas Whiskey leer: „Was weißt du Dray?"

Doch dieser schüttelte nur den Kopf: „Schafft Sie erst weg. Ich will nicht das sie so an Informationen kommt, die Henrik helfen könnten. Denn eins könnt Ihr euch sicher sein, er wird Sie nicht im Stich lassen."

Nur noch am Rande bekam ich mit, wie ich grob von meinen Fesseln befreit und in die Kerker getragen wurde. Dann war alles schwarz.

SIEBZEHN

Ich spürte wie mir jemand zärtlich über die Wange strich.
Panisch schreckte ich hoch. Vor meinem inneren Auge sah ich
immer wieder wie ich auf dem Stuhl saß, Moran Keylam
gegenüber. Immer wieder spürte ich das Messer und die
unglaublichen Schmerzen. Ich keuchte und konnte nur mit
Mühe einen Schrei unterdrücken. Doch ich blicke nicht in
Moran kalte Augen. Dray kniete vor mir auf dem Boden. Seine
Hand hing noch in der Luft. Er hatte die Schultern gesenkt,
und schaute mich mit traurigen Augen an: „Emma, es tut..."
setzte er an, doch ich unterbrach ihn. Jetzt wo ich ihn erkannt
hatte konnte ich nicht anders. Ich ließ mich gegen seinen
Brustkorb sinken und verkroch meinen Kopf an seiner Brust.
Fest schlug ich die Arme um ihn, als hätte ich Angst er könnte
einfach verschwinden. Vorsichtig legte er seine Arme um
mich, als würde er mich nie wieder los lassen. Augenblicklich
begann ich zu schluchzen. Ohne es kontrollieren zu können,
begann ich am ganzen Körper zu zittern. Dray nahm mich
noch fester in den Arm und drückte sein Kin in meine Haare.
Ich versuchte mich zu beruhigen und Atmete seinen
vertrauten Duft, der sich mit einer Note von Whiskey
vermischt hatte, ein. Langsam beruhigte sich meine Atmung.
Ich fühlte mich sicher in seiner Umarmung. Er schob mich ein
Stück zurück und drückte seine weichen Lippen auf meine

Stirn. Ich erschauderte. Er nahm meine Hand und hielt sie beschützend in seiner: „Emma ich bin sofort gekommen, als ich erfahren habe, dass du zu meiner Familie gebracht wurdest. Es tut mir so unendlich leid.", entschuldigend blickten mich seine blauen Augen an.

„Du Idiot hättest sie gar nicht erst aus dem Institut gehen lassen dürfen!" fauchte Maureen aus einer Ecke.

„Maureen.", sagte ich matt, doch Dray schüttelte den Kopf. „Sie hat Recht. Es war meine Aufgabe dich zu beschützen." Ich war zu müde um mit den beiden zu diskutieren. „Danke das du gekommen bist.", flüsterte ich und krallte mich in seinem Hemd fest. Mir waren die ganze Zeit so viele Fragen durch den Kopf geschwirrt. Doch jetzt in diesem Moment, genoss ich nur seine Nähe die gleichzeitig so vertraut und noch neu war. Wie immer strahlte seine Anwesenheit Sicherheit aus, als könnte mir bei ihm nichts passieren. Doch da mischte sich auch ein neues Gefühl dazu: Unsicherheit. Nach dem heutigen Tag, hatte ich Angst er könnte mir nur etwas vorspielen. Doch das würde Dray niemals tun, oder?

„Emma, du musst hier verschwinden. Die Keylams werden dich niemals gehen lassen," er schob mich ein Stück von sich weg, um mir in die Augen blicken zu können. Ein Sturm tobte in seinen Seelenspiegeln. „Wir haben keine Zeit für Fragen, du musst mir vertrauen! Hast du verstanden, Emma?"

Noch vor einem Tag hätte ich ihm blind vertraut, doch heute regte sich eine kleine Stimme in meinem Kopf. Es war zu viel passiert. Zu viel hatte er mir verheimlicht und wenn das da oben wirklich seine Eltern waren...

„Emma!", in Drays Stimme schwang so etwas wie Panik mit. Was hatte ich schon für eine Wahl, ich musste Dray vertrauen. Ich nickte stumm und schaute zu Maureen rüber. „Kommst du auch mit?" Doch ehe Maureen antworten konnte, übernahm das Dray für die Dunkelhaarige: „Ich kann nicht euch beide

Retten, tut mir Leid," Dann packte er mich an den Armen und zog mich schwungvoll nach oben. Ich wand mich aus seinem Griff und starrte ihn fassungslos an: „Wir können Maureen nicht einfach hier zurück lassen! Sie ist schon seit Wochen hier! Ich geh nicht ohne sie." „Sei doch bitte vernünftig, Emma! Glaubst du mir gefällt das?", zischte er mich an. Ein gefährliches funkeln lag in seinen Augen. So wie vorgestern Abend als ich ihm sagte, das ich nach Hause gehen würde.

„Emma," sagte Maureen sanft und lächelte mich an, „diese Chance musst du nutzen. Geh mit ihm mit, das ist in Ordnung -wirklich." „Aber..." setze ich an, doch Maureen schüttelte mich Nachdruck den Kopf. „Du kannst mich noch immer Retten wenn du in Sicherheit bist und jetzt geh!" Dray nutze die Chance, packte meine Hand und zog mich aus der Zelle. Mit einem krachen flog die Türe zu und wir ließen Maureen alleine in der Dunkelheit zurück.

Wir liefen eine steinerne Treppe hinauf. Viel zu laut hallten unsere Schritte von den Wänden wieder. Ich rechnete jeden Moment damit, dass einer der Wächter uns entgegenkam. Doch Dray strahlte so etwas beruhigendes aus, dass ich mich nur auf den Weg konzentrierte. Am Absatz angekommen griff er meine Hand und zog mich rechts hinter sich her. „Dray, was machen sie mit die, wenn sie erfahren das du mir zur Flucht verholfen hast," stieß ich keuchend hervor.

Vor einer schwarzen Tür mit goldenen Beschlägen blieben wir stehen. „Hier trennen sich unsere Wege, Liebes." sagte er sanft und strich mir liebevoll über die Wange. Ich krallte mich in sein Hemd und schaute Ihn voller Verzweiflung an. „Kannst du nicht mitkommen? Bitte. „flüsterte ich. Dray lächelte traurig: „Nein. Ich werde nicht noch einmal zulassen das dir etwas passiert. Und am besten kann ich dich von hier aus beschützen." „Aber das will ich doch gar nicht! Ich will das du

mit mir mitkommst!", sagte ich voller Verzweiflung. Ich wollte nicht schon wieder weg von Ihm. Ich wollte bei Ihm bleiben...
„Du musst gehen. Ich werde mich sobald wie möglich bei dir melden." Dann berührten seine Lippen meine. Ich wollte nicht das dieser Kuss jemals endete. Ich legte all meine Liebe und Dankbarkeit in diesen Kuss. Sanft schob er mich weg.

„Hinter dem Wandteppich ist die Tür." er drehte sich um. Von unten drang klirren nach oben. Die Wächter mussten bemerkt haben, dass ich geflohen bin.

„Warum fühlt sich das an wie ein Abschied für immer?", flüsterte ich traurig. Dray lächelte und strich mir über die Wange. „Nicht für immer Liebes." Dann schob er mich durch die Tür und war im nächsten Moment verschwunden. Ich versuchte mich auf meine Flucht zu konzentrieren und nicht auf die Sorgen, die ich mir um Dray machte. Er hatte alles aufgegeben um mich zu beschützen. Dafür würde ich Ihm auf ewig dankbar sein.

Der Raum war klein. Nur ein Bett und ein Schreibtisch standen in dem dunklen Zimmer. Der Wandteppich war nicht zu übersehen. Zentral thronte er neben dem Bett. Hier war kein Steinboden, sondern Holzdielen verlegt. Ich musste bei jeden Schritt aufpassen, dass das knarzen des Bodens mich nicht verirrt. Vor dem alten Teppich blieb ich stehen. Er roch nach Staub und Mottenkugeln. Ich streckte meine Hand aus und berührte den rauen Stoff. Staub rieselte von dem Wandteppich auf mich nieder und kitzelte mich gefährlich in der Nase. Ich atmete durch den Mund und versuchte ein Niesen zu unterdrücken, ich musste die Wächter nicht noch extra auf mich aufmerksam machen. Die ganze Wand war mit aufwendiger Malerei verziert. Sie erzählte Geschichten von längst geschlagenen Schlachten, von Liebe und Tod. Und mittig, direkt auf meiner Augenhöhe, befand sich das kleine Schloss. Auf dem ersten Blick wirkte es wie gemalt, gemalt aus

Öl auf Holz, doch wenn man es berührte, verriet das kalte Metall die Illusion. Schnell steckte ich den Schlüssel in das Schloss und drehte ihn um.

Langsam schob sich die Wand zur Seite. Panisch drehte ich mich um. Warum dauerte das so lange? Die Schritte wurden lauter und lauter.

Endlich war der Spalt groß genug, sodass ich mich durch ihn hindurch quetschen konnte. Sofort wurde ich von der schützenden Dunkelheit umschlossen, geschützt vor den Blicken der nahenden Soldaten.

Ich rannte los. Ich würde gar nicht erst darauf warten dass sich die Wand schloss. Ich hatte kein Licht. Meine Hände tasteten sich an der kalten Wand entlang-So würde ich zumindest merken wenn eine Abzweigung kam. Theoretisch kannte ich den Weg: bei der ersten Abzweigung nach rechts, dann die Treppe runter, nach zwei Abzweigung nach links, zwei Stufen hoch. Danach 100 Meter geradeaus, mit den Händen die Decke abtasten, die Falltür finden, öffnen, nach oben ziehen. Das war der Weg in die Freiheit … oder in den sicheren Tod.

Ich kam ins Straucheln und kickte einen kleinen Stein, welcher auf den Boden lag, ein Stück tiefer in den Tunnel. Ich konnte mich noch rechtzeitig abfangen, bevor ich auf den kalten Boden fiel, doch der Stein halte laut in dem Tunnel wieder. Am liebsten hätte ich mich selbst für meine Dummheit geohrfeigt. Ich war so in meine Gedanken vertieft gewesen, dass ich vergessen hatte auf meinen Weg zu achten. Wenn ich mich jetzt nicht konzentrierte, würden mich die Wächter schnappen, noch eher ich auch nur „Freiheit" sagen konnte, oder ich würde über irgendetwas stolpern, mir das Genick brechen und von Ratten gefressen werden. Ich schüttelte den Kopf, um die düsteren Gedanken zu verjagen. Ich musste mich konzentrieren und da half es nicht gerade über den Tod nachzudenken. Ich kannte den Weg, jetzt muss ich ihn nur noch bewältigen und schauen, dass ich über den Zaun kam. Das war doch gar nicht so schwer? Der Zaun war ja auch nur drei Meter hoch und stand unter Hochspannung. Eine kleine Strähne hatte sich aus meinem Zopf gelöst und kitzelte mich an der Nase, schnell blies ich mir sie aus dem Gesicht.

„Ein Tunnel!"

Laut hallte die Stimme eines Wächters im Tunnel wieder und ich zuckte erschrocken zusammen. Sie hatten den Tunnel entdeckt! Ab jetzt durfte mir kein Fehler unterlaufen, ich durfte weder eine falsche Abzweigung nehmen, noch zu langsam laufen.

Es durfte nicht mehr lange bis zur ersten Abzweigung dauern. Laut hallten meine patschenden Schritte von den Wänden wieder und vermischten sich mit meinem keuchenden Atem. Diese Geräusche schienen den gesamten Tunnel zu erfüllen. In diesem Moment griff meine rechte Hand ins Leere. Ich reagierte rechtzeitig und bremste schlitternd ab, um die Kurve zu bekommen. Nun hatte ich einen Vorteil! Sie hatten zwar Licht, doch ich kannte den Weg – zumindest theoretisch. Aber das war besser als nichts. Neu gefundene Hoffnung keimte in mir auf, glühend heiß, wie die Sonne und verdrängte für einen Moment meine Angst. Ich konnte es wirklich schaffen! Allein dieser Gedanke trieb mich voran und ließ mein Herz noch wilder pochen. Das Adrenalin war berauschend und löste ein plötzliches Glücksgefühl in mir aus. Ich verlangsamte meine Schritte etwas, um nicht plötzlich von der Treppe überrascht zu werden.

Plötzlich erklang im Tunnel ein neues Geräusch und passte sich mit meinen Schritten an. Die Schritte der Wächter wurden lauter und hallten bedrohlich von den Wänden wieder. Mein Herz raste wie verrückt und pochte hart gegen meine Brust. Bei jedem Atemzug zog sich meine Lunge schmerzhaft zusammen und schien gegen die eisige Luft im Tunnel zu rebellieren. Ich konnte jeden Muskel in meinem Körper spüren, jede einzelne Faser, spürte, wie sie sich dehnte und wieder zusammenzog, spürte das Pulsieren in meinen Adern. Hundert Messer schienen auf meinen Körper einzustechen, doch ich konnte nicht langsamer werden.

Mein Fuß trat ins Leere. Mein Herz setzte für einen Moment aus und nur mit Mühe konnte ich einen Aufschrei unterdrücken, als ich auf einem Stein aufkam. Die Treppe! Vorsichtig tastete ich mich die Wendeltreppe hinab. Die Stufen waren feucht und mehrmals drohte ich auszurutschen.

„... teilen uns auf!"

Schwach drang das Echo der Wächter zu mir hinab. Sie hatten also die Abzweigung erreicht. Aber warum teilten sie sich auf und orteten mich nicht einfach? Vielleicht war mir das Glück doch hold und das Funksignal war hier unten gestört. Noch hatte ich einen guten Vorsprung, die Wächter hatten in den engen Gängen sichtlich Schwierigkeiten mit ihrer dicken Uniform. Keuchend erreichte ich die nächste Abzweigung. Ich schlitterte elegant um die Kurve, stieß mich mit meiner linken Hand ab und rannte den nächsten Gang entlang. Ich hatte es bald geschafft. Verdammt, ich konnte es wirklich schaffen!

Ich beschleunigte meine Schritte. Meine Lunge drohte zu zerbersten, doch das war mir egal. Ich konnte es wirklich schaffen. Ich konnte vor diesem kranken System fliehen! Wie musste es wohl sein, einen ganzen Tag nichts zu tun? Ich konnte schlafen, den ganzen Tag! Die Gedanken an meine Zukunft berauschten mich und fast hätte ich glücklich aufgelacht.

Im Tunnel wurde es immer kälter. Tausend Eiskristalle schienen beim Einatmen meine Lunge zu zerschlitzen und mit jedem Atemzug, fiel es ihr schwerer, sich mit der Luft vollzusaugen.

Ich wusste nicht, wie lange ich schon rannte, als meine Hände endlich auf Holz stießen. Das Holz der Tür fühlte sich kalt und nass an. Mit einem kräftigen Stoß, stieß ich sie auf. Ich sprintete durch die Öffnung hindurch, bevor diese wieder schallend ins Schloss fiel. Ich war mir durchaus bewusst, dass das Geräusch im ganzen Tunnel widerhallen würde, doch die Wächter waren mir sowieso schon auf den Fersen. Warum also Rücksicht nehmen?

Die Decke war in diesem Teil des Tunnels deutlich niedriger gebaut worden als im restlichen Teil. Der Boden war von einem feuchten Film überzogen und immer wieder trat ich in eine kleine Pfütze. Das eisige Wasser fraß sich durch meine Schuhe und langsam verlor ich das Gefühl in meinen Zehen.

Ich hatte die grobe Ahnung, dass es noch klappt 200 Meter bis zum Treppenaufgang sein mussten. Das patschende Geräusch meiner Schritte schien immer lauter zu werden und der Geruch im Tunnel immer intensiver. Umso näher ich der Treppe kam, desto verwester roch es. Der Geruch war so intensiv, dass ich mich zusammenreißen musste nicht auf zustoßen. Mich würde es nicht wundern, wenn ich über einen toten Körper stolpern würde, oder mehrere, dem Geruch nach zu schließen. Was roch hier so bestialisch? Wie viele Lebewesen hatten hier unten schon ihr Leben gelassen. Das Glücksgefühl, welches bis eben meine Seele beherrscht hatte, wich zusehends der Angst. Was war hier unten gestorben? Und noch wichtiger, warum?

Ich schüttelte den Kopf, um die Gedanken aus meinem Kopf zu vertreiben. Ich wurde verfolgt! Obendrein nicht von irgendwem, sondern von den Gildesoldaten! Und da machte ich mir Sorgen, ob ich über einen toten Körper stolpere? Wenn sie mich schnappten, würde ich der nächste tote Körper auf dem Boden sein, welcher in dem Tunnel langsam vor sich hin verweste!

Wie weit war es noch bis zu den Stufen? Nicht mehr wie fünfzig Schritte. Ich begann jeden Schritt zu zählen um mich abzulenken. Es war ein schreckliches Gefühl, blind durch die Dunkelheit zu rennen und dabei noch verfolgt zu werden. Ich hatte Angst, schreckliche Angst. Außerdem wollte ich nicht über die Stufen stolpern, was sich dennoch nicht vermeiden lassen würde. Der eigentliche Grund, warum ich meine Schritte zählte, war wohl, dass ich zumindest ein bisschen Kontrolle über das haben wollte, was soeben passierte. Der Gedanke, dass ich abschätzen konnte, wann die Stufen kamen, beruhigte mich ungemein.

Klack!

Mit einem Rumsen stieß mein linker Fuß gegen etwas Hartes. Eine Welle des Schmerzes Überflutete meinen Fuß und zum zweiten Mal an diesem Abend unterdrückte ich einen Aufschrei. Doch die Welle des Schmerzes wurde zugleich von Erleichterung verdrängt. Ich hatte die Treppe erreicht! Diesmal vorsichtiger als zuvor, tastete ich mich die zehn Stufen hinauf. Die letzte Stufe lag höher wie ihre Vorgänger, etwa kniehoch. Mit den Händen tastete ich vorsichtig danach und hievte mich hinauf. Erleichtert atmete ich ein. Doch schon im nächsten Moment bereute ich mein Handeln und drückte meine Nase in meine Armbeuge. Der ganze Gang war von so einem intensiven Verwesungsgeruch erfüllt, dass ich würgen musste. Der Geruch stieg von meiner Nase hinauf in meinen Kopf und verursachte ein schmerzhaftes Pochen.

Laut hallten die Schritte der Wächter hinter mir wider. Sie kamen immer näher und holten eschreckend schnell auf. Ich musste weiter.

Es war nicht mehr weit bis zur Luke, bis zur Tür in die Freiheit. Hundert Schritte musste ich noch schaffen. Hundert Schritte trennten mich noch vom Ausgang. Ich hielt mir die Nase zu und zwang mich durch den Mund diese widerliche Luft einzuatmen und weiterzugehen. Bedacht setzte ich jeden Schritt, achtete darauf keine Fehler zu machen, mich nicht zu verzählen. Ich lief langsam, zu langsam. Jeder einzelne Schritt schien doppelt so laut in dem Tunnel widerzuhallen. Jedes Platschen, jeder Tropfen, der von der Decke fiel, ließ mich zusammenzucken. Jetzt auf den letzten Metern, jetzt, wo ich mein Ziel näher als in meinen Träumen war, hatte ich mehr Angst als je zuvor geschnappt zu werden. Zu absurd war der bloße Gedanke, dass ich es geschafft haben könnte zu fliehen. Das war einfach so unreal. Doch was sollte ich eigentlich tun, wenn ich es geschafft hatte? Was, wenn ich entkam? Wo sollte ich hin? I Wie sollte es weitergehen?

Ein Geräusch ließ mich zusammen zucken. Unwillkürlich blieb ich stehen. Ich hielt für einen Moment die Luft an. Lauschte. Mein Herz klopfte viel zu laut, so laut, dass die Wächter es sicher schlagen hören konnten. Es müssten zehn oder zwanzig Sekunden vergangen sein, ehe ich es wagte mich zu regen. Ich hatte nichts mehr gehört. Keine Schritte, die sich näherten, keine Atemgeräusche - nichts. Was ich gehört hatte, war sicher nur das Echo meiner eigenen Schritte gewesen. 37 Schritte trennten mich noch vom Ausgang.

Mit einem natürlich lauten Planschen landete ein kleiner Wassertropfen auf meiner Nase. Erschrocken zuckte ich zusammen. Da war es wieder! Das leise Pochen, welches immer näher zu kommen schien. Auf mich zu! Ein weiteres Pochen gesellte sich zu dem ersten. Es dauerte nicht lange, dann schienen diese beiden unisono. Ein leises, bedrohliches Klopfen in der Ferne. Sie hatten mich gefunden! Diese Erkenntnis traf mich so plötzlich, dass ich einen Moment keine Luft bekam. Das Gefühl, das Verlangen mich hinzusetzen und zu weinen, überkam mich einen kurzen Moment, drohte mich zu bewältigen. Wie konnte ich nur jemals glauben ich könnte es schaffen? Mein ganzer Körper begann zu zittern. Ich rannte los und achtete darauf, dass meine Schritte weder zu kurz noch zu klein waren. 64, 65, 66 ...

Ich war zu langsam. Diese Erkenntnis hing über meinem Kopf, wie eine Regenwolke an einem regnerischen Tag. Wie eine stumme Bedrohung, jederzeit bereit ihre Auswirkung zu zeigen.

Meine Atmung ging nur noch stoßweiße, die Angst schnürte mir meine Kehle zu. Das Pochen wurde lauter, es schien den gesamten Tunnel zu erfüllen, von den Wänden widerzuhallen. Ich konnte schon förmlich spüren, wie die Gildesoldaten ihre Hände nach mir ausstreckten, mich schnappten und in eines der Labore des Staatenbundes verfrachteten. Ich würde sterben! Keinen würde es interessieren, keiner würde mich vermissen. Unbekannt. Alleine.

91. Ich hatte es fast geschafft.

92, 93, ich verlangsamte mein Tempo und versuchte dabei meine Schrittlänge nicht zu verändern. Ich konnte sie hören, regelrecht spüren, wie sie immer näher kamen.

98, 99, 100. Ich hatte die Stelle erreicht! Ich blieb stehen, holte tief Luft und streckte mich. Meine Fingerkuppen waren gefroren von der Kälte, welche der Tunnel beherbergte. Ich spürte kaum noch den kalten Stein der Decke. Vorsichtig glitten meine Fingerspitzen darüber. Ich musste mich ein wenig strecken, um besser an die Decke zu gelangen. Die Steine waren kalt und feucht. Es schien, als ob sich kleine Wassertropfen durch die Decke gefressen hatten und diese nun mit ihrer Feuchtigkeit tränkten. Jede Unebenheit, jede Kerbe nahm ich war, doch ich spürte keinen Griff. Die Decke schien keine größere Unebenheit vorzuweisen. Was, wenn ich mich verzählt hatte? Selbst wenn nicht, jeder definiert einen Schritt anders, ich konnte genauso gut zu kleine oder zu große gemacht haben. Frustriert biss ich mir auf die Lippen. Vielleicht hatte ich ja doch etwas übersehen. Konzentriert suchte ich noch einmal die Wand über mir ab. Doch auch diesmal fand ich nichts. Nervös knete ich meine Finger. Ich musste etwas tun, die Zeit lief mir davon.

Ich machte einen Schritt nach vorn, tastete die Decke ab - wieder nichts. Mein Herz schlug immer schneller, mein Puls raste. Meine Hoffnung schwand bei jedem weiteren Schritt, doch ich wollte einfach nicht aufgeben. Wieder glitten meine Hände über die Decke, über die Steine, welche so akkurat aneinander gereiht waren. Plötzlich glitten sie ins Leere. Eine schmale Lücke! Vorsichtig tastete ich mit meinen Händen die Öffnung ab, sie schien groß genug zu sein, um mich durch sie hindurch zu hieven. War das die Falltür? Hoffnung keimte in mir auf. Zwar nur eine zarte, schüchterne Flamme, welche sich noch nicht traute zu leuchten. Ich bewegte mich noch ein Stück nach vorne, sodass ich direkt unter der Lücke stand. Geschickt tasteten meine Hände den Stein ab. Stein. Nichts als Stein. Das konnte doch nicht sein? Hier musste doch der Griff sein! Ein plötzlicher Schmerz durchzog meine Finger, als ich gegen etwas Hartes stieß. Der Griff! Ich ignorierte meine pochenden Finger und griff nach dem alten modrigen Holz.

Das Pochen, die Schritte der Wächter, war schon gespenstig nah und ich rechnete jeden Moment damit von einem Lichtstrahl ihrer Taschenlampe geblendet zu werden. Mit einem kräftigen Ruck zog ich an dem alten Griff. Ächzend löste sich die Tür ein Stück aus ihrer Verankerung. Ich keuchte, die Falltür war schwerer als gedacht! Mit meinem ganzen Gewicht hängte ich mich an die Falltür. Meine Hände schmerzten. Ich nahm noch einmal meine ganze Kraft zusammen und zog. Knarrend löste sich die Tür. Ich sprang ein Stück nach hinten, um die schwankende Tür nicht abzubekommen, und kniff geblendet die Augen zusammen.

Warmes Sonnenlicht fiel durch die Öffnung auf dem Tunnelboden. Das Licht liebkoste meine Haut und legte sich wie ein warmer Schleier über meine Haut, um die Kälte abzuhalten. Es dauerte einen Augenblick, bis sich meine Augen an das Licht gewöhnt hatten, zu lange war ich durch die Dunkelheit gerannt. Die Falltür bestand auf der Innenseite aus Holz, in welche in gleichmäßigen Abständen Kerben eingeschlagen waren. Eine Treppe! Ich stellte mich vor die Falltür, streckte mich und ertastete den Boden des Gebäudes über mir. Ich stützte mich ab und stieg auf die erste Stufe. Die Falltür war relativ stabil und schwankte nur ganz leicht, während ich nach oben kletterte, wie eine Blume, die sanft im Wind wiegt.

Helles Sonnenlicht durchflutet den Raum und ich musste schützend die Hände vor meine Augen halten. Langsam gewöhnten sich meine Augen an das warme Licht und ich konnte eine rundliche Frau erkennen, die mich zu erwarten schien. Ihre roten Haaren waren zu einem lockeren Knoten gebunden. Sie zupfte an der hellen Schürze ihres braunen Dirndls herum, als sie mich freudig anstrahlte. „ Emma endlich!" Fest drückte sie mich an ihre Brust und kniff mir in die Wange. „Mensch bist du groß geworden," Verblüfft blickte ich die rothaarige Frau an, doch diese winkte lächelnd ab. „Du kannst dich nicht an mich erinnern, ich weis Liebes." Sie holte etwas aus der Innentasche ihres grünen Dirndls hervor. Ein kleiner Beutel kam zum Vorschein, den sie vorsichtig öffnete und mir unter die Nase hielt. „Riech da dran, eine große Nase voll." Misstrauisch betrachtete ich den braunen Stoffbeute, der nur so groß wie meine Hand war. Dann beugte ich mich nach vorne und saugte den Duft ein. Noch als ich versuchte den lieblichen Geruch einzuordnen, wurde alles schwarz um meine Augen.

ACHZEHN

Meine Augenlieder flimmerten, als ich es endlich schaffte sie zu öffnen. Helles Licht durchbrach die Dunkelheit meiner Lieder und blendete mich. Es war ungewöhnlich hell.

„Emma?"

Die Stimme war seltsam vertraut. Plötzlich tauchte Henriks Gesicht über meinem auf. Seine rooten Haare dunkelten in der Wintersonne. Er sah mich besorgt an, ehe er lautstark durch den Raum rief: „Gwendolyn, Akecheta! Sie ist wach!", rief er über meine Schulter, nur um sich dann wieder mir zuzuwenden. Er legte mir eine seiner blassen Hände auf die Stirn. Nach allem was geschehen war, fühlte sich diese Geste irgendwie fremd an. Ich wollte etwas sagen, doch meine Stimme versagte. Ich brachte nichts weiter als ein erbärmliches krächzten zustande. Irgendetwas war passiert, doch ich erinnerte mich nur noch schemenhaft an meine Flucht. Und an die Frau die mir etwas zum Riechen gegeben hatte, danach war alles schwarz. Ich fühlte mich, als hätte jegliche Kraft meinen Körper verlassen. Ich wollte einfach nur schlafen. Schlafen und alles vergessen. Ich hatte keine Ahnung was mit Dray geschehen war. Ob sie ihn erwischt und gefoltert hatten, so wie mich, oder ob er überhaupt noch am Leben war. Wieder spürte ich das vertraut gewordene Brennen in meinen Augen, als langsam die Tränen in ihnen aufstiegen. Ich stütze mich auf der weichen Matratze ab um mich aufsetzten, wurde aber von Henrik wieder nach unten gedrückt.

Das musste ein Traum sein. Nur durch Dray hatte ich es geschafft, von diesem grauenvollen Ort fliehen zu können. Er hatte sich geopfert. Für mich.

Ich hörte wie jemand hastig den Raum betrat. Endlich gelang es mir meinen Kopf anzuheben. Ich lag in einem Bett und zu meiner Verwunderung traten soeben Akecheta und Gwendolyn in mein Zimmer ein und setzten sich an meine Bettkante.

„Emma geht's dir gut?", eine besorgt aussehende Gwendolyn strich mir eine verklebte Strähne aus der Stirn.

„Bei Gott das war so knapp! Elisaria sagt, wenn du nur einen Tag länger da unten geblieben wärst…"

„Und warum zur Hölle bist du überhaupt aus dem Institut abgehauen?", setzte Akecheta mit der salve an Fragen fort, ohne meine Antwort abzuwarten, „Was haben die mit dir gemacht, Emma?"

Die beiden schossen mit Fragen auf mich ein, ohne dass ich Ihnen auch nur Ansatzweise folgen konnte. Ich war überfordert. Verwirrt sah ich zwischen meinen Freunden hin und her und hatte keine Ahnung welche Frage ich als erstes beantworten sollte. Mein Hals fühlte sich immer noch rau und trocken an: „Wasser!", krächzte ich kläglich und Henrik sprang sofort auf.

„Oh ja natürlich, Entschuldige!", sagte der Rothaarige und griff nach dem Becher auf meinem Nachtschränkchen. Akecheta half mir mich aufzusetzen und stopfte ein Kissen in meinen Rücken. Meine Freunde gaben mir einen Moment und schauten mich erwartungsvoll an. Sie sahen mitgenommen aus. Ich bemerkte den Verband an Gwendolyns Unterarm und Henrik hatte eine aufgeplatzte Lippe.

„Was…Was ist passiert? Wie bin ich hier hergekommen?",
fragte ich mit schwacher Stimme.

„Das ist eine lange Geschichte.", Akecheta grinste gequält,
„Wir sind auch im Manor gelandet. Vorgestern."

„Ein paar Pugnator haben uns dort hingebracht um uns
Keylam auszuliefern.", fuhr Gwendolyn fort.

Überrascht setzte ich mich ein wenig aufrechter hin: „Aber wie
kann das sein? Dann hätte ich euch doch sehen müssen?"

Ein stolzes Grinsen huschte über das Gesicht des langhaarigen
Pugnators: „Wir sind zwar auf dem Manor gelandet, sie haben
es aber nicht geschafft uns rein zu bringen."

„Jetzt mach da nicht so eine Heldengeschichte draus, Ake.",
Gwendolyn stieß dem Pugnator in die Rippen und fuhr mit
ernster Stimme fort: „ Ihr Trick ist es ihre Gegner mit
Daimonblut so zu schwächen, das man beinahe bewusstlos
ist."

„ Aber wie konntet ihr dann so einfach fliehen?"

„Relativ früh in unserer Ausbildung zum Pugnator, haben
Dray, Ake und ich angefangen täglich eine kleine Dosis
Daimonblut zu uns zunehmen. Du hast ja am eigenen Leib
erfahren was es für Schmerzen verursacht, wenn deren Blut in
unseren Kreislauf gelangt. Eine hohe Dosis ist tödlich. Doch
täglich stark verdünnt, gewöhnt sich dein Körper langsam
daran und macht dich resistenter.", Dott lächelte mich warm
an, „wir haben uns relativ schnell von der Dosis erholen
können, haben den richtigen Moment abgepasst und uns
freigekämpft. Wir hatten also mehr Glück als alles andere."

Ich schaute die Drei an, mein Kopf schwirrte nur so voller
Fragen. Doch eine brannte besonders stark auf meiner Seele:
„Ich versteht das Ganze nicht. Henrik warum sucht dieser
Marlon Keylam dich? Und wieso fragen sie mich nach deinem
Aufenthaltsort?" Er seufzte. „Das ist eine längere Geschichte,

Emma. Bist du sicher dass du schon fit genug bist? Willst du dich nicht lieber ausruhen?"

Ich funkelte meinen Freund böse an: „Ich will endlich verstehen was hier vor sich geht, Henrik! Diese Leute haben mich gefoltert um mehr über dich zu erfahren! Und ich habe ihnen...", plötzlich keimte erneut Schuld in mir auf. Ich erinnerte mich wieder daran wie ich Henrik verraten hatte. Ihn und seine Oma. Tränen stiegen mir in die Augen und liefen heiß über meine Wange. Ich schlug die Hände vor meine Augen, zu beschämt Henrik in die Augen zu blicken: „Henrik, ich hab dich verraten! Ich hab ihnen gesagt das du in Venedig sein könntest, bei deiner Oma! Was wenn sie ihr was tun? Es...es tut mir so leid! Ich...", ich schluchzte laut auf und sackte in mich zusammen. Ich schämte mich so sehr das ich meinen besten Freund so schnell ausgeliefert hatte. Was war ich nur für ein Mensch! Ich wollte ein starker Pugnator sein und brach beim ersten bisschen zusammen!

Henrik setzte sich neben mich aufs Bett und legte seinen Arm um mich. Er zog mich fest an sich und ich atmete seinen vertrauten Geruch ein. Seine warme Hand strich behutsam über meinen linken Arm und hinterließ eine Gänsehaut. „Hey, beruhig dich Emma. Es ist alles gut!", sanft legte er sein Kinn auf meinen Kopf und hielt mich einen Moment einfach nur fest: „Du hast mich nicht verraten, Kleines. Du wurdest gefoltert und du hast zu keiner Zeit jemand in Gefahr gebracht!"

„Aber deine Oma...", brachte ich zwischen zwei Schluchzer hervor.

„Auch die nicht. Um ehrlich zu sein Emma, lebt meine Oma schon sehr lange nicht mehr dort."

Ich löste mich aus seiner Umarmung und drehte mich zu ihm um, um in seine Augen sehen zu können.

„Was soll das heißen, Dray? Du hast mir erst vor ein paar Wochen erzählt, dass du sie mal wieder in Venedig besuchen möchtest?"

Er hob beschwichtigend die Hände: „Emma, dass ganze Theater und die Lügen die ich dir erzählen musste, dass alles hat mit der Familie von Dray zu tun."

Ein Schauer lief mir den Rücken hinunter. Also hatte Marlon Keylam recht damit gehabt, dass mehr hinter Henrik steckte, als ich bis jetzt gedacht hatte. Mein bester Freund hatte mir mein Leben lang etwas vor gemacht. Mir wurde schlecht und ich versuchte tief ein und aus zu Atmen: „Was soll das bedeuten, Henrik?" In mir tobte ein Gefühlschaos und meine Gedanken schossen nur so hin und her. Und dennoch klang meine Stimme fest, weder verletzt noch verwirrt, einfach nur resigniert. Ich spürte Henriks entschuldigenden Blick auf mir Ruhe, als er langsam fortfuhr: „Unseren Familien ist sehr alt und seit jeher befinden sich ausschließlich Hexen und Hexer in unseren Stammbäumen wieder."

„Warte, bedeutet dass das deine Eltern auch Magier sind?", entgeistert starre ich meinen besten Freund an. Seine Eltern waren unscheinbare liebe Leute, die das langweiligste deutscheste Leben führten das man sich nur vorstellen konnte Das die Beiden Magie praktizieren sollten, kam mir absurd vor. Andererseits war nichts in den letzten Wochen auch nur ansatzweise normal gewesen.

„Emma, um ehrlich zu sein sind die Schmidts nicht meine richtigen Eltern. Ich bin ein gebürtiger Weide." Vor meinen Augen begann sich alles zu drehen und mir wurde übel: „Was soll das heißen?"

„Meine Eltern waren hohe Tiere in der Kirche der Nacht und haben gemeinsam den Orden geleitet. Elisaria ist ihre Nachfolgerin geworden, nachdem Marlon Keylam meine Eltern ermordet hat.", ich meinte einen traurigen Schimmer in

Henriks Augen zu sehen, doch dieser war so schnell verschwunden wie er gekommen war. Unbeirrt fuhr er fort: „ Die Schmidt haben befürchtet das er auch mich umbringen will, deswegen haben sie meine Identität geändert. Als du von dem Daimon besessen wurdest und in die Kirche der Nacht gebracht wurdest, wusste ich zwar das es das richtige für dich ist, aber ich hab auch befürchtet das mich jemand erkennen könnte. Besonders Elisaria. Deshalb hab ich mich so gesträubt dich dort hin zu bringen, das tut mir leid.

Ich bin seit meinem ersten Lebensjahr bei den Schmidts. Sie sind meine Familie! Von ihnen habe ich alles über unsere Welt und Magie gelernt. Lauren Schmidt, war eine gute Freundin meiner leiblichen Mutter ehe sie starb. Die Schmidts haben mir die Werte meiner leiblichen Familie vermittelt und weitergegeben. Dank ihnen bin ich ein recht passabler Hexer geworden, nur von Daimons versteh ich nicht so viel.", er zuckte mit den Schultern und zwinkerte mir zu. Genauso wie er es früher immer gemacht hatte.

„Meiner Familie und dem Institut, ist seit je her wichtig, dss unsere Welt und die Welt der Menschen im Einklang nebeneinander existieren können. Das funktioniert aber nur, wenn wir im Untergrund bleiben. Daimons müssen in der Hölle bleiben, da wo sie hingehören und wir dürfen die Menschen nicht mit Magie beeinflussen.", er seufzte, „Aber die Keylams sehen das anders. Für sie sind die Menschen nichts Wert, eine Rasse vor der man weder Achtung noch Rücksicht haben muss. Für Marlon Keylam taugen sie als Dienstboten und als Daimon Körper. Wir sollte uns nicht verstecken und im Untergrund agieren, sondern die Sterblichen auf ihre Plätze unter uns verweisen. Sie sind schwächer als wir und das sollten wir ausnutzen."

Henrik schaute auf seine Hände „Meine Familie hat den Keylam schon immer Kontra geboten und sich gegen ihre

Ansichten gewährt. Doch leider ist keiner mehr übrig, außer ich." er lächelte: „ Jetzt guck nicht so Emma. Unsere Freundschaft, das war echt. All meine Gefühle, alles was ich dir erzählt habe, ist wahr. Du bist meine beste Freundin und ich habe dir immer alles erzählt."

„Außer das du ein Hexer bist." zischte ich genervter als ich wollte. Doch Henrik ließ sich nicht beirren und fuhr fort: Emma, wir müssen uns auf das wesentliche konzentrieren! Du hast von den Angriffen auf verschiedene Institute gehört?"

Etwas irritiert über den Themenwechsel nickte ich stumm. „Die Keylams wollen die Fugen der Welt nun endlich ändern. Sie sind der Meinung lag genug im Schatten gelebt zu haben und bereit die Menschen zu unterwerfen." Henriks Augen spuck Feuer, als er mir tief in die Augen guckte: „ Marlon Keylam möchte die Tore zur Unterwelt öffnen. Sind die Tore erstmals geöffnet, kann jeder Daimon, jedes Geschöpf aus der Unterwelt nach draußen, in unsere Welt, gelangen. Die Welt wird in Chaos versinken und dieses Chaos will Moran Keylam nutzen, um die Menschen in den Untergrund zu verbannen.", besorgt strich er sich eine rotte Strähne aus dem Gesicht. „Schon jetzt hat er es durch illegale Beschwörungen geschafft, dass mehr Daimons denn je auf der Welt wandeln. Und Keylams Leute ziehen bereits umher um Menschen für seine Zwecke zu versklaven! Es werden immer mehr, Emma und nicht alle werden gerettet, so wie du!" Ich versuchte vergeblich den Klos der sich in meinem Hals gebildet hat hinunter zu schlucken: „Moran Keylam versklavt Menschen?"

Es fühlte sich komisch an den Namen meines Peinigers auszusprechen. Plötzlich flackerten wieder Bilder von dem düsteren Zimmer und meinem Blut, das langsam von dem Messer auf den dunklen Marmorboden tropfte, vor meinem inneren Auge auf.

„…Oder lässt sie ermorden.", beantwortete Akecheta tonlos meine Frage.

„Hauptsache sie sind weg. Aber nicht nur die Sterblichen sind in Gefahr, er macht auch Jagd auf jeden, der nicht auf seiner Seite steht. So wie wir.", Henrik seufzte schwer und schaute mich entschuldigend an: „ Wir sind im Krieg gegen die Keylams. Und durch mich bist du in einen Kampfhineingerutscht, für die du noch gar nicht bereit bist."

Schwach schüttelte ich den Kopf. An all dem was passiert ist, konnte ich nicht einer Person die Schuld geben. Ich war sauer auf Henrik. Sauer und verletzt, weil unsere Freundschaft auf eine Lüge aufgebaut wurde. Doch an diesen Schlamassel konnte er nicht alleine die Schuld tragen, so unfair wollte ich nicht sein: „Das ist nicht deine Schuld.", Ich musste erst meine Gedanken in Ruhe ordnen. In meinem Kopf schwirrte ein Wirrwarr an Informationen hin und her, die ich nicht einordnen konnte. Und immer noch gab es zu viele offene Fragen: „Woher weißt du das alles, Henrik? Wenn du bei den Schmidt mit einer neuen Identität, als ein normaler Sterblicher, groß wurdest, wie konntest du an all diese Informationen kommen?"

Henriks blick verdüsterte sich ein bisschen. „Wie gesagt, ich bin nie fernab von Magie groß geworden. Meine Eltern, also die Schmidts, standen immer in Kontakt mit Leuten der Kirche der Nacht und haben Informationen gesammelt. Ich war stets über die Lage informiert."

„Henrik…", ich schaute meine besten Freund tief in die Augen. Versuchte halt in den einst so vertrauten Seelenspiegeln zu finden, um Kraft für meine nächste Frage zu sammeln:, wusstest du das ich ein Pugnator bin?"

Der Rothaarige erwiderte meinen Blick und einen Moment verloren wir uns in dem Vertrauten Gefühl in unseren Augen zu versinken. Dann antwortete er mit belegter Stimme: „Ich weiß das ich es hätte merken müssen. Ich hätte spüren müssen, dass Magie durch deine Adern fließt. Oder zumindest, hätte ich dein Leuchten schon mal sehen müssen! Doch das habe ich nicht... Hätte ich besser aufgepasst, hätte ich dich beschützen können! Und so bist du wegen mir fast gestorben!"

Das erste Mal seit dem Henrik sprach , hatte ich das Bedürfnis ihn zu berühren. Langsam streckte ich meine Hand aus und legte sie auf Henriks. Die Wärme seiner Hand durchströmte mich sanft. Überrascht schaute Henrik auf unsere Hände.

„Das alles ist nicht deine Schuld, Henrik. Ich kann und will dir keine Schuld geben. Das alles ist zu viel! Alles verändert sich! Da kann ich nicht auch noch meinen besten Freund verlieren! Also hör auf dir die Schuld an dem ganzen zu geben!" Ich atmete tief durch, dann schaute ich meine Beiden Freunde aus der Kirche der Nacht an: „Habt ihr etwas von Dray gehört?"

Akecheta und Gwendolyn schauten sich prüfend an, ehe die junge Frau langsam ihren Kopf schüttelte: „Nein, Emma. Nicht seitdem er zu seinem Vater wollte um dich zu Retten."

Ich schloss die Augen. Er hatte es nicht geschafft. Er war noch dort, alleine. Was würden sie mit ihm machen, wenn sie erfahren, dass er mich gerettet hatte?

„Emma, was ist in Keylam Manor passiert?", fragte Gwendolyn vorsichtig. Bei dem Teil, der mir jetzt bevor stand, krampfte sich mein Magen zusammen. Ich war so froh, dass sie hier waren und das Dray mich gerettet hatte. Sie waren meine Freunde. Doch ich hatte Angst sie zu enttäuschen. Gwendolyn und Akecheta waren so starke Pugnatoren und schienen sich vor keinem Kampf zu fürchten. Doch ich war nach der kleinsten Folter eingeknickt und hatte Dray und Maureen im Manor zurück gelassen. Aber ich wollte ehrlich zu ihnen sein. „Als erstes hat mich Frau Keylam zu sich geholt. An diesem Morgen schien ihr Mann nicht dagewesen zu sein. Sie hat Smalltalk betrieben und mir geraten Ihren Mann die

Wahrheit zusagen. Danach wurde ich wieder in den Kerker gebracht und habe etwas zu essen bekommen.

Gegen Abend haben sie mich in einen anderen Raum gebracht…," immer wieder flackerten einzelne Bilder vor meinem inneren Auge auf. Immer wieder hörte ich das Lachen meiner Peinigerin. Und immer wieder sah ich Drays eisblaue Augen, wie er mich ein letztes Mal anblickte. Eine einzelne Träne schlich sich aus meinem Auge und brannte tiefe Fugen in mein Gesicht, während sie langsam über meine Wange kroch. Mit belegter Stimme fuhr ich fort: Ich wurde gefesselt. Moran Keylam hat mich befragt und eine Frau hat…sie hat…", murmelte ich leise und senkte den Blick. Ich spürte wie die Drei sich ansahen, sie wussten was kam. Sie hatten meine Verletzungen gesehen, Henrik hatte vorhin schon erwähnt, dass er von der Folter wusste. Doch es auszusprechen machte es so real. Die gestrigen Ereignisse waren bis jetzt nur in meinem Kopf, wie ein Film. Sie auszusprechen ließen sie nicht nur Revue passieren, so wurden sie echt.

„Du wurdest also Befragt? Über was? Über mich? Über uns?", fragte Henrik und ich nickte nur stumm, ohne meine Augen von der geblümten Bettdecke abzuwenden. Es herrschte eine unerträgliche Stille.

„Es tut mir so Lied!", plötzlich brach alles über mich herein. Die Erinnerungen an die schreckliche Angst, die unerträglichen Schmerzen und die grausame Schuld.

„Ich habe Dray verraten! Ich habe Ihn einfach dort zurück gelassen, ohne auch nur einmal über die Konsequenzen nachzudenken! Wer weiß was sie dort mit ihm machen… Oh Gott, ich bin eine erbärmliche Verräterin!"

Weiter kam ich nicht. Ich bekam vor lauter Schluchzern keine Luft mehr, keinen einzigen verständlichen Ton brachte ich mehr über meine Lippen.

Plötzlich nahm ich Gwendolyns vertrauten Duft nach Orangen und Zimt war und ehe ich mich versah, hatten sich ihre zarten Arme um mich gelegt. Gwendolyn umarmte mich und wiegte mich sanft hin und her.

„Emma…!", setze Henrik an und legte vorsichtig seine warme Hand auf mein Bei:. „Maureen hat gesagt, dass sie dich vom Keller aus schreien gehört hat…"

„Maureen? Maureen ist hier? Ich dachte Dray konnte nur mich retten…wie kann das sein?"

Gwendolyn schob mich sein Stück von sich weg und lächelte mich warm an: „Ich hab keine Ahnung wie er das angestellt hat. Ich weiß nur, dass sie kurz nach dir an der Hütte angekommen ist. In einer wesentlich besseren Verfassung aks du."

Erleichtert lachte ich auf. Ein Stein schien mir von den Schultern zu fallen und ein kleines Lächeln schlich sich auf meine Lippen.

„Emma,", Akecheta fuhr sanft mit der Befragung fort: Sie haben dich mehrere Stunden gefoltert! Und Frau Blair, die Besitzerin dieser Hütte, hat die Überreste deiner Verbrennungswunden gesehen, als sie dich gepflegt hat! Du weißt mit was die Keylams dich gefoltert haben? Das sind keine einfachen Verbrennungen. Das Messer, was deine Wunden verursacht hat, war mit Daimonblut getränkt. Gelangt das Blut nicht in dein Herz-Kreislaufsystem verbrennt es an der Stelle deine komplette Haut."

„Niemand hätte das so lange durchgehalten!", sagte Gwendolyn und tauschte einen traurigen Blick mit den anderen Beiden.

„Ja, die Keylams verstehen ihr Handwerk echt gut.", grummelte Akecheta sarkastisch.

„Es tut mir so leid dass ich dich verraten habe, Henrik. Und das ich Dray zurück gelassen habe", wimmerte ich.

„Emma, dir muss nichts leidtun…Das habe ich dir doch vorhin schon gesagt" Du wusstest ja nicht einmal etwas wichtiges…Es ist alles gut, wirklich! Du hattest keine andere Wahl." Ich konnte es kaum fassen das Henrik nicht böse auf mich war.

„Und was Dray angeht,", fuhr der Langhaarige fort, „ er ist ein Pugnator, der dich dazu noch ziemlich gern zu haben scheint." Akecheta zwinkerte mir verschmitzt zu; „ Er weiß was er tut. Und wir werden ihn nicht bei den Keylams zurück lassen, keine Sorge, Wir brauchen nur noch einen Plan…"

NEUNZEHN

Nachdem Henrik und die beiden Pugnatoren die Tür hinter sich geschlossen hatten, ließ ich mich langsam zurück in mein Kissen sinken. Ich schloss die Augen und genoss einen Moment die Ruhe und in den schützenden Armen des Bettes zu liegen. Ich wollte nichts Denken. Nur für einen Moment wollte ich im jetzt sein und nicht über die letzten Stunden und Henriks Worte nachdenken. Ich war es so Leid irgendwelche haarsträubenden Geschichten verstehen zu müssen und für alles Verständnis zu haben! Ich wollte einfach nur zurück in mein altes Leben, vor meinen Laptop und zurück an meine blöde Bachelorarbeit...

Langsam öffnete ich wieder die Augen und starrte an die niedrige Decke meines Zimmers. Zum ersten Mal heute nahm ich den sanften Holz Geruch wahr, in dem der gesamte Raum gehüllt war. Akecheta schien recht damit gehabt zu haben, dass es sich bei dem Haus um eine Hütte handeln musste. Tatsächlich war jede Wand und der gesamte Boden aus dunklem Holz gezimmert. Ein bordeauxfarbiger Teppich zierte den Raum und verströmte ein heimeliges Gefühl. Mit meinem Bett und eine schlichte Kommode, auf der ein Strauß Trockenblumen und eine kleine Kerze thronte, war der kleine Raum komplett ausgefüllt. Die einzige Lichtquelle bot ein großes Fenster gegenüber von meinem Bett. Bis her hatte mir niemand verraten wo genau die Hütte eigentlich stehen sollte. Um mir eine bessere Übersicht zu verschaffen, setzte ich mich langsam auf und stellte meine Füße auf den kalten Holzboden. Kälte durchströmte meine nackten Füßen und ein frösteln durchzog meinen Körper, als ich mich vorsichtig von dem Bett aufsetzte. Sofort wurde ich von einer Welle des Schwindels überrollt und musste mich an der Wand festhalten. Ich atmete tief durch und versuchte die Sternchen vor meinen Augen wegzublinzeln. Als mein Körper sich endlich an seine neue Position gewöhnt hatte, ging ich auf wackligen Schritten auf das Fenster zu. Kaum hatte ich es erreicht hielt ich mich, wie ein Ertrinkender an seinem Rettungsring, an dem braunen Fenstersims fest und wagte einen Blick auf die kalte Winterlandschaft. Vor mir erstreckte sich ein Wald, die Spitzen der Bäume sahen aus als wären sie in Puderzucker getunkt worden. Auf der rechten Seite erstreckte sich eine karge Graslandschaft, die von sanften Raureif überzogen war, der leicht im Licht der Morgensonne funkelte. Dicker Nebel hing zwischen den Tannen und ließ keine weite Sicht zu, lediglich ein paar Sonnenstrahlen schafften es sich durch die dicke Wolkendecke zu kämpfen. Was ich nicht sehen konnte, trug der Wind an meine Ohren. Hier am Fenster konnte ich Wellen gegen Felsen brassen hören. Wir waren an der Küste!

Plötzlich öffnete sich mit einem knarren die Tür zu meinem Zimmer. Erschrocken fuhr ich herum, als eine ältere Frau mit grau meliertem Haar, einem kleinem Buckel durch die Tür trat. Ein breites Lächeln umspielte ihr faltiges Gesicht, als sie mich am Fenster sehen sah: „Liebes, wie schön dich so forme zu sehen!", sie hatte einen starkem französischen Akzent. Als die ältere Frau mein Zimmer betrat, wurde der sanfte Holzgeruch von einer Wolke Kölnisch Wasser verbannt.

„Ich bin Madame Blair, die Besitzerin dieses *petite maison*." Die Stimme der älteren Dame war sanft und von einem starken französischen Akzent geprägt, der mir bekannt vor kam.

„Sie haben mich versorgt, nicht wahr? Vielen Dank dafür!", ich ging ein wenig schwankend auf die Frau zu, und griff nach ihrer rechten Hand: „Ich bin Emma."

Sie drückte liebevoll meine Hand und lächelte warm: Doch nicht dafür *ma jolie*. Wie geht es dir denn?"

Ich zuckte mit den Schultern und ließ mich langsam von Madame Blair zu meinem Bett zurück führen. Dort angekommen ließ ich mich auf die Bettkante sinken.

„Die Schnittwunden zwicken ein bisschen und mir ist ein wenig schwindelig," setze ich an, wurde aber von der Grauhaarigen unterbrochen.

„*Ma jolie*, du hast auch kaum etwas getrunken! Das ist normal."

Ich nickte und musste ein wenig über ihren vorwurfsvollen Blick lächeln. Diesmal griff Madame Blair nach meiner Hand und setzte sich neben mich auf die Bettkante. „Ich meinte aber gar nicht wie es dir Körperlich geht, *ma jolie*. Was macht dein Kopf und viel wichtiger dein *cœur*," und deutete dabei auf mein Herz. Ich schaute auf meine Hand, die von ihren kleinen Fingern gehalten wurde. Ich wusste selber nicht wie es mir wirklich ging. Da war dieses große Chaos in meinem Kopf, begleitet von einer beiernde Schwere auf meinem Herzen. Ohne aufzusehen sagte ich langsam: „Ich weiß das alle erwarten das ich stark bin, schließlich fließt Pugnatorblut durch meine Adern. Dabei fühle ich mich einfach nur unglaublich hilflos. Seitdem ich erfahren habe, das ich eine Hexe bin, habe ich nur theoretische Wissen angehäuft und ein bisschen kämpfen gelernt. Aber das ist mir nicht genug, es ist viel zu wenig um irgendetwas gegen Leute wie die Keylams ausrichten zu können. Ich hasse es so hilflos zu sein und

Menschen die mir viel bedeuten einfach so zurück lassen zu müssen, wie Dray! Wenn ich doch schon eine Hexe bin, warum kann ich dann nicht Zauber? Warum kann ich nicht einfach Dray hierher hexen und mich in eine magische Blase hüllen, unter der mich Daimons nicht finden können? Und dann kann ich zurück in mein altes Leben! Jeder sagt mir, dass ich jetzt zu einer anderen Welt gehöre und ich nicht mehr eine einfache Sterbliche bin….Doch ich bin noch immer die Gleiche, ich habe mich nicht verändert!. Und das macht mich so hilflos..."

Madam Blair hatte meiner Tirade vollkommen still zugehört und lediglich ab und zu verständnisvoll genickt. Dann fuhr sie mit sanfter Stimme fort: „Du weißt mit Sicherheit, das Magie nicht einfach praktiziert werden kann, sie hat immer ihren Preis. Wir können Dray nicht einfach mit Magie retten, *ma jolie* und dich in eine Blase zu Hüllen um dich gegen Daimons zu schützen, würde dir zu viel Kraft kosten," sie zwinkerte mir zu und ein schelmisches Lächeln umspielte ihre Lippen, „aber hier wird dir keine Zauber beibringen, das musst du schon selber machen. Du hast also noch nie einen Zauberspruch angewandt, nicht mal einen kleinen?" Ich schüttelt den Kopf.

„Dann wird es Zeit, dass ich dir heute deinen ersten beibringen! Siehst du die Kerze dort drüben?", sie deutete auf die kleine Kommode.

„Ja", erwiderte ich aufgeregt.

„Dreh die Handfläche deiner linken Hand nach oben, spanne deine Finger an und bilde einen Trichter um deine leere Handfläche. Deinen Zeigefinger streckst du aus und deutest auf die Kerze." Ich folgte ihren Anweisungen und richtete meinen Finger auf die Kerze aus. „Gut, nun konzentriere dich auf dein Blut. Spüre wie es durch deine Adern fließt, wie dein Herz pumpt und spüre die Kraft in dir. Und dann ganz langsam, lässt du diese Kraft in deinen linken Arm wandern"

Aufgeregt pochte mein Herz gegen meinen Brustkorb, ich hörte das Rauschen meines Blutes wie es wild durch meine Adern floss, bis in meinen linken Zeigefinger. Plötzlich nahm ich ein kitzeln war, ganz sanft strömte es von meinem Herzen zu meiner linken Hand, als würde sich mein Körper langsam aufladen.

„Gut so, *ma jolie*." Und da sah ich es auch, ein blaues leuchten umhüllte meinen Arm, als würde ich brennen.

„*Ma jolie*, du wiederholst deinen Zauberspruch nun so oft, bis deine Kerze brennt. Du musst ihn nicht laut sagen, flüstere die Worte einfach vor dich hin. Sprich mir nach: *Kertabrennsla*." Ich wagte es nicht von meinem Arm aufzusehen und flüsterte: „*Kertabrennsla*." Das erste Mal vielen die Worte nur schwer über meine Lippen, doch umso öfter ich die Worte sagte, desto einfacher viel es mir. Plötzlich durchzuckte mich wie ein kleiner Stromschlag, als ich zum wiederholtesten male flüsterte: *Kertabrennsla*". Ich spürte wie sich meine Energie kanalisierte und durch meinen Zeigefinger strömte. Und mit ihr erlosch mein leuchten. Enttäuscht schaute ich Madame Blair an. Doch diese lächelte und deutet auf die Kerze. „Sieh nicht mich an, *ma jolie*, sondern nach drüben." Ich drehte mich um und eine kleine Flamme tanzte der Kerze und warf ihre Schatten an die Wand. Erfreut schrie ich auf und schlug begeistert in die Hände: „Es hat funktioniert! Es hat wirklich funktioniert, unglaublich!" Madame Blair lachte warm und strahlte mich freudig an: „Na also, so schnell kann man seinen ersten Zauber lernen. Ich hab unten ein Buch mit diversen Sprüchen, das kannst du dir gerne nehmen um zu üben. Und du wirst sehen, du wirst von Tag zu Tag besser werden.", sie zwinkerte mir zu und stand langsam auf. „Jetzt konzentrieren wir uns aber wieder und richten dich mal ein wenig. Schließlich müssen wir uns einen Plan überlegen, wie wir deinen Freund aus den Händen der Keylams befreien können."

Zum Glück schien sie, im Gegensatz zu Gwendolyn, weniger wert auf dunkle enge Kleidung zu legen. Die ältere Frau hatte mir ein schönes Blumenkleid, mit Jeansjacke und weißen Sneakers rausgelegt. Was mich weniger wie eine Kriegerin und mehr wie das Mädchen fühlen ließ, dass ich vor ein paar Wochen noch war. Das Kleid fühlte sich an, als würde ich nach langer Zeit wieder nach Hause kommen.
Ich duschte mich ausgiebig und genoss es, den Schmutz der vergangen Tage von meinem Körper zu spülen. Madame Blair hatte zwar ihr Bestes getan um meine Wunden zu versorgen und mich vom gröbsten Schmutz zu befreien, doch einer Dusche konnte sie nicht das Wasser reichen. Dank der Heilkunst der Hausbesitzerin, konnte ich duschen, ohne das Wasser an meine Wunden gelangte. Es dauerte eine Weile bis ich die Knoten aus meinen Haaren gekämmt hatte. Aber als ich am Ende in dem Kleid die Treppe hinunterging, fühlte ich mich zum ersten Mal seit langem nicht verkleidet. Von unten drangen Stimmen zu mir nach oben. Es wurde wild durcheinander gesprochen. Ich versuchte stimmfetzen aufzugreifen, doch die Holztreppe knarzte bei jedem Schritt zu Laut um etwas zu verstehen. Ich war kaum am Sims angekommen, da kam Gwendolyn um die Ecke. Ihre schwarzen Locken wirbelten Wild um ihr Gesicht herum. Erschrocken schaute sie mich an, scheinbar hatte sie noch nicht mit mir gerechnet. Doch dann überzog ein warmes Lächeln ihre Lippen: „Du bist ja schon fertig! Genau richtig zur Besprechung.". sie deutete auf die Tür hinter sich: „Wie du hörst haben sie gerade angefangen."
„Welche Besprechung?", fragte ich irritiert, doch Gwendolyn grinste mich nur an. „Kriegsrat kommt am ehesten hin. Naja,

es wird besprochen wie wir die Keylams in ihre Schranken weißen können und, was das wichtigste für dich sein dürfte, wie wir Dray befreien können. Ich weiß, eine komische Situation so alle kennenzulernen." „Wer ist denn alle?" Ich starrte auf die verschlossene Tür, als hätte ich die Hoffnung durch Wände sehen zu können. „Naja den Leiter der Pugnator, Vertreter verschiedener Kirchen der Nacht, Politiker und sowas. Alles Leute die auf unserer Seite stehen und mit uns gegen die Keylams vorgehen wollen." Ich schluckte schwer: „Und was soll ich dort?"

Gwendolyn grinste. „Erstens gehörst du jetzt zu uns und zweites, waren du und Maureen im Manor und könnt uns vielleicht ein paar brauchbare Informationen geben." Sie schob sich an mir vorbei: „Magst du dir noch was zu trinken und zu Essen mit reinnehmen? Du hast das Mittagessen verpasst und es wird eine Weile dauern eh es heute was zum Abendessen gibt."

Ich folgte ihr in die kleine Küche. Die Wände waren mit Kochtöpfen, Pfannen und getrockneten Gewürzen vollgehangen. Im Kamin brannte ein kleines Feuer und knisterte lieblich vor sich hin. In der gemütlichen Küche hing der verführerische Duft von frischer Pasta und Sauce, bei dem sich mein Magen gierig zusammenzog. Auf dem Ofen stand ein riesiger Topf voller Kürbissuppe. Gwendolyn holte einen bunten Teller aus einem der Regale und schaufelte mir ein paar Kellen in den Teller und stellte sie mit einer Scheibe Brot auf ein Tablett. Dann holte sie einige Flaschen Bier und schenkte Whiskey in Kristallgläser ein.

„Kann ich auch schnell hier essen?", Ich schaute Gwendolyn mit großen Augen an. Nur ungern wollte ich mich Fr emden vorstellen und dann gleich Suppe in mich hinein schaufeln. Sie nickte: „Aber beeil dich, ich muss noch Eis von unten holen." Sie stellte die Flasche mit der bernsteinfarbenen Flüssigkeit zurück in das Regal und ging aus dem Raum. Genüsslich löffelte ich die warme Suppe in mich hinein. Sie erinnerte mich an die aus dem Kupferstecher, Henriks und meinem Lieblings Kaffee. Plötzlich wurde ich von einer Welle des Heimwehes überrannt, ausgelöst vom Geschmack der himmlischen Kürbissuppe. Ich hatte mir dieses Leben nicht ausgesucht und wünschte mir nichts sehnlicher, als in mein altes zurück zu können. Doch ich war mir nicht sicher, ob jemals wieder alles normal werden würde. Wie Gwendolyn gesagt hatte, war ich jetzt Teil der Pugnator. Und scheinbar musste ich lernen mit Daimons und all dem übernatürlichen Quatsch zu leben. Unabhängig davon ob ich das wollte oder nicht. Ich seufzte und schlürfte meinen Löffel leer.

Ich wusste noch einmal welcher Tag heute war, oder wo genau wir uns befanden. Seit Wochen bestand mein Leben nur noch aus Fragen. Fragen auf die ich nur bedingt eine Antwort bekam…und ich war es so leid nach Antworten zu suchen.

Doch ich musste mich dieser neuen Situation stellen und aufhören in Selbstmitleid zu ertrinken, ermahnte ich mich selbst. Ein stöhnen entfuhr mir, als ich zufrieden den leeren Teller wegschob. Ich sollte an einer Sitzung teilnehmen, die unter anderem das Zeil hatte, Dray aus den Armen der Keylams zu befreien. Und das war ich ihm Schuldig, ich könnte es nicht ertragen wenn ich wüsste, dass er nur wegen mir dort bleiben musste. Wer weiß was sie mit ihm anstellten…

Bei dem Gedanken wurde mir schon wieder schwindelig und schnell schob ich den Gedanken beiseite Ich hätte mich gerne besser auf die Sitzung vorbereitet. Zumindest wüsste ich gerne, was mich gleich erwarten würde. Hoffentlich konnte ich auch helfen…

Doch ich keine Zeit mehr mir darüber Gedanken zu machen, denn Gwendolyn hatte bereits eine Hand auf die Türklinke gelegt. Schwungvoll schob sie mit der rechten Hand die hölzerne Türe auf, in der linken Hand balancierte sie einen Eimer voller Eis. Die Dunkelhaarige sah meinen überraschten Blick und lachte: „Amerikaner, die wollen in jedem Getränk Eis haben."

Beschwingt knallte sie den Eimer auf den Tisch und begann in jedes der Gläser Eiswürfel fallen zu lassen. Whiskey spritzte auf den Tisch, doch das schien die Dunkelhaarige nicht zu Interessieren. Innerhalb weniger Sekunden war Gwendolyn fertig und stellte das Eis zurück in den Kühlschrank. Dann drehte sie sich zu mir um und ihre dunklen Augen schauten mich herausfordernd an: „Bist du bereit?"

ZWANZIG

Wir saßen in einem großen Zimmer, das von der hellen Wintersonne durchflutet wurde. In dem gesamten Raum hing der verführerische Duft von Zedernholz und Kaffee, was mich unwillkürlich an frühere Urlaube in den Bergen erinnerte. Wie ich es schon aus der Kirche der Nacht kannte, waren im ganzen Zimmer Kerzen verteilt, die ihre Schatten an den Wänden tanzen ließen.

Etwa ein Dutzend Männer und Frauen hatten hinter dem dunklen Holztisch Platz genommen, unter ihnen Henrik und Akecheta. Elisaria, gehüllt in einen dunklen Umhang, saß am Kopfende des Tisches und wirkte heute in der kalten Wintersonne noch blasser als sonst. Kleine Namensschilder waren vor den Ratsmitgliedern aufgestellt worden, selbst ich hatte eines bekommen.

„Magst du auch einen?", Gwendolyn schaute mich erwartungsvoll an, als sie in kleine bunte Tassen den frisch gebrühten Kaffee einschenkte. Ich schüttelte den Kopf und flüsterte: „Lieber nicht, ich bin jetzt schon so nervös, da kann ich kein Koffein vertragen."

„Der ist mit Schuss, Geheimrezept von Madame Blaire."

Ohne meine Antwort abzuwarten, schenkte sie mir grinsend eine große Tasse voll ein. Der genüssliche Geruch durchzog den gesamten Raum, als ich einen großen Schluck der warmen

Flüssigkeit zu mir nahm. Sofort breitete sich eine mollige wärme in meinem Körper aus, der Alkohol erhitze ganz sanft mein Inneres. Und mit der Wärme verschwand auch ein Teil meiner Nervosität.

Ich hatte mittlerweile erfahren, dass hier der Rat der Kirchen der Nacht tagte. Elisaria war die Vorsitzende einer der größten Institute des Landes und hatte somit den Vorsitz, weshalb sie am Tischende platzgenommen hatte. Insgesamt hatten sich acht Verträte der dreizehn Kirchen der Nacht zum heutigen Kriegsrat eingefunden. Sie alle waren mit Begleitung gekommen, allesamt erfahrene Pugnatoren und Hexen, die sich einen Platz in dem geräumigen Zimmer gesucht hatten. Fasziniert schaute ich immer wieder die Wächter der Ratsmitglieder an. Sie waren so verschieden, wie man es sich nur vorstellen konnte: eine kräftige junge Frau hatte es sich auf dem tannengrünen Sofa in der hintersten Ecke des Raumes bequem gemacht. Sie spielte mit den Flammen einer der Kerzen und ließ mit ihrer Magie die Flammen immer wieder erlöschen, ehe sie diese wieder entfachte. Ein älterer Mann, mit schütteren Haar und einer auffallend hohen Stirn, beobachtete sie dabei und stich sich gedankenverloren durch seinen vollen Bart. Insgesamt schienen sich noch mal zusätzlich zehn Wächter, bestehend aus Pugnatoren und Hexen in dem Raum zu befinden.

Eigentlich hatte ich mich zu ihnen stellen wollen, doch Elisaria hatte mich, kaum das ich durch die Tür getreten war, sofort auf einen Stuhl in ihrer Nähe verwiesen. Und so saß ich etwas verschüchtert zwischen den Ratsmitgliedern und versuchte ihre neugierigen Blicke zu ignorieren. Die Besprechung war bereits im Gange gewesen, als Gwendolyn und ich mit den Getränken eingetroffen waren. Jetzt, wo alle versorgt waren, setzte Elisaria das Gespräch fort.

„So, nun da Emma Van Dijk auch da ist, können wir ja fortfahren….

Ich glaube wir sind uns alle einig, dass wir Dray Keylam nicht in den Fängen seines Vaters lassen können. Nach Henriks Ausführungen, hat er Emma aus den Fängen von Marlon Keylam gerettet. Des Weiteren ist dem Rat bekannt, dass er seit Jahren gegen das Regime seines Vaters kämpft und sich somit in großer Gefahr befindet. Wir können einen unserer Leute nicht im Stich lassen."

Ein paar Ratsmitglieder blickten sich kritisch an und leichtes Murmeln brach aus. Doch Elisaria ließ sich davon nicht beirren und fuhr mit fester Stimme fort: „Emma, war die Gefangenen von Marlon Keylam und Dray konnte sie, unter dem Einsatz seines Lebens, befreien. Henrik teilte mir mit, dass er Emma mit einem Tunnel aus dem Anwesen geschleust hat. Diese Information, Emma, können wir nutzen um einen Rettungsversuch zu starten."

Anderson, der füllige Mann im bordeauxfarbenen Pullover schlug mit seiner riesigen Faust auf den Tisch: „Den Weg, den Keylams Sprössling der Kleinen gezeigt hat?", er lachte trocken auf,: „Ich will sterben, wenn der Kleine uns nicht eine Falle stellt! Begreift ihr denn nicht, das Dray ein Verräter ist? All die Energie in einen Rettungseinsatz setzten um dann wieder einen Maulwurf in unseren Reihen zu haben? Ihr spinnt doch!"

„Anderson, es gibt keinen Beweis das Dray ein Verräter ist. Schließlich hat er unsere Emma gerettet."

„Ach komm schon Elisaria, so naiv kannst du doch nicht sein! Marlon Keylam hätte die Kirche der Nacht niemals ohne einen Insider angreifen können. Nicht so! Dir muss doch klar sein, dass er seine Informanten unter uns hat…Und sein Sohn, der von seinem Vater geschlagen und verstoßen wurde, ist plötzlich ein Rebell und wendet sich gegen seine Familie? Ein bisschen zu melodramatisch um wahr zu sein, oder?"

Wut kochte in mir hoch. Dray war der Held der mich gerettet hatte und dieser Arnold stellte ihn als Bösewicht hin! Er kannte ja noch nicht einmal meine Geschichte!

„Natürlich können wir ihn nicht einfach im Stich lassen, doch sollten eine Rettungen nicht unsere oberste Priorität sein. Vielmehr sollte wir eine Lösung finden um den Keylams ein für alle Mal das Handwerk zu legen. Wenn wir Keylam Junior retten können, ist das ein netter Nebeneffekt, dass sollte aber nicht das alleinige Ziel dieser Verhandlung sein."

„Aber wir können ihn nicht ewig dort lassen! Was wenn sie ihm etwas antun!" Bestürzt schaute ich in die Runde. Mag sein das man die Keylams aufhalten musste, doch für mich stand Dray an erster Stelle.

„Du glaubst doch nicht wirklich das Marlon Keylam seinen einzigen Sprössling umbringt," Ein Mann im Maßanzug, der stark nach Moschus roch, Umbra, wie Gwendolyn ihn nannte, lachte trocken auf.

„Nicht umbringen, aber er wird ihn foltern," so wie mich, ergänze ich in Gedanken und starrte Umbra an. Tiefe Falten zierten sein kantiges Gesicht, doch es war keine einzige Lachfalte unter ihnen. Dieser schnaubte nur und machte eine abwertende Handbewegung: „Mädchen, Dray ist kein weichgespülter Student der nach ein bisschen Folter zusammenbricht und gerettet werden muss. Ein richtiger Pugnator wird mit Schmerz groß! Er ist darauf trainiert Schmerzen zu ertragen und seine Kraft daraus zu ziehen! Also lass diese verweichlichten Argumente, wenn du keine Ahnung hast!"

Ich krallte mich in den Tisch fest und funkelte den Mann wütend an. Ich wollte ihm sagen was für ein Mistkerl er war und das er der Jenige war, der keine Ahnung hatte, doch die

Worte wollten nicht über meine Lippen kommen. Stattdessen saß ich einfach nur da und versuchte Umbra mit meinen Blicken zu töten. Gwendolyn schob mit wortlos den Kaffee hin und deutete mir an noch einen Schluck zu nehmen, als Elisaria das Gespräch übernahm.

„Schlussendlich haben wir keine Wahl. Selbst wenn wir Dray nicht retten wollten, ist er der Schlüssel um Keylam zu stürzen. Jeden Tag den er länger in bei Marlon ist, könnte der letzte für uns bedeuten…"

Eine tief Falte hatte sich auf ihrer Stirn gebildet, als sie ernst die Ratsmitglieder anblickte, ehe ihre goldenen Augen zuletzt an mir hängen blieben.

„Wie meinst du das, Elisaria?", eine füllige Frau in einem dunklen Kleid schaute die Rothaarige erwartungsvoll an. Mit einem lauten klappern stellte sie ihre Tasse auf dem Tisch ab. Die Spannung war förmlich greifbar, als Elisaria langsam sagte: „Er ist einer der Schlüssel zur Unterwelt…"

Es herrschte eine totenstille, die in einer bleiernen schwere über uns lag. Ich wusste nicht was das zu bedeute hatte, doch ich konnte die verschiedensten Emotionen in den Gesichtern der Ratsmitglieder ablesen: Da war Angst und Verwunderung, aber auch Planke Panik.

„Elisaria, weißt du was das bedeutet? Wir dürfen keine Zeit mehr verlieren! Seit wann weißt du es?"

„Erst seit dem Angriff auf Dray und Emma vor ein paar Wochen. Da hat er es mir erzählt."

„Was bedeutet das?" fragte ich vorsichtig.

„Die Verbindung zwischen unserer Welt und der Unterwelt ist mit dem Tor der Toten versiegelt. Jede Verlorene Seele, also jeder Mensch der stirbt und in die Hölle muss, kann dieses Tor passieren. Ansonsten kann niemand in die Hölle gelangen und schon gar nicht nach draußen. Der einzige Weg um jemand Lebendes in die Hölle zu schleusen, oder eine verlorene Seele in unsere Welt zu entlassen, ist das Schloss des Tores zu öffnen. Dafür bedarf es drei Schlüssel, die in Form von Menschen auf der Erde wandeln. Stirbt ein Schlüssel, wird er in einem anderen Körper neu geboren. Meist ziehen sich die drei Schlüssel an, doch erst durch eine spezielle Blutsprobe kann man sagen, ob es sich wirklich um die Schlüssel zur Hölle handelt. Die Schlüssel können die Tore der Unterwelt öffnen, so das alle Daimons frei auf der Erde wandeln und von jedem Menschen Besitz ergreifen können! Es wäre ein leichtes für Marlon Keylam so die Herrschaft zu erlangen und die Menschen zu unterdrücken. Und sobald Marlon herausgefunden hat, wie man Dray einsetzten muss, haben wir verloren."

Ein eiskalter Schauer lief mir den Rücken hinunter, als ich mich an das Gespräch mit Marlon Keylam erinnerte... Ich hatte vergessen das er mich nicht einfach nur nach Henrik gefragt hatte. Marlon hatte unterstellt, dass er sich seit Jahren versteckte und dazu ein mächtiger Zauber nötig war...Was wenn Henrik der zweite Schlüssel war? Was wenn Marlon gewusst hat, dass Dray zu seinem Vater kommen würde um mich nicht im Stich zu lassen? Aus welchem Grund sollte er sonst nach Henrik fragen?

Mir wurde schlecht und ich ließ meine Hände in meinen Schoss sinken. Nervös nestelte ich an meinen Nägeln herum und versuchte tief durchzuatmen. Sollte ich es ihnen sagen? Sollte ich ihnen von meiner Vermutung erzählen, oder würden sie denken das ich komplett irre war?

„Marlon braucht erst den anderen Schlüssel, davor kann er mit Dray nichts anrichten.", Umbra musterte die Rothaarige, als würde sie langsam den Verstand verlieren.

„Selbst wenn er die anderen Schlüssel noch nicht hat, ist es nur eine Frage der Zeit. Deshalb dürfen wir keine Zeit verlieren...", beharrte die Vorsitzende und beugte sich ein wenig vor. Ein alter Mann mir gegenüber, dessen Wettergegerbtes Gesicht durch und durch von tiefen Falten und Narben übersäht war , hob beschwichtigend die Hände. Sein langes graues Haar fiel glatt über den dunkelgrünen Anzug. Tramur, war in einer verschnörkelten Schrift auf den Stoff bestickt. Seien Stimme klang sanft, aber auch bestimmt und machte klar, dass er keine Wiederworte duldete:

„Nun somit haben wir zumindest eine Sache geklärt: wir müssen Dray retten, komme was wolle. Und da er sich im Manson aufhält, haben wir keine andere Wahl als die Keylams dort anzugreifen. Doch ich bin immer noch der Meinung, dass wir Emma als unsere Geheimwaffe nutzen können. Mit dem Weg den Dray Emma gezeigt hat, können wir vielleicht ungesehen in das Anwesen gelangen." der bärtige Mann wand sich nun an mich, „Deshalb ist es umso wichtiger das du uns alles erzählst woran du dich erinnerst. Dein Fluchtweg könnte unser Schlüssel in das Manor sein."

Ich schluckte Schwer. Natürlich, der Fluchtweg. Ich schaute in die bunte Runde und spürte die erwartungsvollen Blicke auf mir Ruhen.

„Ich weiß nichts mehr von meiner Flucht. Es tut mir Leid, aber alles seit dem Manor ist so verschwommen…", flüsterte ich leise und starte auf meine Hände, „ich würde euch gerne ,her erzählen, aber ich erinnere mich wirklich nicht."

Traurig schaute ich auf meine Finger. Ich fühlte mich so unglaublich unnütz, ich konnte nichts tun um ihnen zu helfen.

„Die Keylams sind nicht dumm… Marlon war lange Soldat, wir können nicht darauf setzten das er irgendwelche Fehler macht, oder er einen Fluchttunnel vergessen hat. Wir müssen ihm taktisch voraus sein." Sagte Tramur an den Rat gewandt.

„Keylams Leute patrouillieren im Abstand von drei Kilometer um das Manor. Wir müssen eine Seite durchbrechen und unsere Soldaten können so ins Manor gelangen. Natürlich sind wir dann noch lange nicht im Gebäude, da kommst du ins Spiel, Elisaria. Jeder weiß das Dray zu deiner Kirche gehört und Marlon kennt dich. Er weiß das du einiges für deine Leute riskieren würdest. Du machst also einen Verhandlungstermin aus um über Drays Rettung zu verhandeln. Das erscheint durchaus realistisch. Und unsere kleine Spionin", er deutete auf mich, „ wird dich begleiten." Elisaria hörte dem grauhaarigen Mann still zu, ohne eine Miene zu verziehen. Ich konnte nicht ablesen was sie dachte.

„Emma ist noch nicht bereit dazu. Ich lasse nicht zu das wir sie schon wieder in Gefahr bringen!", Henrik funkelte Tramur böse an, doch dieser ließ sich nicht provozieren.

„Natürlich musst du noch ein paar Basics lernen, Emma. Aber uns bleibt nicht viel Zeit. Umso länger wir warten, desto unglaubwürdiger wird die Geschichte. Elisaria, du solltest dich noch heute mit Keylam in Verbindung setzten."

Die Rothaarige spitzte die Lippen und überlegte einen Moment, ehe sie mit fester Stimme antwortete: „ In Ordnung. Ich werde eine Feuerbotschaft senden und mich für übermorgen ankündigen."

„Gut. Emma, du bist die einzige die schon im Manor war, vielleicht kannst du dich an Details erinnern, wenn du erstmal dort bist.", Tramur lächelte mich warm an und schlug dann plötzlich fest mit seiner Faust auf den Tisch, so dass die Gläser klirrten: „Und dann legen wir endlich Marlon das Handwerk! Jetzt wo wir seine Geheimwaffe kennen, müssen wir uns nur noch Dray schnappen."

„Und wie wollen wir das Anstellen? Wir sind in der Kirche der Nacht und Marlon wird uns Dray einfach so aushändigen? Wenn er wirklich einer der Schlüssel zur Unterwelt ist und Marlon Keylam das weiß, wird er ihn gegen nichts auf der Welt eintauschen." Ich musste Arnold Gedanken zustimmen, der Plan klang für mich eher wie eine Wunschvorstellung als alles andere.

Umbra legte die Stirn in Falten und schaute den Älteren skeptisch an: „Ich ahne was du vorhast, Tramur. Das wird sich Angriffstaktisch schwieriger gestalten wie du denkst. Wir werden eine Menge gut ausgebildeter Pugnatoren brauchen, mehr als wir hier her mitgebracht haben. Auf eine Schlacht war keiner vorbereitet, schon gar nicht innerhalb von zwei Tagen."

Tramur beugte sich nach vorne, seine grünen Augen funkelten gefährlich im Kerzenlicht als er mit einem provokanten Lächeln auf den Lippen säuselte: „Aber Umbra, du betitelst dich doch sonst als einer der größten Pugnatoren unserer Zeit, mit einem exorbitanten Wissen über Einsatztaktik…da werden wir wohl zusammen heute einen Plan schmieden können, oder?" Mit einem zufriedenen Lächeln lehnte er sich in seinem Stuhl zurück und verschränkte die Arme vor der Brust. Die Spannung zwischen den beiden Männern war förmlich zu spüren. Doch Umbra lächelte lediglich überheblich und antwortete mit fester Stimme: „Womit du absolut recht hast.", er wand sich von Tramur ab und blickte die Ratsmitglieder an: „Wir sollten keine Zeit verlieren, lasst und beginnen!" Mir war nicht entgangen, dass er versuchte, die Leitung der Sitzung Elisaria zu entreißen und an sich zu nehmen. Doch die Rothaarige schien sich nicht dafür zu interessieren, sie schien sich über ganz andere Dinge Sorgen zu machen. Elisaria nickte nur und schaute dann Gwendolyn an: „Ich denke es wäre das Beste, wenn du Emma ein paar Verteidigungszauber beibringst. Sie braucht nicht viele, sollte aber ein paar sicher beherrschen können, nur für den Notfall."

Gwendolyn nickte und stupste sanft meinen linken Arm an: „Komm, wir gehen." Wir standen auf, schnappten uns unsere Tassen und verließen schnellen Schrittes den Raum. Als ich die

Türe hinter mir schließen wollte, warf ich einen letzten Blick in den Raum, in welchem ein lautes Stimmgewirr ausgebrochen war, kaum das wir unsere Plätze verlassen hatten. Elisaria saß wie ein Schlückchen Elend in ihrem Stuhl, tiefe Sorgenfalten überzogen ihre Stirn, während sie dem durcheinander an Stimmen lauschte. In diesem Moment wirkte sie nicht wie eine mächtige Hexe, sondern nur wie ein Frau, die am liebsten vor ihren Sorgen wegrennen würde. Ich blickte ein letztes Mal in den Besprechungsraum und sah gerade noch wie Umbra ein Jagdmesser aus der Tasche zog. Das Kerzenlicht spiegelte sich in dem glatten Metall, als er es mit einem klirren auf den Tisch fallen ließ. Ich hörte noch wie seine kratzige Stimme knurrte: „Wer will anfangen?", ehe die Tür ins Schloss flog.

Mit einem leisen klacken Schloss die Tür und Gwendolyn und ich befanden uns alleine im Flur der geräumigen Hütte. Stille legte sich um uns wie eine schützende Blase. Mein Herz schlug wild, als ich die geschlossene Tür anstarrte.

Plötzlich drehte sich die Braunhaarige zu mir um, ihre Augen waren vor schrecken geweitet: „Weißt du was das für Dray bedeutet?"

Verwundert blickte ich meine Freundin an: „Was meinst du? Das wir ihn vor seinem Vater retten? Das dürfte ihm doch eher freuen, es wirkt ja nicht gerade so als hätte er eine gute Beziehung zu seiner Familie, oder?" Gwendolyn schnaubte: „Ach Emma, dass mein ich doch nicht. Er ist einer der Schlüssel zur Unterwelt! Marlons größte Waffe und damit auch das größte Risiko für die Kirche der Nacht! Glaubst du sie werden ihn einfach zurück in sein Leben lassen als Pugnator? Niemals." „Was willst du damit sagen, glaubst du sie sperren ihn ein?" Gwendolyn hatte schon gegen hunderte Daimons gekämpft und dennoch habe ich noch nie so viel Angst in ihrem Blick gesehen, wie in diesem Moment: „Das Risiko ihn einzusperren ist viel zu hoch. Keylams Leute sind stärker wie wir, wenn sie einen Angriff planen, werden sie auch gewinnen. Dann haben wir nichts als Zeit gewonnen. Ich…", ihre Stimme stockte, ehe sie fortfuhr: „ich glaube nicht das sie ihn am Leben lassen. Sie werden ihn tötet, Emma." Ein eiskalter Schauer lief mir den Rücken hinunter und ließ meine Nackenhaare aufstellen. Ich schüttelte wild den Kopf und flüsterte: „Das kann nichts ein…das würde Elisaria niemals zu lassen! Sie kennt Dray schon ewig, sie würde ihn doch nicht einfach umbringen lassen!" Doch ich konnte meinen Worten selber keinen Glauben schenken, so sehr ich es auch wollte. „Du hast sie doch eben da drinnen gesehen! Glaubst du das wir die Keylams angreifen nimmt sie so mit? Ich bitte dich, wir wurden zum Kämpfen ausgebildet! So ein Angriff ist nicht cool, aber wir sind auf sowas vorbereitet! Nein, sie weiß was passieren wird. Sie weiß das Dray sterben muss!" Ich schaute die Pugnatorin fest an: „Das dürfen wir nicht zulassen, unter keinen Umständen! Er…er hat mich zweimal gerettet und ich bin…", in ihn verliebt, beendete ich in Gedanken den Satz, doch das wollte ich vor der jungen Kriegerin nicht aussprechen, „Ich lass nicht zu das er stirbt!"

Ein zufriedenes Lächeln schlich sich auf die Lippen von Gwendolyn: „Gut, dann brauchen wir einen Plan. Aber nicht hier, nicht jetzt. Ich brauche erstmal was zu trinken, etwas stärkeres."

Schweigend gingen wir in die Küche und räumten unsere bunt bemalten Tassen in die kleine Spülmaschine.

„Was war das mit dem Messer? Als wir gerade aus der Tür gegangen sind", fragte ich die Dunkelhaarige verwirrt. Ich konnte mir beim besten Willen nichtvorstellen für was man ein Jagdmesser bei einer Besprechung brauchte. Höchstens um Häppchen Kleinzuschneiden…

„Für den Blutsschwur.", eine tiefe Sorgenfalte hatte sich auf der Stirn der jungen Pugnatorin gebildet, als sie neben mir in die Küche lief. „Denn was?", ich hatte Gwendolyn noch nie so wütend gesehen. Rote Flecken hatten sich auf ihrer Wange gebildet. „Ein Schwur, der mit dem Blut von allen Beteiligten versiegelt wird. Jeder gibt einen Blutstropfen in eine Schale, dann wird der Daimon Destrudo beschworen und Bedingungen mit ihm festgelegt. Wer etwas von dem Schwur oder von dem, was innerhalb des Bannes besprochen wird, erzählt, wird von Destrudo getötet. Seit Jahrhunderten schützen sich Herrscher so vor Verrätern. Das der Rat jetzt so einen Schwur durchführt ist kein gutes Zeichen, Emma." Wir waren in der Küche angekommen und Gwendolyn lehnte sich an die Theke und schaute nach draußen. Kleine weiße Flocken tanzten vor der Scheibe und rieselten Sanft auf die Erde.

„Warum bist du nicht unter den Kriegern?" „Oh keine Sorge, zum Kämpfen werden sie mich mitnehmen. Ich darf nur keine Details über den Plan erfahren. Ich bin zu Rebellisch...liegt wahrscheinlich auch daran, dass ich mir nicht zu viele Gedanken über den Plan machen soll, denn der wird mir nicht gefallen."

„Warum das? Wenn sie doch eh einen Blutschwur machen, kann es ihnen doch egal sein. Ich meine entweder dieser Daimon tötet dich, oder du hältst dich an den Plan.", sagte ich schulterzuckend.

„Jeder Bann kann gebrochen werden Emma, oder zumindest umgangen, man muss nur wissen wie." „Und du weißt wie?" „Naja wenn ich recht habe mit der Sache mit Dray, könnte ich das nicht so einfach zu lassen. Ich würde versuchen Misstrauen in dir zu wecken, oder bewusst langsam und trottelig irgendwelche Pläne umsetzen. Mir würde schon etwas einfallen, so bin ich nun mal und das weiß Elisaria.", Gwendolyn zuckte mit den Schultern und schaute mich schräg von der Seite an: „Wir brauchen einen Plan, Emma."

Ich starrte auf meine Hände, die sich eiskalt anfühlten. „Ich glaube ich weiß wer der zweite Schlüssel ist", flüsterte ich leise ohne aufzusehen. Gwendolyn fuhr herum und starrte mich durchdringend an: „Was? Wer?"

„Als ich bei den Keylams war, hat mich Marlon fast ausschließlich zu Henrik fragt, was mir im Nachhinein ziemlich komisch vor kommt. Ich glaube auch nicht, dass er sich nur für ihn interessiert, weil er aus einer alten Zaubererfamilie stammt. Klar kann man immer neue Leute rekrutieren, aber so viel Aufwand für eine einzige Person? Außerdem lebt Henrik ja seit Jahren nur unter Menschen, seine Kontakte in diese Welt können also gar nicht so enorm sein.", ich seufzte schwer und rieb mir die Augen: „Außerdem hat er so Sachen gesagt wie: es braucht einen mächtigen Zauber sich so lange zu verstecken bla bla bla... Warum sollte Marlon Keylam das alles interessieren, wenn Henrik nur ein normaler Pugnator ist?"

Gwendolyn hatte die Stirn in Falten gelegt und stürzte die Lippen: „Okay, dass mag schon ein bisschen komisch wirken. Aber du hast Elisaria gehört, die Schlüssel ziehen sich gegenseitig an und zwischen Henrik und Dray konnte ich keine großartige Verbindung feststellen außer...", ihre dunklen Augen starrten mich entgeistert an. Ich lächelte nur matt und flüsterte: „Außer mich. Ich bin die Schnittstelle zwischen Dray und Henrik. Ich bin der dritte Schlüssel."

„Scheiße, Emma.", die Pugnatorin schlug die Hände vor die Augen und ließ sich auf einen der Küchenstühle sinken: „Emma, wenn das irgendjemand mitbekommt, wenn auch nur die leiseste Vermutung besteht das du einer der Schlüssel bist- ist das dein Todesurteil. Ich will ehrlich sein, wenn Henrik einer der Schlüssel ist, dann weiß er das. Ich glaube er spielt ein doppeltes Spiel und wir dürfen ihm nicht vertrauen. Aber du, du musst hier verschwinden. Wir müssen Dray und dich retten-vor Marlon und vor der Kirche der Nacht. Also, Emma, was ist der Plan?"

EINUNDZWANZIG

Am nächsten Morgen hatten sich Henrik, Elisaria und die restlichen Abgeordneten bereits in das Arbeitszimmer verzogen um Pläne zu schmieden. Ich war bei Ihren Besprechungen nicht erwünscht, ebenso wenig wie Gwendolyn. Im ganzen *petite maison* herrschte eine angespannte Stille, keine traute sich großartig krach zu machen und die Abgeordneten zu stören. Es fühlte sich komisch an Teil von etwas zu sein, und dennoch nicht richtig dazu zugehören. Doch Madam Blair mixte mir, wann immer ich betrübt guckte, eine ihrer verrückten Teekreationen, die tatsächlich gut schmeckten und ermutigte mich zum Training. Die nächsten Tage verliefen ohne besondere Vorkommnisse. Henrik hatte nicht zu viel versprochen, ich wurde tatsächlich stärker, je mehr ich trainierte. Von morgens bis abends war ich mit Training beschäftigt. Und so langsam führte ich meinen Degen immer sicherer, ich schaffte es mich aus Würgegriffen zu befreien und eine Mentale Mauer aufzubauen. Ich würde zwar noch keinen Daimon besiegen, aber mich zumindest einmal verteidigen können. Und dieser Gedanke befeuerte mein Training mehr von Tag zu Tag.
Dennoch konnte ich den Gedanken an Dray nicht verdrängen. Doch der Schmerz machte ich stärker, oder zumindest versuchte ich mir das einzureden.

Vorsichtig schloss ich die Tür hinter mir und sofort wurde ich in eine Wolke von kälte gehüllt. Vor mir erstreckte sich ein schmaler Weg, den ich bereits aus dem Fenster sehen konnte. Mit knirschenden Schritten folgte ich dem schmalen Pfad von der Haustür weg. Es war ein kalter Winterabend. Ein beißender Wind peitschte mir ins Gesicht und ließ kleine weiße Flocken tanzen. Das letzte Licht des Tages brach sich in den Schneesternen und ließ sie funkeln. Eine sanfte Haube aus Schnee legte sich wie eine Decke schützend über die karge Landschaft, als sollten die Gräser vor dem kalten Wind geschützt werden. Ich kuschelte mich noch tiefer in meinen grauen Mantel, den mir Madame Blair gegeben hatte. Ich genoss die kalte Winterlandschaft und sog tief die Luft ein.

Ich roch das Meer, noch eher ich es hörte. Wellen brassten tosend gegen die Felswände der Klippen. Ein paar Möwen schrien unison zum rauschend des Küstenwindes.

Getrieben vom Geruch des Meeres, beschleunigte ich meine Schritte. Nach wenigen Minuten lichtete sich endlich der Wald und gab einen atemberaubenden Anblick frei. Vor mir erstreckte sich in einigen Metern Tiefe, das dunkelblaue Wasser. Unter mir türmten sich der raue Stein der Klippen, an welchen die Wellen rauschend nagten. Ich schloss die Augen und atmete tief ein um das Salz zu schmecken. Ich konnte es nicht erklären, doch schon immer hatte das Meer eine unglaubliche beruhigende Wirkung auf mich. Ich lauschte den Wellen, wie sie ihr Lied sangen und spürte, wie mein Herzschlag sich beruhigte. Es war, als würde das Meer meine Gedanken wegspülen und nichts als Gischt zurück lassen. Und diese leere fühlte sich so gut an. Ich erinnerte mich, wie ich früher jeden Sommer mit meinen Eltern am Meer verbracht hatte. Die Fluten waren für mich so etwas viel Familie-ich verband mit ihnen die schönsten Erinnerungen.

Doch jetzt türmten sich in der Ferne dunkle Wolken, die vom Wind immer näher getragen wurden.

Die Bucht lag in einem Halbkreis da, umschlossen von den hohen Klippen auf denen ich stand. Ein kleiner streifen Sandstrand, schien die Wellenberge zu überleben und wurde lediglich von sanften Wellen überschwemmt. Ich holte tief Luft und genoss für einen Moment die Ruhe. Das erste Mal seit meiner Flucht war ich alleine und konnte meine Gedanken sammeln.

In den letzten Wochen war so viel passiert und ich hatte keine Zeit gehabt auch nur Ansatzweiße darüber nachzudenken. Henrik hatte mir vorhin noch gesagt, dass er meinen Eltern erzählt hatte, dass ich ganz spontan ein paar Wochen ins Ausland gegangen bin um etwas für mein Studium zu arbeiten. Ich war überrascht das sie Ihm das abgekauft hatten, ohne sich zu Fragen warum ich mich nicht verabschiedet hatte, oder ich sie nicht über mein Handy anrief.

So schön es hier doch war, so sehr vermisste ich doch mein altes Leben. Alles hatte sich verändert. Mein bester Freund, von dem ich dachte das wir uns immer alles erzählen, gehört zu den Pugnator. Die Frage hatte mir Henrik bis jetzt nicht beantwortet. Ich konnte zwar verstehen das er mir nie etwas erzählt hatte, dennoch verletzte es mich. Und ich bemerkte ganz unbewusst, wie ich unsere Freundschaft immer wieder in Frage stellte. Einerseits war er immer noch mein bester Freund, auf der anderen Seite fühlte ich mich irgendwie verraten. Er kannte mich, er kannte mein ganze Leben und alles was er mir erzählt hatte, basierte auf Lügen... Kannte ich ihn überhaupt wirklich?

Außerdem schien er plötzlich ziemlich gut mit Akecheta und Gwendolyn befreundet zu sein...

Ich versuchte den Gedanken zwar zu vermeiden, aber dennoch fragte ich mich immer häufiger ob ich Henrik wirklich kannte. Ein schwerer Seufzer entfuhr mir. Am liebsten würde ich die Zeit einfach zurück drehen… Es ist schon komisch für wie selbstverständlich man sein Leben nimmt und erst begreift wie schön es eigentlich ist, wenn die ersten teile zu Bruch gehen.

Und dann war da noch die Sache mit Dray. Ich hatte mich Hals über Kopf in einen Typ verliebt den ich kaum kannte und noch dazu in eine völlig anderen Welt lebt wie ich. Abgesehen davon das er ein wirklicher Idiot ist. Vielleicht musste ich auf Henrik hören, es würde schon einen Grund haben warum er Dray nicht leiden kann. Andererseits hatte er mich gerettet. Aber die Sache mit seinem Vater war komisch. War er auf Morans Seite, oder spielte er nur eine Rolle? Aber warum sollte er sich auf Morans Seite schlagen nur um mich zu retten? Das machte für mich keinen Sinn.

Wieder seufzte ich schwer. Doch das schlimmste war, dass ich meine Rolle in dem ganzen noch finden musste. Was machte ich hier? Wenn ich nur ein bisschen Pugnatorblut in mir drin hatte, würde es doch reichen wenn ich lerne mich gegen Daimons zu schützen? Warum also legte Elisaria so viel Wert darauf das ich kämpfen lernte? Und warum sollte ich Elisaria ins Manor begleiten, wenn ich mich an keinen Fluchtweg erinnern konnte? Irgendetwas an der Sache passte nicht zusammen. Warum hatte ich nur das ungute Gefühl das mir nicht nur extrem viel verschwiegen wurde, sondern auch das eine Geschichte um mich herum gewebt wurde, aus der ich irgendwann nicht mehr aussteigen konnte.

Ich starrte auf die Schaumkronen, die die Wellen bildeten und um die Wette glitzerten.

Ich konnte noch immer nicht begreifen, das Elisaria, diese starke gerechte Frau, Dray einfach opfern würde. Wie konnte der Rat nur so wenig von einem Leben halten? Wie konnten sie seins einfach so wegschmeißen? Doch Gwendolyn und ich hatten einen Plan, wir würden Dray retten. Unser Plan war relativ simpel, doch wir beide waren auch keine prädestinierten Taktiker der Kriegsführung wie Umbra oder Arnold. Wir waren uns sicher, dass sie Dray nicht im Manor hinrichten, sondern erst befragen wollten. Gwendolyn würde sich freiwillig für den Rettungstrupp von Dray melden, so konnten wir in Erfahrungen bringen, wie sie vom Manor flüchten wollten. Und dort musste ich sie abfangen. Wir mussten die anderen Soldaten außer Gefecht setzten und so mit Dray flüchten, wir hatten keine andere Wahl. Dann mussten wir es in den nächsten Ort schaffen, laut Gwendolyn dürfte der knapp drei Kilometer vom Manor entfernt sein. Dort mussten wir ein Auto klauen, mit Magie selbstverständlich und dann verschwinden. Gwendolyn hatte auch bereits eine Adresse in Edinburgh, wo wir Unterschlupf finden sollten. Es war kein guter Plan, aber er konnte funktionieren. Und das war alles was wir brauchten, ein bisschen Hoffnung. Der Wind hatte zugenommen und die bedrohlichen Wolkenberge kamen immer näher. Dumpfes Grollen ertönte bereits vom Meer her. Es würde nicht mehr lange Dauern und der Sturm hatte die Küste erreicht. Ich holte noch einmal tief Luft und sog die salzige Meeresluft tief in meine Lungen ein. Ich hatte das böse Gefühl, dass das die letzte ruhige Minute für ziemlich lange Zeit sein würde.

Ein Sturm zog auf und kam immer näher. Unbarmherzig peitschte mir der eisige Wind ins Gesicht, als ich langsam den schmalen Weg zurück zu Madame Blairs *petite maison* ging. Mit dem Sturm, war das letzte Licht des Tages gewichen und dunkle Schatten zogen über das karge Land. Der salzige Geruch in der Luft wurde von dem Duft frisch gefallenen Schnees abgelöst. Ich kuschelte mich tiefer in meinen Mantel und versuchte mein Gesicht hinter der dichten Wolle zu verbergen. Das laute knirschen meiner Schritte im Schnee durchbrach die stille der nahenden Nacht. Schon nach wenigen Metern konnte ich in der Ferne die warmen Lichter der kleinen Hütter erkennen.

Doch ich wollte noch nicht rein gehen. Sobald ich durch die Schützenden Arme der Türe gingen würde, würde ich mich in den ersten Kriegsvorbereitungen, meines Lebens befinden. Und ich wusste nicht ob ich schon dazu bereit war... Doch eins wusste ich, ich würde alles dafür tun um Dray zu befreien.

ZWEIUNDZWANZIG

Es war der letzte Morgen vor der Schlacht. Madame Blairs *petite maison* war zu neuem Leben erwacht und hektischen Treiben erfüllte die Räume. Die Spannung in der Luft war förmlich greifbar. In der vergangenen Nacht waren weitere Pugnator angereist, fast ein duzend. Madame Blair eilte durch die Zimmer und versuchte alle mit Tee und frischem Gebäck zu versorgen.

Ich hatte mich unauffällig in die Küche geschlichen um dem unruhigen Treiben zu entgehen. Ich war auch schon so aufgeregt genug und die angespannten Gesichter verunsicherten mich nur noch mehr. Henrik und Akecheta waren in die Kriegsplanungen mit einbezogen und besprachen die Einzelheiten mit den anderen Pugnatoren. Gwendolyn und ich durften noch immer keine Details über den morgigen angriffe erfahren.

Ich schnappte mir eine dunkle Tasse die mit hellen Sternen verziert war und schenkte mir einen großen Schluck des frisch gebrühten Kaffes ein. Mit der heißten Tasse in der Hand lehnte ich mich an den Tresen und schaute aus einen der großen Küchenfenster. Draußen tobte ein Sturm und ließ die weißen Flocken wild umeinander tanzen. Eisblumen kletterten die Fenster hinauf und erschwerten die Sicht. Plötzlich wurde die Küchentür unsanft aufgestoßen und ein Mann mit wehenden

Umhang betrat den Raum. Er trug eine dunkle Ledermontur und schwarze Tattoos schienen seinen gesamten Körper zu zieren, bis zu seinem Hals hinauf. Vier Ringe waren an seiner linken Augenbraue gestochen und ließen sein ohnehin kantiges Gesicht noch härter erscheinen. Wildes Blondes Haar hing ihm in Gesicht, als er mir einen flüchtige Blick zu warf.

„Ihre Schuhe.", sagte ich und deutet auf die weißen Fließen des Küchenbodens. Seine Schlammverschmierten Stiefel hinterließen dunkle Abdrücke auf dem sauberen Küchenboden. Ohne meinen Worten Beachtung zu schenken, ging der Pugnator an mir vorbei und griff nach der Kaffeekanne und schenkte sich etwas der dunklen Flüssigkeit in eine Tasse. Dann drehte er sich zu mir um, seine hellen Augen durchbohrten meine. Ich konnte seine Kiefermuskeln zucken sehen, als er langsam antwortet: „Nicht meine Aufgabe, das kann die Alte wegputzen."

Ich schnappte nach Luft und funkelte den Mann böse an: „Reden sie nicht so von Madame Blair! Sie hat uns ihr Haus zur Verfügung gestellt und Versorgt uns, da kann man wenigstens seine Schuhe ausziehen!"

Sein Kiefer zuckte gefährlich, als er sich mit einer arroganten Bewegung eine Strähne des Haares aus dem Gesicht strich: „Ach, jetzt zeigt man so viel Courage…Hättest du die mal gehabt als du bei den Keylam warst, dann hätte dich Keylams Sprössling nicht retten müssen und der Schlüssel zur Hölle wäre noch in unseren Reihen. Ich würde mir an deiner Stelle zweimal überlegen so großkotzig zu sein, wenn ein Krieg auf meine Kappe gehen würde."

Damit nahm er einen großen Schluck seines Kaffee und stellte die halbvolle Tasse auf der Spüle ab, ehe er den Raum verließ und dabei nichts außer den Abdruck seiner Stiefel zurück ließ.

Ich starrte den blonden Pugnator hinterher. Wut brodelte in mir hoch und am liebsten hätte ich ihm etwas hinterher geschrien doch etwas hielt mich zurück. Dar war wieder diese elendige Schuldgefühl was langsam wieder an die Oberfläche kam. Ich hatte es erfolgreich verdrängt, während Gwendolyn und ich Pläne geschmiedet hatten, wie wir Dray befreien konnten. Es hatte sich so gut angefühlt die Schuld auf jemanden anderen Schieben zu können, auf Elisaria und die andren Ratsmitglieder. Schließlich hatte ich Dray nie bewusst in Gefahr gebracht, doch die Kirche der Nacht wollte ihn umbringen!

Doch dieser Mann hatte, obwohl er ein Arsch zu sein schien, Recht: Das Dray in Keylams Manor war, war einzig und allein meine Schuld. Wütend blinzelte ich meine Tränen weg, als Gwendolyn durch die Tür stürmte und mich erwartungsvoll anblickte: „Wo bleibst du denn Emma, wir haben keine Zeit zu verlieren! Komm jetzt." Sie schnappte sich meine Hand und schaute mich verwundert an: „Warum guckst du denn so böse?" Ich zuckte mit den Schulter und nuschelte nur: „Ach ich bin mit einen der Pugnatoren aneinander geraten, weil ich ihn auf seine dreckigen Schuhe angesprochen hatte." Sie lachte und schaute mich entgeistert an: „Du hast Ivory auf seien Schuhe angesprochen?", sie prustete los: „Der ist mir gerade noch entgegengekommen mit stoischen Blick. Ein Wunder das du noch alle Gliedmaßen hast….Weißt du überhaupt wer das ist?" , presste sie immer noch kichernd heraus. „Keine Ahnung, es hat mich nur genervt. Madame Blair ,acht so viel für uns und er ist einfach so ein…so ein Arsch." „Du hast ja Recht, nur Ivory ist es definitiv nicht gewöhnt das man ihm befehle gibt. Er ist der oberste Pugnator der Kirche der Nacht und wir die Schlacht morgen führen. Er gibt befehle aber nimmt sie nicht an, schon gar nicht von so einem Frischling wir dir." Sie grinste: „Emma, dafür liebe ich dich." Immer noch prustend zog sie mich hinter sich her.

Wir wollten auf eine größere Wiese, rechts von dem kleinen Haus gehen, um dort ungestört trainieren zu können. Dort waren wir weit genug weg von dem Trubel im ganzen Haus um in Ruhe trainieren zu können, hatten aber freie Sicht, so dass sich niemand anschleichen konnte.

Kaum hatten wir die Tür hinter uns geschlossen wurden wir von den kalten Armen des Wintertages umhüllt. Die Funktionskleidung der Pugnator war dünn, hielt aber dennoch überraschend war. Dennoch kuschelte ich mich etwas ,ehr in meinen dunklen Umhang und wir traten in die Schneelandschaft. Es hatte die gesamte Nacht geschneit und das weiße Pulver reichte mir weit über die Knöchel. Wir bahnte uns einen Weg in Richtung unserer Lichtung, dabei mussten wir an dem Angriffstruppe der Morgigen Schlacht vorbei. Henrik und Akecheta winkten uns von weitem zu, die beiden hatten sich um eine Feuerschale versammelt und waren in ein Gespräch mit einem älteren Pugnator vertieft. Es war komisch Henrik unter den andere Krieger in seiner Uniform zu sehen. Sein Anblick war gleichzeitig wohlig vertraut und dennoch fremd. Er sah gut aus in seiner dunklen Kleidung und wirkte drahtig trainiert, obwohl er sonst eher ein Sportmuffel gewesen war. In seiner linken Hand ruhte ein Degen, den er überraschend sicher hielt. Ein stich fuhr durch mein Herz. Es War nichts weiter als ein weiterer Beweis dafür, dass er mir jahrelang etwas vorgespielt hatte. Natürlich war er ein guter Degenfechter und Pugnator, sonst wäre er nicht unter den Kriegern.

Die meisten Pugnator standen in kleinen Gruppen zusammen und schienen Einzelheiten für den morgigen Tag zu besprechen. Nur einer stand für sich und schien die Gruppe zu beobachten, in seiner Hand ruhte ein Tablet auf dem er immer wieder etwas tippte. Als wir an ihm vorbeigingen funkelten seine Augen mich böse an, ein abwertendes Lächeln auf seinen

Lippen. Ivory beobachtete uns stumm, ich spürte wie sein Blick sich in meinen Rücken bohrte, wie tausend kleine Messerstiche. Ein Schauer lief mir über den Rücken und ich war froh, als er sich endlich von mir abwendete.

„Sieht so aus als hättest du seine Aufmerksamkeit auf dich gelenkt.", flüsterte Gwendolyn und stupste mir aufmunternd in die Rippe. „Toll.", zischte ich und musste lachen. Schnaufend erreichten wir unsere kleine Lichtung, die auf einer anhöre unweit des Hauses entfernt lag. Wie ein Pfefferkuchens, lag Madame Blair *petite maison* in den Schneemassen des kalten Wintermorgens. Die Pugnatoren erinnerten an kleine Spielfiguren, jediglich Henriks rotes Haar hob sich leuchten von der weißen Landschaft ab. Um uns herum standen vereinzelt hohe Tannen und verströmte einen weihnachtlichen Duft

„Mit was willst du anfangen?" Gwendolyn nestelte an ihrem Gürtel herum und zog die Schneide ihres Degens fest.

„Fechten, ich muss mich bewegen.", sagte ich und hob meine Waffe.

Wir trainierten den gesamten Tag, bis die Nacht über das Land hereinzog. Gwendolyn hatte mir nicht nur den Zauber *„Expando"* beigebracht, welcher kleine Explosionen hervorruft, sondern auch den *„Mandera"*. Dieser Zauber ermöglichte es mir meine Gegner für einen kurzen Moment zu lähmen. Ich war noch nicht sonderlich stark und schaffte es nur Gwendolyn für knappe dreißig Sekunden außer Gefecht zu setzten, doch die Pugnatorin war der Meinung dass die paar Sekunden im Kampf entscheidend sein konnten. Wir übten außerdem an meinem Fechtkünsten und an der Kanalisierung von Gegenständen. Es war ein komisches Gefühl die Magie durch meine Venen rinnen zu spüren und diese bewusst einzusetzen. Natürlich fehlte mir die Übung, doch ich hatte das Gefühl stündlich besser zu werden. Ich würde Morgen vielleicht nicht viel ausrichten können, doch es war ein gutes Gefühl nicht komplett hilflos zu sein.

DREIUNDZWANZIG

Ich saß auf der Treppe vor der Haustür und genoss den kalten Wind der meine Haut liebkoste. Es war angenehm nach dem heutigen Tag, mich in die kühlen Arme der Nacht fallen zu lassen. Das entfernte Meer sang rauschend sein Nachtlied, während sich die dunklen Schatten der Bäume im Wind wiegten. Es wirkte fast so, als würden sie zum Gesang der Fluten tanzen. Der Geruch von frischem Schnee lag in der Luft. Die Nacht schien meine Gedanken das erste Mal an diesem Tag stoppen zu bringen und ich war froh nicht wieder in einsames Grübeln zu verfallen. Plötzlich nahm ich eine Bewegung hinter mir wahr und wie aus dem nichts, ließ sich Ivory mit einem Seufzer neben mich sinken. Überrascht zuckte ich zusammen, doch er schien es nicht zu bemerken.

„Schön hier nicht?", sagte Ivory beiläufig und löste seinen Degen vom Gürtel

Ich beobachtete aus dem Augenwinkel wie er sich eine blonde Strähne aus dem Gesicht strich und tief Luft holte. „Ja...," flüsterte ich vorsichtig, unsicher was ich von der Situation halten sollte. Wir hatten bis auf heute Morgen nicht miteinander geredet und er hatte bisher nicht viel an Freundlichkeit für mich übrig gehabt. Es erschien mir deshalb komisch, dass er sich jetzt zu mir gesellte. Ob ihn jemand zu mir rausgeschickt hatte? Aber aus welchem Grund? Ivory schien meine Gedanken lesen zu können. „Ich weiß das ich nicht wirklich besonders freundlich zu dir wahr, ist nicht persönliches." Er beugte sich nach vorne und schaute mich durchdringen an. Seine blauen Augen spiegelten das Mondlicht wieder. Er saß so dicht neben mir, dass ich zum erstem mal die Tattoos, die sich seinem Hals nach oben schlängelten erkennen konnte. Balken in Form von schwarzen Dreiecken, schienen seine Kehle einzurahmen.

„Ich will das Ganze nicht länger hinauszögern wie nötig, also halt die Klappe und hör mir zu!" Als ich nickte fuhr Ivory fort, seine Stimme wahr kaum mehr als ein Flüstern. Ich beugte mich sein Stück zu ich herüber um ihn besser verstehen zu können, dabei nahm ich den holzigen Duft von Ivory war. „Hier spielt jeder Spielchen und jeder ist nur darauf bedacht seinem Ziel näher zu kommen. Sie tun so als seist du ihnen wichtig, doch das ist nur eine Fars. Sie weben sich eine Wahrheit aus Lügen, um schmücken sie lang genug, bis sie selbe glauben, dass sie wahr sind. Und um ihre Lügen zu vertuschen, würden sie über Leichen gehen. Vertraue mir wenn ich dir sage, dass die Menschen, die am rechenschaftesten mit und die ehrenhaftesten Absichten haben, auch gleichzeitig die mit den dunkelsten Geheimnissen sind. Keiner von den Ratsmitgliedern ist auf seinen Posten gekommen, ohne über Leichen zu gehen. Solange du hinter ihnen stehst und für sie kämpfts, ist alles gut. Doch durchschaust du die Kirche der Nacht und stellst dich gegen sie, werden sie dich zerstören." Eine blonde Strähne war ihm ins Gesicht gefallen, vorsichtig strich er sie sich hinter sein Ohr, ehe er kaum hörbar fortfuhr: „ Ich weiß das ihr etwas Plant, du und die Dunkelhaarige," ein eiskalter Schauer lief mir den Rücken hinter und beschleunigte meinen Herzschlag. Er wusste es. Erschrocken starrte ich den Pugnator an, doch dieser winkte ab: „Jetzt guckt nicht wie eine erschrockene

Katze. Ich bin Krieger und nicht blöd! Aber das spielt auch keine Rolle, umso weniger ich weiß, desto besser für euch. Hör zu, ich kenne Dray -sehr gut sogar. Ich werde euch nicht helfen, aber auch nicht abhalten." Überrascht schaute ich den muskulösen Pugnator an. In diesem Moment wirkte er fast nett. Ivory entging mein überraschter Blick nicht und unser Blick traf sich einen Moment, ehe er weiterredete:„ Ich kenne auch Henrik, von früher natürlich. Er würde alles dafür tun um sein Ziel zu erreichen, du bist nichts weiter als ein Mittel. Ein Mittel das er geflissentlich Opfern würde! Vergiss das niemals, du kannst keinen Vertrauen!"

„Wie soll ich dann dir vertrauen? Warum soll ich dir glauben"

„Du kannst mir nicht vertrauen."

Dann stand er auf und starrte einen Moment auf die tanzenden Bäume in der Ferne: „Die Nacht verbirgt die größte Gefahr und dennoch kann sie dein bester Freund sein." Seine Stimme klang monoton, fast abwesend. Dann machte er auf dem Absatz kehrt und verschwand in die schützende Wärme des Hauses. Verwirrt schaute ich Ivory hinterher. Was war das denn? Warum warnte mich Ivory vor der Kirche der Nacht, einem Institut für das er morgen in die Schlacht ziehen würde? Und warum warnte er mich ausgerechnet vor meinem besten Freund? Die ganzen Geheimnisse standen zwischen uns, dennoch wirkte er wie einer der aufrichtigsten Menschen hier. Außerdem konnten die vergangenen Jahre nicht alle nur ein Spiel gewesen sein. Die Freundschaft zwischen uns war echt gewesen. Da war ich mir ziemlich sicher. Auch wenn ich verletzt und enttäuscht von ihm war. Und um ehrlich zu sein, machten sich hier alle mehr Sorgen um meine Sicherheit, als ich mir selbst. Warum sollte es ihnen plötzlich egal sein, was mit mir passierte? Obwohl selbst Elisaria Dray einfach so aufgab....

Ich schaute auf meine Hände, die von der Kälte leicht gerötet waren. Im sanften Licht der Nacht traten meine Adern dunkel hervor. Seitdem ich zu den Pugnator gehörte und immer wieder Kämpfte, egal ob im Training oder zur Verteidigung, traten sie stark auf meinen Handrücken hervor.

Vielleicht wollte Ivory mich auch bewusst verunsichern, um unseren morgigen Plan zu manipulieren?

Oder konnte es sein, dass sie mehr wusste als ich? Was, wenn er mich wirklich warnen wollte. Wenn Gwendolyn und ich Dray morgen retteten, würden wir auch auf die Tötungsliste der Kirche der Nacht kommen.

So abwegig ich den Gedanken auch fand, ich kam nicht umhin in beug auf Henrik ein komisches Gefühl zu behalten. Unsere Freundschaft hatte sich irgendwie verändert. Das Band das uns eins verbunden hat, schien sich zu lösen. Eine Faser nachher anderen riss langsam. Und ich wusste nicht wie ich das Aufhalten konnte, oder ob ich das überhaupt wollte.

Vielleicht sollte ich einfach versuchen in mein altes Lebe zurückzukehren und das alles einfach vergessen. Doch tief in mir wusste ich, das ich konnte es nicht konnte…

Ich wollte mehr über mich wissen, über meine Fähigkeiten und über diese absurde Welt. So sehr ich mich auch nach meinem alten Leben sehnte, so sehr hatte ich das Gefühl das ich nicht gehen konnte. Ich hatte bereits zu viel Erfahren um jetzt einfach aufzuhören. Wie kann man einfach in ein Leben der Unwissenheit zurückkehren, wenn man weiß das da draußen noch so viel mehr ist. Außerdem traute ich mich noch immer nicht alleine zu leben. Ohne den Schutz anderer Pugnator, würde es vermutlich nicht lange dauern, eh ich wieder heimgesucht wurde. Und ich hatte noch lange nicht die Kraft um mich selbst zu verteidigen, dass hatte mir das Training mit Gwendolyn wieder bewusst gemacht. Und das

Risiko einer erneuten Heimsuchung wollte ich keinesfalls eingehen.

Plötzlich durchschnitt ein knacken die stille der Nacht, wie ein scharfes Messer. Erschrocken zuckte ich zusammen und fuhr hoch. Das Geräusch war aus der Richtung der Tannen gekommen, die nur wenige Meter vom Haus entfernt standen. Vorsichtig stand ich auf, meine Augen waren unentwegt auf die Stelle aus der das Geräusch gekommen war, gerichtet. Ein Schatten zeichnete sich dunkel auf dem hellen Schnee ab. Wer auch immer da stand, er beobachtete mich.

„Hallo! Wer ist da?" Meine Stimme klang überraschend fest, obwohl mein Herz panisch gegen meine Brust klopfte. Wie lange stand diese Gestalt schon da? Hatte er Ivorys und mein Gespräch belauscht? Das konnte nicht sein, wir hatten viel zu leise miteinander gesprochen... Die Gestalt bewegte sich nicht und reagierte auch nicht auf meine Frage. Ich konnte ihre Augen auf mir spüren, wie ein brennen auf der Haut. Vorsichtig machte ich ein paar langsame Schritte in Richtung des Schattens, laut knirschte der Schnee unter meinem Gewicht. Noch immer bewegte sich der Schatten nicht, doch ich konnte das leise rasseln seines Atems hören. Ein tiefes bedrohliches Geräusch. Ich spürte wie der plötzliche Adrenalinstoß langsam der Angst wich. Umso näher ich kam, desto bedrohlicher erschien mir der Schatten.

„Hallo?", sagte ich noch einmal, doch diesmal klang meine Stimme schon nicht mehr so fest wie zuvor. Fast hatte ich das Versteck des Unbekannten erreicht. Doch was sollte ich machen wenn ich die Gestalt erreicht hatte? Zu Boden ringen ? Einfach packen? Doch was wenn die Gestalt bewaffnet war? Oder noch schlimmer: ein Daimon...

Erst jetzt, da ich den Schatten fast erreicht hatte, kam mir dieser Gedanke. Ich hatte keine Chance gegen ein satanisches Wesen. Ich würde es kaum bekämpfen, geschweige denn besiegen können-vor allem nicht ohne meinen Degen und der lag sicher verwahrt in meinem Zimmer. Doch es war zu spät um umzudrehen. Ich war der Gestalt bereits zu nah. In diesem Moment ging ein Ruck durch den Schatten. Der Busch raschele laut, als die Gestalt mit knirschenden Schritte vor mir weg rannte. Schnee spritze bei jedem Schritt zur Seite. Ehe ich wusste wie mir geschah, sprintete ich hinterher. Keuchend sog ich die kalte Nachtluft in meine Lungen, während ich versuchte der großen Gestalt zu folgen. Sie war schnell und schlängelte sich geschickt durch die Schneemaßen. Ich versuchte in seine Abdrücke zu treten um Kraft zu sparen, dennoch war er viel schneller als ich. Der Abstand wurde immer größer. Die Gestalt schlug nun einen anderen Weg ein, als ich gestern gegangen war: Weg Meer in Richtung des Tannenwaldes. Oder zumindest glaubte ich das. Noch trieb mich das Adrenalin an, doch ich spürte wie meine Muskeln brannten und meine Lunge ächzte. Ich würde das Tempo nicht mehr lange aufrechterhalten können. Die Gestalt hatte fast den Waldrand erreicht. Sobald sie in den Schatten der Bäume abtauchte würde ich ihn nicht mehr einholen können. Plötzlich hörte ich dicht hinter mir Schritte. Instinktiv wollte ich mich umdrehen, doch im letzten Moment hielt ich mich zurück. Ich würde nichts erkennen können und die Gefahr unter den Schneemaßen zu stolpern war zu groß. Eine böse Ahnung beschlich mich: Was wenn ich in eine Falle gelaufen war? Wenn mich nicht einfach irgendjemand beobachtete hatte, sondern ich wieder Entführt werden sollte?

Und da waren sie wieder, die Erinnerungen an das Manor. Die Begegnung mit Moran Keylam…diese unglaublichen Schmerzen. Wie kleine Blitze sah ich immer wieder die Bilder vor meinen inneren Augen… Und ich spürte wieder diese alles aufpressende Angst, die das Herz zerdrückt und dir die Luft zum Atmen nimmt… Diese schwärze die sich langsam in deinem Kopf ausbreitet und jeden klaren Gedanken verdrängt...

Ich rannte, doch es war mehr ein Reflex, ein tierischer Trieb, keine bewusste Entscheidung.

Was tat ich hier?

Plötzlich packte mich jemand fest am Arm und zog mich nach hinten. Ich fuhr herum. Jede Faser meines Körpers war angespannt. Ich hörte mein Blut rauschen und mein Herz laut gegen meinen Brustkorb schlagen. Ich schaute auf, gespannt meinen Verfolger zu sehen...

Doch stattdessen schaute ich in die vertrauen goldenen Augen: „Was hast du dir dabei gedacht!?" Wütend funkelte Henrik mich an. Ich holte tief Luft und schaute ihn erleichtert an: „Mich hat jemand beobachtet.", brachte ich keuchend zwischen zwei Atemzügen heraus.

„Und dann ist dein erster Impuls einem Fremden in den Wald zu folgen? Nachts! Alleine!"

Ich schaute entschuldigend zu ihm auf, doch ich wusste selber wie unvernünftig ich gehandelt hatte. Aber ich wollte trotzdem antworten: „ Wir können Ihn noch bekommen wenn wir uns beeilen!", sagte ich und wollte mich schon aus seinem Griff befreien, doch Henriks Finger krallten sich Eisern um meinen Arm. „Brauchst du eine Fußfessel? Was ist denn mit dir los! Willst du dich umbringen?"

„Nein, aber ich will wissen wer mich hier Nachts beobachtet!", fuhr ich Henrik an.

„Du kannst doch nicht einfach jemanden der dich beobachtet hinterherrennen!"

„Ich will mich aber nicht ewig wie das Opfer fühlen und mich vor allem verstecken! Ich will nicht mehr gelähmt sein vor Angst, sondern einfach losrennen! Verstehst du?" Mein Herz pochte wild, lodernd von der Wut die in mir brannte. Mit zitternder Stimme fuhr ich fort: „Ich will mein Leben selbst in die Hand nehmen und mich nicht von jedem Beschützen lassen! Und ich will...", ich spürte wie mir Tränen in die Augen stiegen, doch ich blinzelte sie schnell weg,: „Und ich will das mir nie wieder sowas wie im Manor passiert! Und ich werde vor niemanden mehr Angst haben! Auch nicht vor diesem Stalker!" Erst jetzt bemerkte ich wie Tränen mir die Wange hinabliefen, sich wie Narben in meine Haut brannten. Henrik legte seine großen Hände auf meine Schultern und schaute mir tief in die Augen. Einen Augenblick schauten wir uns nur so an und ich hatte das Gefühl dass das alte Band unserer Freundschaft langsam wieder geflickt wurde. „Du bist stark, die stärkste Frau die ich kenne! Das warst du schon immer! Doch du kannst nicht einfach aufhören Angst zu haben...Die Angst ist nicht dein Feind, ohne sie bist du Schwach! Du musst nur lernen mit mir umzugehen und das wirst du. Gib dir selbst doch ein bisschen mehr Zeit... Du musst erst lernen zu kämpfen, noch mehr wie du jetzt schon kannst. Aber so oder so ist es einfach nur dumm Nachts alleine in den Wald zu rennen! Du willst nicht wieder entführt und gefoltert werden, dass ist mehr als verständlich, aber so wirst du schneller wieder das Opfer als du deinen Degen ziehen kannst." Er strich mir sanft eine Strähne hinter mein linkes Ohr, so wie er es früher schon immer getan hatte. „Und deshalb bist du hier. Du lernst schnell, es liegt dir im Blut." Er lächelte,: „Vertrau mir." „Das hab ich, bevor ich erfahren habe was du mir alles verschwiegen hast." Im Mondlicht konnte ich erkennen wie sein Gesicht sich zu einem gequälten Lächeln verzog. „Ich weiß das es nicht fair war dir das alles zu verschweigen und noch weniger so zu tun, als wüsste ich nicht was mit dir passiert war...Aber das mit unserer Freundschaft, da war nie etwas gespielt. Du bist meine beste Freundin und wirst es auch immer bleiben. Ja, es war falsch von mir, aber ich habe es auch nur getan, weil ich dich beschützen wollte."

„Das wolltest du schon immer.", ich lächelte leicht.

„Und das werde ich auch, immer.", er drückte meine Hand.

„Na los, lass uns zurück gehen, bevor die einen Suchtrupp losschicken.", er boxte mir freundschaftlich in die Seite und wir machten uns gemeinsam auf den Weg zurück zu dem *petite maison*. Doch irgendwie wurde ich das ungute Gefühl nicht los. Zu viel stand zwischen Henrik und mir. Gwendolyn hatte mir zwar gesagt, dass Henrik und Akecheta nichts von dem morgigen Plan erzählen konnte, dank des Blutsschwurs. Aber Henrik hätte mir einen Tipp geben können, eine Warnung, so wie es vorhin Ivory gemacht hatte. Und langsam begann ich Worten des Pugnators mehr zu vertrauen, als denen von Henrik.

VIERUNDZWANZIG

Diese Nacht konnte ich nicht schlafen. Immer wieder kreisten meine Gedanken um die Gestalt, die das Haus der alten Madame Bair beobachtet hatte. Das seltsame war nicht, dass es jemand beobachtet hatte. Es hatte sicher reichlich Aufmerksamkeit erregt, dass die Französin so viele Fremde Gäste außerhalb der regulären Urlaubszeit beherbergte. Was mich eher verwunderte war die Tatsache, dass es Henrik nicht sonderlich interessiert hatte, dass jemand mich beobachtet hatte. Er war nur besorgt gewesen das ich die Gestalt einholen könnte. Klar, ich hatte selber nicht gewusst was ich mit ihm gemacht hätte. Aber zumindest hätte ich die Gestalt zur Rede stellen können. Mittlerweile glaubte ich nicht mal mehr, dass die Gestalt mich angegriffen hätte. Ich war im Laufe der Verfolgung weit genug vom Hausentfernt gewesen, da hätte er einen Versuch starten können. Doch die Gestalt war einfach immer weiter gerannt…das passte nicht zusammen. Aber warum hatte es Henrik nicht Interessiert? Wir waren zu zweit und er war alleine gewesen, wir hätten ihn ohne Probleme zur Rede stellen können. Und selbst wenn nicht, aber hätte Henrik nicht zumindest melden müssen das jemand Madame Blairs Haus ausspionierte? Warum verheimlichte Henrik das? Und wie konnte Henrik überhaupt so schnell im Wald sein? Vom Haus aus konnte er mich nicht beobachtet haben und selbst wenn er gesehen hat wie ich in die Nacht gerannt bin, warum hat er dann nicht nach mir gerufen? Ich wurde nicht schlau aus der ganzen Sache.

Erst in den frühen Morgenstunden, als die Sonne bereits die Zinnen des kleinen Fachwerkhauses küsste und die Vögel ihr erstes Lied anstimmten, sank ich in einen unruhigen Schlaf.

FÜNFUNDZWANZIG

Schwungvoll warf mir Gwendolyn ein paar Sachen auf das Bett. Ich zuckte erschrocken zusammen und starrte einen Kranz aus Dornen entsetzt an. Vorsichtig streckte ich meine Hand nach dem Geflecht aus und versuchte es anzuheben, ohne mich dabei zu pieken. „Gweny, was zur Hölle ist das!" Ich starrte das Folterinstrument an und wusste nicht so recht, was ich damit anfangen sollte.

„Das trägst du auf den Kopf."

„Ich tue bitte was?" Ich starre die Pugnatorin entgeistert an: „Hast du das Ding mal angefasst? Das piekst! Außerdem, warum soll ich so ein Misst auf den Kopf tragen?"

Die Dunkelhaarige stöhnte und drehte sich zu mir um: „Hör mal Emma, ich weiß du kennst unsere Welt noch nicht so gut, aber du solltest aufhören so abwertend über Gegenstände zu reden, die du nicht kennst." Sie schnappte sich den Kranz und strich behutsam über die Dornen: „Dieser Kranz ist aus einer Pflanze in der Hölle geflochten worden. Die Trägerin zollt Satan Respekt in dem sie ihn trägt und offenkundig ihren Glauben darstellt. Ich hoffe du hast nicht vergessen das wir Satan anbeten und er uns unsere Magie geschenkt hat. Wenn wir Gegenstände aus der Hölle, also aus seiner unmittelbaren Umgebung von Satan, tragen verleihen sie dir auch mehr Kraft. Im Falle eines Kampfes kannst du den Kranz kanalisieren, das kann dir einen entscheidenden Vorteil verschaffen. Und im Übrigen wird das heute ein förmliches Treffen zwischen dir, Elisaria und Marlon Keylam. Da gilt es aus Höflichkeit die Garderobe der Kirche der Nacht zu tragen. Und da du Mitglied dieser Kirche bist, wirst du gefälligst anziehen was ich dir raussuche."

Damit warf sie den Kranz zurück auf mein Bett und drehte sich wieder zum Kleiderschrank um. Ich stöhnte: „Das ganze du bist eine Hexe und wirst zum Pugnator ausgebildet Gedöns, ist ein bisschen viel für mich. Das alles ist so neu, weißt du?"

Die Dunkelhaarige grinste: „Aber du bist doch eine Frau?"

„Und was hat das bitte damit zu tun?"

„Naja sind für Männer nicht alle Frauen Hexen, die eine eigene Meinung haben? Du solltest es zumindest gewöhnt sein als eine Betitelt zu werden…"

Ich schüttelte lachend den Kopf und ließ mich auf das weiche Bett sinken. Für einen Moment fühlte es sich so an, als würden wir uns für einen Mädelsabend im Club richten und nicht für eine Schlacht

„Du musst langsam Anfangen von deinen Blumenkleidchen zu einer angemessenen Hexen oder Pugnatorgarderobe zu kommen. In deinen Klamotten kannst du doch nicht kämpfen." Ohne sich zu mir umzudrehen, warf sie mir eine dunkle Hose zu und verfehlte mich nur um Haaresbreite.

„Aber in einer Lederhose?", wiederwillig beäugte ich die Hose. Der Stoff war aus sperrigen Leder und überraschend schwer. Wiederwillig zwängte ich mich in den engen Stoff und beäugte kritisch das matt glänzende Leder. Plötzlich stand Gwendolyn neben mir, zog ihr Messer und schnitt einmal quer über meinen Oberschenkel. Erschrocken schrie ich auf und sprang ein paar Meter zurück: „Spinnst du!"

Wie versteinert starrte ich auf die Stelle, an der ich soeben das kalte Metall gespürt hatte und wartete auf den betäubender

Schmerz, doch nicht passierte. Verwundert strich ich über den glatten Stoff, der nicht mal einen kleinen Kratzer hatte. „Schnittschutzhose, nur heißer wie die von Waldarbeitern.", Gwendolyn grinste und schnallte ihr Messer wieder fest. „Deswegen tragen wir Lederhosen und keine Kleidchen! Außer zu besonderen Treffen, wie das heute mit den Keylams. Da ist es Tradition das du ein Kleid und einen Umhang trägst." Schnellen Schrittes gings sie auf den Schrank zu und zog ein pechschwarzes Abendkleid heraus. Mir stockte der Atem als ich den feinen Stoff betrachtete, der dunkel im Kerzenlicht funkelte.

„Na los, anziehen." Gwendolyn half mir die Robe überzuziehen. Bewundernd betrachtete ich mich im Spiegel: ich erkannte mich kaum wieder. Das schwarze Kleid saß eng an der Taille und ein breiter Rock aus Tüll verdeckte graziös meine Lederhose. Mein Tiefer Ausschnitt war mit kleinen Glitzersteinen verziert, die bei jeder Bewegung um die Wette funkelten. Um meinen Hals war, wie eine Kette, mein Umhang aus feiner Spitze geschnürt, der sanft über meine Schultern viel. Der Stoff fühlte sich angenehm weich auf meiner nackten Haut an. Meine Haare vielen in langen blonden Welle über meine Schulter, als Gwendolyn hinter mich trat und vorsichtig den Dornenkranz auf meinen Kopf setzte. „Nicht erschrecken Emma, das wird kurz piksen." Gwendolyn schaute mir im Spiegel in die Augen und presste dann plötzlich den Kranz fest auf meinen Kopf. Erschrocken zuckte ich zusammen als die Dornen sich in mein Stirn bohrten und ein stechender Schmerz sich ausbreitet. Im nächsten Moment begann eine dunkle Flüssigkeit sich in den Kranz zu saugen und breitete sich langsam in jeden Strang der Dornen aus. Kaum erstrahlte der Kranz in einem satten Rot, klang der Schmerz ab. „Was war das, Gwendolyn?"

Die Dunkelhaarige schaute mich entschuldigend an und antwortete vorsichtig: „Naja ich hab dir doch gesagt das der Kranz dir Kraft gibt, doch dafür ernährt er sich von deinem Blut. Immer wenn du ihn kanalisierst, wird er etwas von deinem Blut abzapfen, bis du aufhörst oder du, nun ja stirbst."

Entsetzt starrte ich die junge Kriegerin an und berührte vorsichtig das trockene Holz auf meinem Kopf: „Willst du damit sagen, dass die rote Frabe in dem Kranz mein Blut ist?"

„Ja, aber das ist in der Regel echt nicht schlimm. Ist quasi wie beim Blutspenden, nur halt für die Unterwelt. Und Satan dankt dir!"

„Mein Blut geht zu Satan?"

„Ja, eine schlichte Opfergabe. Er muss sich schließlich auf von was ernähren."

Ich war sprachlos. Das war das absurdeste und krankest Gespräch das ich jemals geführt hatte. Mit gemischten Gefühlen betrachtete ich mich im Spiegel. Doch eines musste ich feststellen, die Garderobe der Kirche der Nacht ließ mich nicht mehr wie ein schüchterne Frau aussehen- ich sah aus wie eine Kriegerin!

„Fühlt sich gut an, hab ich Recht?" Gwendolyn grinste zufrieden und reichte mir meinen Gürtel, an dem mein Degen in seiner Schneide steckte. Ich schnallte ihn mir um und zog den Gürtel fest. Gwendolyn reichte mir einen kleinen Stoff Beutel, der an einem schmalen Gürtel befestigt war.

„Was ist das?"

„Unser Sprengstoff, *tundurspillir* genannt. Ist meine eigene Mischung, ich hoffe ich habe genug Beifuß als Grundlage genommen."

Das hoffte ich auch, anderenfalls würde ich ein großes Problem bekommen…

Ich griff nach der kleinen Stofftasche.

„Befestige ihn am besten an deinem Oberschenkel, da ist der Tüll am dicksten. Sie werden dich durchsuchen, aber ich kann mir nicht vorstellen, dass einer der Soldaten unter deinen Rock greift."

„Hoffen wir es."

„Wegen der Anwendung: du nimmst einfach eine Handvoll des Pulvers heraus und pustest es in den Raum. Den Rest erledigt sich ganz von selbst und du musst nur gucken, dass Dray und du rauskommt, ehe die Soldaten kommen. „Ich nickte und holte tief Luft. Hoffentlich funktionierte das alles wirklich so einfach.

„Reicht mein Degen als Waffe?", fragte ich Gwendolyn: „Brauch ich nicht auch noch so ein Messer oder irgendetwas?" Doch die Dunkelhaarige schüttelte nur den Kopf: „Nein, sie werden dich durchsuchen und dir alle Waffen außer deinen Degen abnehmen. Dein Degen ist ein Zeichen, dass du ein Pugnator bist. Der wird aus respektsgrünen niemanden abgenommen, alle anderen Waffen schon"

„Das macht absolut keinen Sinn, da man mit dem Degen prinzipiell mal jeden töten kann, aber okay."

„Emma, komm mal her." Gwendolyn winkte mich zu meinem Bett und holte ihre Tasche hervor. Sie öffnete den Rucksack, der mit den verschiedensten Sachen vollgestopft war. Ich erkannte ein Zelt und diverse Seile: „Akecheta hat uns ein paar Sachen rausgelegt die wir zusätzlich zu unseren Waffen gebrauchen können. Ich hab ihn natürlich nichts von unserem Plan erzählt und du weißt, dass er dank seinen Schwurs uns nichts sagen darf. Aber ich glaube er ahnt das wir Dray retten wollen", sie seufzte schwer: „Das macht ihn kaputt, weißt du...Die beiden sind wie Brüder, seit Jahren sind sie ein Team. Dieses Todeskommando muss Akecheta zerfressen... Aber er tut sein bestes um uns zu unterstützen, sieh mal was er uns gebracht hat", sie deutete auf ein einen kleinen Beutel, auf den ein schwarzer Totenkopf abgebildet war. „Erinnerst du dich an den Blutwurzel schnaps?", sie zog eine Glasflasche hervor, die mit einem braunen, Zimt ähnlichen Pulver gefüllt war. „Das ist Blutwurzelpulver. Wenn ein Daimon dich verletzt hat, kann er über diese Wunde ziemlich einfach in dich eindringen. Streust du das Pulver drüber, bist du vor einem Angriff geschützt. Und ah sieh mal…", sie hatte eine kleine Ampulle mit einer silbern schimmernden Flüssigkeit hervor: „Ahornblätter Sekret." sagte Gwendolyn und grinste. „Das Sekret Verändert dein Aussehen gegenteilig. Wenn du dünn bist, wirst du dick, wenn du kurze Haare hasst, werden deine Haare lang und so weiter.", sie zuckte mit den Schultern: „Hält halt nicht so lange, schmeckt nach kotze und ist teuer in der Anschaffung, aber Akecheta kann ihn zum Glück selber herstellen." Sie kruschtelte ein wenig herum und nickte dann zufrieden. Wir haben alles drin was wir brauchen, sogar zwei Wasserflaschen und ein wenig Geld. Das sollte für die ersten Tage reichen" Ich nickte zufrieden und schaute meine Freundin an: „Wie ist jetzt der genaue Ablauf?"

„Ich konnte nicht viel von Akecheta erfahren, doch Elisaria und du werden zusammen mit Ivory und zwei weiteren Pugnator die Keylams treffen. Wir sind uns sicher das Dray auch unter ihnen sein wird und wenn nicht, wird Elisaria verlangen ihn zu sehen. Ivory wird eine Explosion auslösen und in dem Getümmel werden sie sich Dray schnappen und mit euch zusammen verschwinden. Wir müssen die Truppe noch im Garten des Mansons außer Gefecht setzten und mit Dray fliehen. Außerhalb des Anwesen wird eine Armee warten, bereit anzugreifen, sollte etwas schief gehen." Ich holte tief Luft und versuchte mir den Ablauf vor Augen zu führen. Wir waren zu zweit und sollten eine Truppe mächtiger Hexen und Pugnator besiegen, dass würde nicht einfach werden. Gwendolyn mochte eine gute Kriegerin sein. Doch ich war es ganz bestimmt nicht. „In welcher Truppe bist du eingeteilt?", fragte ich die Dunkelhaarige, die Einteilung hatte sich im Laufe des Tages noch einmal geändert. „Ich begleite Ivory und sein Team mit vier Anderen auf das Anwesen und warte dort auf euch. Solange ihr drin seit versuche ich die Vier außer Gefecht zu setzten. Mach dir mal keine Sorgen, da hab ich so meine Tricks."

Ich wollte ihr glauben, doch das ganze klang noch immer viel zu abstrakt. Außerdem wollte sie mir keine Details verraten und ich fürchtete, dass sie selbst noch kein Plan hatte, wie sie vier Kampferfahrene Pugnator ausschalten wollte, ohne das es jemand merkte.

Gwendolyn hatte in der Zwischenzeit den Rucksack wieder bestückt und setzte sich neben mir auf das Bett. Sie schnappte sich mein Handy vom Nachtisch und verstaute es im Rucksack: „Also, hast du alles?" Ich nickte, schließlich gab es nicht viel das ich mitnehmen konnte. Außer meinem Handy hatte ich keine Sachen dabei und das hatte Gwendolyn ja soeben verstaut.

Die junge Frau griff nach meiner Hand. Ihre Finger waren eisig und krallten sich in die dünne Haut meines Handrückens. Ihre dunklen Augen trafen meine grünen und für einen Augenblick genoss ich die Vertrautheit zwischen uns. In den letzten Tagen hatte wir ein starkes Band zwischen uns geknüpft. Wir kannten uns noch nicht lange und im Institut hatte sie nicht zu meinen engsten Vertrauen gehört, dennoch hatte sich eine enge Freundschaft zwischen uns entwickelt. Ich hatte keine Ahnung ob es auch ohne Drays Entführung dazu gekommen wäre, doch es war die ehrlichste und stärkste Beziehung die ich zu einem Menschen hier hatte, Henrik eingeschlossen. Und egal was passierte, ich würde sie beschützen, wenn es sein musste mit meinem Leben. Und sie würde das gleiche für mich tun. Und in diesem Augenblick wusste ich, dass wir uns bedingungslos vertrauten. Wir würden diese Schlacht gemeinsam durchstehen, es gab keine Alternative. Und all das sagten wir uns mit einem Blick, denn mehr brauchte es nicht.

„Mein Papa hat mir vor jedem Kampf immer einen Rat mit auf den Weg gegeben…", flüsterte Gwendolyn: „Memento Mori - bedenke das du stirbst. Er hat immer gesagt das ich Mutig sein muss, aber mir bewusst sein sollte, das mit jeder Falschen Entscheidung, mit jedem Treffer, mein Tod näher kommen könnte. Und das sollten wir uns zu Herzen nehmen: Wir müssen Mutig sein, aber auch vorsichtig, dann schaffen wir das. Im Übrigen ist das auch das Motto der Kirche der Nacht." Sie drückte meine Hand und stand dann auf. Wir wollten gerade runter gehen, als es plötzlich an der Tür klopfte. Überrascht schauten wir uns an, ehe ich sagte: „Herein."

Die alte Französin hatte ihre grauen Haare zu einem strengen Dutt gebunden und betrat freudestrahlend das Zimmer: „Oh meine beiden Hübschen! Ihr seht ja ganz Zauberhaft aus. Und Emma, dreh dich ich diesem unglaublichen Kleid." Ich tat wie mir geheißen und drehte mich einmal um die eigene Achse. Der dunkle Stoff schwang elegant um mich herum, in der Bewegung funkelten kleine Steinchen, die in den feinen Tüll gewebt waren. Fasziniert strich ich über den Stoff. „Du siehst aus wie eine mächtige Hexe, *ma jolie*. Wenn Satan das sehen könnte!", freudig klatschte sie in die Hände.

Ich spürte wie mir die Röte in die Wangen stieg: „Vielen Dank Madame!"

Gwendolyn wippte ungeduldig von einem Fuß auf den anderen: „Madame Blair was gibt es denn? Wir wollten gerade runtergehen."

Die ältere Dame nickte wissend und kam ein Stück auf uns zu: „Ich weiß doch, ich wollte mich nur schnell von euch verabschieden." Sie griff mit ihren dünnen Fingern nach

Gwendolyns und meine Händen und hielt sie fest in der Hand. Ihre Augen trafen meine und sie hielt mich einen Moment mit ihrem Blick fest, ehe die Grauhaarige auch an Gwendolyn gewandt sagte: „Ihr schafft das! Ihr seid strake junge Hexen- ihr müsst nur an euch glauben und in eure Fähigkeiten vertrauen, dann könnt ihr alles schaffen. Zweifelt niemals an euch, habt ihr das verstanden?"

Ich lächelte und brachte nur ein nicken zustande, da sich ein dicker Klos in meinem Hals gebildet hatte. Es tat so gut zu hören, dass jemand an einen glaubte. Ich drückte die Hand der alten Französin : „Danke , für alles." Gwendolyn schulterte den braunen Rucksack und schaute mich erwartungsvoll an: „Gehen wir?"

Ich nickte und stand auf. Ein letztes Mal schaute ich mich in meinem Zimmer um, dann verließ ich es für immer.

Wir gingen nach unten. Draußen auf dem Hof hatten sich bereits die meisten Pugnator versammelt und es herrschte eine angespannte Stimmung. Ungefähr ein Duzend Krieger standen Kampfbereit in ihrer Montur da, die ein enger Lederanzug mit schwarzen Umhang bildeten, so wie der von Gwendolyn. Als wir nach draußen traten, wanden sich die Pugnator zu uns um. Ich spürte ihre Blicke auf mir liegen und verschränkte beschämt die Arme vor der Brust. Es fühlte sich so Fremd an in diesem Outfit vor die erfahrenen Daimonkämpfer zu treten. Einige sahen mich neugierig an, aber hauptsächlich spiegelte sich Unsicherheit in den Blicken wieder. Sie wussten wer ich war und keiner konnte so recht verstehen, warum ich Elisaria als Vertretung der Kirche der Nacht begleitete. Und ich war mir sicher, dass sie mich nicht als Kriegerin sahen, wie Madam Blair.

Plötzlich trafen sich Ivorys und mein Blick. Erst wollte ich weg schauen, doch dann schlich sich für einen Moment ein anerkennende Lächeln auf seine Lippen, fast als wollte er sagen, dass ich der Garderobe durchaus gewachsen war. Doch so schnell sich das Lächeln auf seine Lippen geschlichen hatte, so schnell war es auch wieder verschwunden und er hatte wieder zu seinem versteinertem Gesicht wechselte. Bewundernd musste ich feststellen was für eine Macht seine Aura umgab, man konnte förmlich spüren, wie seine Magie durch seine Venen floss.

Der Kampfanzug der Pugnator war mit Eisen an der Brust und den Armen verstärkt und spannte sich straff an Ivorys breiten Oberarmen. Er war der erste Pugnator dem man ansah, dass durch unsere Adern satanisches Blut floss. Ich wusste nicht ob es Klug war ihm zu vertrauen, doch heute würde er einen großen Teil an meiner Seite kämpfen…bis zu dem Teil, wo wir ihn überlisten mussten.

Gwendolyn entdeckte Henrik und Akecheta. Die Beiden standen ein Stück von der Haustür entfernt und waren in ein Gespräch mit eine, kleinen Pugnator vertieft. Gwendolyn zog mich hinter sich her. Bei jeder Bewegung schwang mein Kleid elegant um mich herum, wie bei einer Prinzessin. Ich hatte erwartet, dass es schwer war in einem so langen Gewand zu laufen, doch der Stoff war so leicht und zart, dass ich das Kleid kaum bemerkte. Der Umhang hielt perfekt über meinen Schultern und spendete mir unter der kalten Wintersonne wärme. Dennoch war ich viel zu kalt angezogen und umso länger wir in der Kälte waren, desto mehr fröstelte es mich. Erst als wir näher kamen bemerkte uns der indianische Krieger und stupste Henrik in die Seite. Der Rothaarige beendete sein Gespräch und drehte sich freudig strahlend zu uns um : „Wow Emma, dich erkennt man ja gar nicht mehr wieder."

Akecheta nickte: „Das Kleid steht dir wahnsinnig gut, du kleine Todesfee.", und stupste mir freundschaftlich in die Seite. Ich musste kichern und für einen Moment vergaß ich meine Anspannung. Ich schaute zu Henrik auf und wieder irritiert mich seine Art. Er stand so selbstbewusst und ruhig da, die Hand auf der Schneide seines Degens als hätte er nie etwas anderes getan. Allgemein wirkte er gut gelaunt und zeigte keinerlei Anspannung- fast als wäre er ein routinierter Krieger. Und da kochte wieder Wut in mir auf, Wut über die Rolle die er mir jahrelang perfekt vorgespielt hatte. Schnell schaute ich weg, ehe er meine roten Flecken im Gesicht sha, die ich immer bekam wenn ich wütend war. Gwendolyn setzte stöhnend unseren Rucksack ab und ließ ihn vor den beiden Pugnatoren in den Schnee sinken. Sie streckte sich und schaute sich dann um: „Sollten die Schlitten nicht schon längst da sein?" Akecheta schaute auf seine Appel Wach, die er immer um seinen rechten Handgelenk trug, scheinbar auch wenn er in die Schlacht zog: „Hast recht Gweny, die sollten jeden Moment kommen…"

Akecheta hatte seinen Satz noch nicht einmal vollständig beendet, als die Tür des *petite maison* aufgestoßen wurde. Elisaria betrat den Platz, gefolgt von ein paar der Ratsmitglieder. Ich erkannte Umbra, der sich in einen engen Anzug geworfen hatte und Tramur, der dicht neben Elisaria stand. Auch sie trug ein ausladende Ballkleid und den gotischen Umhang, doch ihre Robe erstrahlte in einem kräftigen Königsblau. Sie blieb im rahmen der Tür stehen, Umbra und Tramur jeweils an ihrer Seite.

„Kirche der Nacht – heute steht uns ein Kampf bevor! Wir wissen nicht was uns heuet erwartet. Wir müssen verhindern das Marlon Keylam das Tor zur Unterwelt öffnen kann, dass hat oberste Priorität!" Gwendolyn hatte recht gehabt, sie verlor kein Wort über Dray.

„Im Namen aller Ratsmitglieder, möchte ich mich bei euch für euren Einsatz bedanken. Seit stark heute! Und vergesst niemals für was ihr kämpft."

Ich hätte schwören können, dass sie dabei mich angeguckt hat.

Elisaria rechte ihre Faust der Sonne entgegen: „Für Satan! Memento Mori!"

Innerhalb weniger Minuten hatten alle ihre Rucksäcke und Waffen verstaut und wir waren abfahrbereit. Ivory verkündete das wir knappe sechs Stunden fahren würden und mit der Dämmerung das Manson der Keylams erreichen sollten. Ich wusste nicht was mich mehr beunruhigte: das ich nicht bei Gwendolyn saß, oder das ich zusammen mit Ivory, Elisaria und einem mir Fremden Pugnator unterwegs war. Die Stimmung war alles anderer als aufheiternd und bestärkend. Stattdessen schwieg die Rothaarige die gesamte Fahrt über und tippte etwas auf ihrem Laptop herum. Immer wieder versuchte ich im Spiegel zu erkennen was Elisaria machte, doch vergebens.

Plötzlich spürte ich Ivorys Blick auf mir. Seine Hellen Augen durchbohrten mich und als ich aufblickte, konzentrierte sich der Fahrer schnell wieder auf den Weg. Es war laut im Auto. Die Motoren hatten mit den Schneemaßen zu kämpfen und es roch leicht nach Benzin. Um uns herum spritzen Schnee zur Seite und versperrte mir jegliche Sicht. Ivory hatte das Gefährt überraschend gut im Griff und steuerte es ruhig über die glatte Straße. Irgendwie hatte ich nicht erwartet das ein Pugnator gut Autofahren konnte.

Doch auch die schlechten Wetterverhältnisse hinderten ihn nicht daran mich immer wieder zu mustern. Ich konnte seine Blicke nicht deuten…Sollte das eine Art Wahrung sein? Ahnte er, dass wir hin ausschalten mussten? Doch das konnte doch fast nicht sein…oder?

Die Landschaft zog an uns vorbei, wir fuhren durch Wälder, deren hohen Tanne mit feinem Schnee bepudert waren. Während der gesamten fahrt herrschte schweigen im Auto lediglich das heulen des Motors und das wilde Tippen von

Elisaria durchbrach die stille. Ich wusste nicht wie viele Stunden vergangen waren, doch langsam begann die Nacht ihre düsteren Arme auszustrecken und eine düstere Decke über das Land zu legen. Als wir endlich hielten, war kaum etwas von dem Sonnigen Tag übrig geblieben.

„Sind wir da?", fragte ich und setzte mich ein wenig auf. Ich streckte mich genüsslich und versuchte meine steifen Glieder ein wenig zu lockern. Mein Rücken schmerzte vom langen Sitzen und ich war froh mich endlich bewegen zu können. Elisaria hatte ihren Laptop zugeklappt und schob ihn in eine kleinere lederne Tasche.

„Du nicht. Sitzen bleiben und Klappe halten.", zischte Ivory und öffnete die Autotür. Ein eisiger Windstoß fuhr durch Auto und ließ mich er frösteln. Gierig sog ich die kalte Nachtluft ein und genoss für einen Moment die Kälte auf meinem Gesicht. Dann schlug der Pugnator lautstark die Türe zu und ich konnte seine Schritte im Schnee knirschen hören, als er ein Stück vom Auto weg ging. Ich schaute in den Rückspiegel und erkannte hinter uns die Lichter der anderen Autos. Türen krachten zu und gefolgt von gedämpften Stimmengewirr. Ich versuchte zu lauschen über was sie sprachen, doch sie waren zu weit entfernt. Elisaria schaute mich nicht an, dennoch schien sie zu ahnen welche Frage mir auf der Seele brannte: „Wir sind knapp fünf Kilometer vom Manson entfernt. Unsere Soldaten laufen ein Stück und gehen dann in Position. Die Keylams sollen nicht mitbekommen das eine Armee im Wald auf sie wartet.", ihre Stimme klang abwesend, fast Fremd. Ich blickte zu Elisaria, wie sie mit ihrem pompösen Ballkleid und dem gotischen Umhang neben mir saß. Es war komisch, jede Vertrautheit und Wärme, die sie mir in den ersten Wochen in der Kirche der Nacht entgegengebracht hatte, schienen einer kühlen Distanz gewichen zu sein. Ich hätte sie gerne darauf angesprochen, doch ich wollte keine unnötige

Aufmerksamkeit erregen. Stattdessen drehte ich mich wieder weg und trommelte nervös mit meinen Fingern auf das Armaturenbrett des Volvos. Plötzlich kamen stapfende Schritte näher, ich drehte mich um aus der Scheibe sehen zu können. Doch es war so kalt, dass diese beim ersten Atemzug von mir beschlug: Die Schritte wurden lauter und plötzlich tauchte Ivorys gewaltige Silhouette vor meinem Fenster auf. Mit einem Rück öffnete er die Tür des Volvos und setzte sich vor mich hin. Sofort wurde das Auto in einen hölzernen Geruch gehüllt.

„Wir sind in zwanzig Minuten bei den Keylams." Damit drehte er den Schlüssel um und mit einem dröhnen erwachte der Motor zum Leben.

SECHSUNDZWANZIG

Die Nacht war über das Land gezogen, als wir die schmiedeeisernen Tore des Anwesend der Keylams erreichten. In mitten von tannen auf einer schmalen Zufahrtstraße versperrte ein riesiger Zaun die Zufahrt zu dem Anwesen. In der ferne ließen sich blasse Lichtstrahlen im dichten Schneetreiben erahnen. Ivory verlangsamte das Auto und kam langsam zum Stehen. Ein Mann trat hinter dem Schatten des Tores hervor, er war in eine bordeauxfarbenen Uniform gehüllt, eine schwarze Schutzweste und Armschützern boten einen starken Akzent. Um seinen Gürtel baumelte ein Degen, sein Gesicht war auffällig vernarbt. Der Wächter machte eine Handbewegung und sagte etwas , dass eindeutig nicht an Ivory gewandt war. Ich konnte erst nicht sehen mit wem er sprach, als sich plötzlich oben am Tor etwas regte. Zwei mit Bögen bewaffnete Pugnator säumten jeweils eine Seite des Tores und hatten ihre Waffen auf uns gerichtet. Mit pochendem Herzen beobachtete ich wie der Mann immer näher kam und schließlich unser Auto erreichte. Er klopfte unsanft gegen unser Auto, bis Ivory die Scheibe nach unten ließ. „Passagiergrund?"

„Kirche der Nacht, Elisaria Wiese und Emma Van Dijk. Wurden per Feuerpost angekündigt."

Elisaria beugte sich ein wenig nach vorne: *„Sanguis balneum"*, sagte sie mit fester Stimme, dann lehnte sie sich wieder zück du strich sich ihre Haare aus dem Gesicht. Ohne ein weiteres Wort zu sagen, winkte der Pugnator seinen Kollegen oben am Tor zu. Mit einem lauten, klickenden Geräusch schob sich das Tor langsam zur Seite und gab den Blick auf eine traumhafte Winterlandschaft frei. Ein schmaler Sandweg, gerade groß genug für unseren Volvo, war weiß bepudert. Seitlich türmten sich die Schneemassen zwischen den Bäumen der Allee. Ivory setzte sich in Bewegung und wir passierten die Wächter. Das Auto hinter uns, mit Gwendolyn darin, folgte uns dicht. Wir fuhren schnell und mit jedem Meter, dem wir den Anwesen näher kamen, wuchs auch die Anspannung. Mein Herz schlug immer schneller und nervös nestelte ich an meinen Nägeln herum. Es war komisch wieder hier zu sein. Zwar wusste ich was mir in den Mauern des Gebäudes passiert war, dennoch hatte ich keinerlei Erinnerung daran wie es von außen aussah. Selbst Ivory wirkte angespannt, seine Kiefermuskeln zuckten immer wieder nervös, als er mir Argusaugen die Landschaft absuchte, als würde er jeden Moment mit einem Überfall rechnen. Doch nichts passierte. Die Gebäude des Manors wurden immer klarer und langsam ließ sich ein kleines Schoss erkennen. Mauern in dunklem Grau tauchten zwischen den hellen Schneeflocken hervor. Efeu rankte sich bis fast zu den Zinnen und schlängelte sich wie eine Schlange empor. Unendlich viele Fenster schien das Schoss zu haben und hinter fast jedem erstrahlte helles Licht. Es war komisch, das Anwesend strahlte so etwas majestätisches und beruhigendes aus, das es mir falsch vorkam das so etwas in Besitz eines Monsters wie Marlon Keylam sein sollte. Vor uns tauchte ein Brunnen aus Stein auf. Ivory lenkte den Volvo rechts herum, ich konnnte erkennen das der Fahrer des hinteren Autos den linken Weg einschlug und so hielten wir, Schnauzte an Schnauzte vor dem Schloss. Sofort tauchten um die zwanzig Soldaten um uns herum auf um uns in Empfang zu nehmen, Auch sie waren in dunklem rot mit schwarzen Akzenten bekleidet, allerdings waren ihre Gesichte von schwarzen Masken bedeckt. Lediglich böse dreinblickende Augen funkelten mir entgegen. „Aussteigen", fauchte Ivory und schlug die Tür hinter sich zu. Während sein Mitfahrer Elisaria die Tür öffnete und ihr aus dem hohen Auto half, kletterte ich alleine heraus und versuchte dabei nicht irgendwo mit meinem Kleid hängen zu bleiben, was deutlich schwieriger war, als ich gedacht hätte. Draußen schlug mir die eisige Nachtluft entgegen und ein frösteln überzog meine Arme. Ich schlug den Umhang fest um meine Schulter und beobachtete erwartungsvoll die Runde. Gwendolyn stand bereits neben dem Auto und lächelte mir kurz zu, ehe sie dem Gespräch zwischen Ivory und dem Anführer von Keylams Garde lauschte. Am liebsten hätte ich mich ausgiebig gestreckt, meine Knochen taten von der langen Fahrt weh, doch ich traute es mich nicht. Ich konnte die Blicke der Garde auf mir spüren, wie sie mich musterten. Ob sie sich an mich erinnerten? Vielleicht waren ein paar der Männer ja an meiner Entführung beteiligt gewesen oder hatten mich bei meiner Folter beobachtet. Ein kalter Schauer lief mir den Rücken hinter und da war wieder diese beklemmende Gefühl, diese Angst, die ich das letzte Mal in dem Gebäude empfunden hatte. Ich konnte förmlich spüren wie mein bisschen Selbstvertrauen was ich mir in den letzten Tagen angearbeitet hatte, langsam aus mir raus sickerte. Wie Wasser in einer undichten Flasche. Man wusste das man verdursten würde, nur nicht wann... Ich war so in Gedanken versunken gewesen, dass ich nur noch ein lautstarkes: „Durchsuchen!", von dem Pugnator der scheinbar der

Anführer der Garde war, hörte und er auf mich und Elisaria deutet. „Ihr betretet mit Waffen nicht das Gebäude!", fachte er. Zwei Männer durchsuchten Ivory und seinen Kollegen, während zwei weitere auf mich und Elisaria zu kamen. Was wenn sie mir meinen Degen weg nahmen? Gwendolyn hatte zwar gesagt, dass ich ihn behalten dürfte, aber er war auch meine Waffe! Meine einzige um genau zu sein…Wie sollten wir es hier mit Dray rausschaffen, wenn ich keine Waffe hatte. Es war so schon schwer genug, aber ohne meinen Degen war es ein reinstes Todeskommando…. Oder noch schlimmer: Wenn sie den kleinen Beutel mit Sprengstoff fanden? Gwendolyn hatte ihn so angebracht, das er fest an meinem linken Oberschenkel saß und hundert Lagen aus Tüll über ihn lagen. Doch der Gildesoldat konnte auch verlangen das ich den Stoff zur Inspektion etwas ausdünnten? Mein Herz pochte wie verrückt, ich versuchte meine Nervosität u überspielen und krallte meine Fingernägel in meine Handballen. Einer der Männer kam auf mich zu. Ich setzte ein letztes Stoßgebet gegen Himmel du verfluchte mich gleich darauf dafür, sollte ich nicht lieber zu Satan beten? Der Mann hatte mich erreicht. Der Wächter war groß und breit gebaut, ein Bogen hing um seine Schulter, der Köcher war gefüllt mit scharfen Pfeilen. Seine dunklen Augen musterten mich , als er meinen Blick spürte, schaute er schnell weg und streckte seine Hände nach mir aus. Seine Griffe waren hastig und klopfend führ er über meine Hüfte und Arme. Ich konnte mir nicht vorstellen, dass er bei dem ganzen Tüll überhaupt etwas spürte, da war es doch nur logisch das er verlangte, dass ich mein Kleid ein wenig lichtete. Mit pochendem Herzen ließ ich die Durchsuchung über mich ergehen. Der Mann roch unangenehm nach Schweiß und ich musste ein bisschen die Nase rümpfen, als er so dicht vor mir kniete. Es war mir unangenehm vor so vielen Leuten durchsucht zu

werden und ich war froh als er endlich seine Pranken von mir nahm. Gespannt was jetzt passieren würde schaute ich ihn den jungen Soldaten an, was wenn er etwas ahnte?. Der Pugnator warf mir einen letzten flüchtigen Blick zu und drehte sich zu seinen Kommandanten um: „Sie ist sauber."
Ich durfte meinen Degen mitnehmen. Gwendolyn hatte also recht gehabt. Erleichtert strich ich den Stoff meines Kleides glatt.

„Gut, gehen wir. Mr. Keylam erwarte sie bereits. Maximal zwei Begleiter dürfen mit rein kommen, pro Gast einer.", sagte der Kommandant und deutete auf Elisaria und mich. Ivory trat hervor, sein Soldat tat es ihm gleich. Es war das erste Mal das ich ihn bewusst wahrnahm: wie Ivory war er breit Gebaut und Tattoos zierten jede freie Stelle seines Körpers. Sein dunkles Haar war kurz geschoren und eine breite Narbe klaffte auf seinen hohen Wangenknochen. Wie die beiden so da standen, fühlte ich mich auf einmal unglaublich unscheinbar. Wie sollten wir solche starken Pugnatoren, die mit jeder Faser ihres Knoches durchtrainiert waren, mit einer Explosion besiegen? Ich schloss die Augen. Ich durfte nicht alles bis ins kleinste Detail hinterfragen und mir jedes Horrorszenario ausmalen. Wir hatten von Anfang an gewusst das unser Plan sehr provisorisch und eher schlecht wie recht war. Dennoch standen Gwendolyn und ich hier. Und hatte nicht Madame Blair noch extra gesagt, dass wir niemals an uns zweifeln durften? Warum musst ich ausgerechnet jetzt damit anfangen…

Außerdem welche Wahl hatten wir schon? Dray musste Leben, es durfte ihm nichts passieren. Es gab keinen Plan B, das heute musste einfach klappen. Und ich sollte mich auf die erste Hürde konzentrieren: mein Treffen mit Marlon Keylam.
Die Tür zu dem gewaltigen Anwesen wurde geöffnet. Zwei der Gildesoldaten gingen voran. Elisaria und ich folgten ihnen,

Ivory und der tätowierte Pugnator waren dicht hinter uns. Vorsichtig ging ich die Stufen zu der imposanten Eingangstür nach oben. Durch den Schnee war der glatte Stein nass und rutschig. Ich versuchte gleichzeitig mein Kleid anzuheben um nicht zu stolpern und mein Gleichgewicht auf den Stufen zu halten. Mein Versuch, so elegant wie Elisaria zu schreiten, mit hoch erhobenen Kopf ohne auf meine Füße zu, scheiterte kläglich. Ich konnte nur hoffen das dieser Dornenkranz auf meinem Kopf bald ein wenig von seiner Wirkung zeigte und mir nicht nur im Kampf half - Satan könnte mir doch ein bisschen Selbstbewusstsein schicken...

SIEBENUNDZWANZIG

Wir standen vor der schwarzen Tür, die mir mehr als vertraut vorkam. Schon einmal hatte ich vor ihr gestanden. Bilder flackerten wieder vor meinen inneren Auge auf, wie kleine Blitze. Erneut spürte ich den Schmerz und meine Verzweiflung. Schnell schloss ich meine Augen und atmete tief ein und aus. Das war ich nicht mehr! Diesmal war ich nichts eine Gefangene -ich war ein Gast. Er hatte keine Macht über mich, dass würde ich nicht noch einmal zulassen. Ich war nicht für ihn hier und noch weniger für mich. Heute würde ich Dray retten, komme was wolle. Und ich würde Ihn sehen, endlich würde ich Dray wieder sehen. Mein Herz machte einen freudigen Sprung, als ich an seine eisblauen Augen dachte. Ich strafte meine Schultern und warf meine blonden Haare hinter meinen Rücken. Madame Blair hatte gesagt das ich wie eine mächtige Hexe aussah, vielleicht sollte ich Anfangen das auszustrahlen. Ich stand ein paar Meter hinter Elisaria, Ivory dicht hinter mir. Sein Atem kitzelte meinen Nacken und ließ mich erschaudern.

Die Tür wurde schwungvoll aufgeschoben und ein Gildesoldat trat vor uns: „Marlon Keylam empfängt sie jetzt."
Ich betrat hinter Elisaria den beeindruckenden Raum. Sofort wurde ich mit einer Welle von Erinnerungen überschwemmt. Ohne es zu wollen, entdeckte ich sofort die Stelle, an der mein

Stuhl gestanden hatte. Der Ort an dem ich gefoltert wurde. Schnell schaute ich weg und konzentrierte mich stattdessen auf die beeindruckenden Flügelfenster, durch der sanftes Mondlicht fiel. Draußen konnte man die großflächige Parkanlage erkennen, und unsere Zufahrtstraße. Irgendwo da unten war Gwendolyn und würde alleine gegen die Pugnator kämpfen müssen Wie bei meinem letzten Besuch, brannte ein knisterndes Feure im Kamin. Auf einen der paar ledernder Seele, die sie um den gewaltigen Kamin reihten, saß Marlon Keylam.

Als wir den Saal betreten hatten, stand er auf und machte eine ausladende Bewegung mit seinen Armen: „Ah, mein Besuch ist endlich angekommen. Schön dich zu sehen Elisaria,." Schnellen Schrittes kam er auf uns zu. Er trug einen schwarzen Anzug mit einem passendem langen Umhang dazu, der sich bei jedem Schritt elegant um ich herum bewegte, wie eine Schlange.

„Danke das wir kommen durfte." Elisaria reichte ihm die Hand.

Als er mich erreicht hatte musterten mich seine kalten Augen. Ich spürte ein brennen, als sie meinen Körper entlang wanderten. Bei seinem Anblick wurde mir übel.

„Ach Emma Van Dijk. Sie sehen ganz anders aus wie bei unserem letzte Treffen, fast, als wären Sie tatsächlich eine Hexe." Er lachte schallend, doch seine Augen funkelten mich böse an.

Dann wand er sich von mir ab und ging zurück in Richtung seines Sessels.: „Bitte setzt euch!"

Wir taten wie geheißen und nahmen auf den beiden freien Sesseln Platz. Es war komisch den Raum aus dieser Perspektive zu betrachten. Hier auf einem Sessel zu sitzen und nicht auf einem Stuhl...

„Eine Feuerbotschaft und ein schnelles Gespräch mit der Kirche der Nacht die sonst bei allem doch immer so langsam ist. Wie komme ich zu der Ehre?", Marlon Keylam setzte sich in seinen Sessel. Er griff nach einer der Whiskeyflasche auf den Tisch und schenkte sich etwas von der goldenen Flüssigkeit ein. „Darf ich euch etwas anbieten?"

Elisaria schüttelte nur den Kopf, doch ich nickte. Diese Situation war so fremd und gleichzeitig so vertraut. Diesmal würde ich nicht das Opfer sein. Diesmal saß ich mit auf diesen Sesseln: „Ich nehme ein wenig Whiskey.", meine Stimme klang fest und ruhig. Marlon verzog keine Miene und schenkte mir einen kleinen Schluck ein, dann reichte er mir das Glas. Als ich meine Hand ausstreckte um das Glas zu fassen berührten sich für einen Moment unsere Hände. Ein Blitz durchzuckte mich und ich zog meine Hand erschrocken zurück. Die kalten Augen des Mannes musterten mich interessiert, doch sonst ging keine Regung über sein Gesicht. Schnell griff ich nach dem Glas, zog es Marlon Keylam aus der Hand und trank einen großen Schluck der goldenen Flüssigkeit. Der bittere Alkohol benetzte meine Lippen und rann warm meine Kehle hinab. Am liebsten hätte ich das Gesicht verzogen, doch nicht hier, nicht vor Marlon Keylam. Mit einem leichten klirren stellte ich das Glas zurück auf den Tisch und schaute Erwartungsvoll in die Runde. Ich hatte noch immer nicht so ganz verstanden was genau meine Aufgabe war.

„Marlon, es sollte dich nicht verwundern das ich hier bin. Schließlich hast du eines meiner Ordensmitglieder in deiner Gewalt."

Marlon lachte schallend auf, so dass das Geräusch von der Decke wiederhalte: „Nun so würde ich sah nicht nennen, schließlich ist Dray aus freien Stücken hier, nicht wahr?", er drehte sich in seinem Sessel um und winkte einen Mann zu sich her. Erst jetzt erkannte ich wer die ganze Zeit im Schatten der hintersten Ecke gestanden hatte. Drays Augen leuchteten so hell wie ich sie in Erinnerung hatte. Er trug die Uniform der Gildesoldaten, wie ein einfacher Wächter. Sollte er Verletzungen und Narben davon getragen haben, verdeckte die Uniform seine komplette Haut, bis auf das Gesicht. Laut hallten seine Schritte von den hohen Wänden wieder, als er langsam auf uns zu kam. Über sein Gesicht ging keine Regung, kein Zeichen der Freude oder Erleichterung. Er wirkte neutral, fast zu ruhig.

„Hallo Elisaria, Emma."

Dray lächelte, doch es erreichte nicht seine Augen. Er sah mich nicht an, auch Elisaria nicht, sondern starrte stur gerade aus.

„Schön dich zu sehen Dray, es freut mich, dass es dir gut geht." Damit drehte sie sich von dem jungen Krieger weg und schaute Marlon Keylam an: „Darf ich außer Hörweite von Dray mit dir reden, Marlon?", fragte Elisaria und vermied dabei jeden Blickkontakt mit dem jungen Pugnator.

„Natürlich..", er schickte Dray mit einer Handbewegung weg, dieser ging langsam zurück in die Ecke in welche er Wache gestanden hatte. Sein verhalten erinnerte mich an einen Hund, der Angst vor seinem Herrchen hatte.

Marlon beugte sich interessiert vor, die Augen zu kleinen schlitzen geformt: „Was gibt es, was du nicht vor meinem Sohn mit mir besprechen möchtest?"

Mir kam eine böse Vorahnung, doch das konnte einfach nicht sein. Nicht von Elisaria, dafür war sie viel zu lieb….

„Ich will ehrlich zu dir sein: Dray war lange ein enges Mitglied meiner Kirche. Das er nun zu deinen Reihen gehört ist ein enormes Risiko für mich.", aus dem Augenwinkel sah ich wie Ivory leise in paar Schritte in die Richtung von Dray ging. Doch niemand außer mir schien das zu bemerken.

„Und ich weiß, dass du lange nicht besonders gut auf deinen Sohn zu sprechen warst. Er hat dich verraten. Und vertrittst nicht gerade du die Meinung, das man einem Verräter nie mehr Vertrauen sollte?"

„Was schlägst du also vor, Elisaria, Wächterin der Kirche der Nacht?"

Plötzlich sah ich Metall aufblitzen. Ivory hatte ein Messer gezückt und ging auf Dray zu. Abrupt schob ich meinen Sessel zurück, das Gespräch konnte ich ohnehin nicht länger anhören. Die Beiden schenkten mir kaum Beachtung, zu sehr waren sie in ihr Gespräch vertieft.

Die Rothaarige holte tief Luft: „Ich schlage vor, dass wir unser Problem ausschalten. Es wäre zum besten für uns alle…"

Ich hörte die Worte Elisarias und wie Marlon auflachte nur gedämpft. Blut kochte in meinen Ohren, als ich mit wehenden Kleid auf Ivory zu ging. Dray konnte Ivory noch nicht sehen, er wurde von einen der vielen Stauen verdeckt. Ohne nachzudenken rannte ich los und griff dabei nach den kleinen Beutel unter meinen Kleid. Ivory hatte Dray fast erreicht. Ich öffnete während des Rennens den Beutel und bekam das Pulver zu fassen. Schlitternd kam ich vor Ivory zum Stehen, zog meine Hand aus dem Beutel und pustete. Der pinke feine Staub breitete sich blitzartig in der Luft aus und wurde bis zu der schwarzen Türe getragen. Lediglich hinter mir und Dray war die Luft sauber. Im nächsten Moment ertönte ein gewaltiger Knall. Eine Druckwelle breitete sich in der Halle aus und stieß mich zu Boden. Um mich herum zersplitterte Glass, Stein berstete und viel zu Boden. Die Erde schien zu beben und um mich herum erklungen Schmerzensschreie . Ich legte mich auf den bauch und verschränkte die Arme vor dem Hinterkopf im Versuch mich zu schützen. Es roch nach verbrannten Fleisch und Asche. Ich wusste nicht wie lange ich so auf dem Boden kauerte, ehe ich es wagte mich langsam umzudrehen.

Staub rieselte von der Decke. In meine Ohren schallte es und ich brauchte einen Moment um mich zu orientieren. Alles um mich herum drehte sich und nur verschwommen konnte ich die Umrisse der Halle erkennen. Etwas tropfte mir die Stirn hinunter, mit zittrigen Händen versuchte ich die Flüssigkeit weg zu wischen und zuckte vor Schmerz zurück. Ich musste mir den Kopf angeschlagen haben...Ich versuchte mich von dem kalten Steinboden abzudrücken und aufzustehen. Um mich herum herrschte das pure Chaos. Der Saal war nicht mehr widerzuerkennen. Die kleine Sitzgruppe auf der ich soeben noch gesessen hatte, existierte nicht mehr, lediglich Einzelteile der Sessel. Überall lagen Körper herum, Gildesoldaten, unsere Leute und irgendwo in dem Meer konnte ich das leuchten von Elisarias roten Haaren erkennen. Ich hatte nicht mit so einer stärke der Explosion gerechnet. Schockiert betrachtete ich den Schauplatz der Zerstörung. Panik keimte in mir auf. Was sollte ich machen? Alle ihrem Schicksal über lassen? Was wenn niemand außer mir überlebt hatte?

Nur ein paar Meter von mir entfernt konnte ich Ivorys Körper liegen sehen. Ihn hatte es am schlimmsten erwischt, da er direkt in der Wolke gestanden hatte. Sein Körper lag komisch verdreht da und eine kleine Blutlache hatte sich an seinem Kopf gebildet. Ich wollte zu ihm hinrennen und nach ihm sehen. Das hatte ich nicht gewollt! Ich musste ihn ausschalten, aber er sollte nicht sterben- nicht durch meine Hand!

Er hatte die ganze Zeit gewusst das er Dray töten sollte und er wusste, dass ich versuchen wollte ihn aufzuhalten...

Warum hatte er es nicht einfach gelassen!

Plötzlich packte mich jemand von hinten und stütze mich. Vorsichtig drehte ich mich um und blickte in die vertrauten blauen Augen von Dray.

„Dray, wir müssen hier weg!", keuchte ich und krallte mich in seinen Oberarm. Seine eisblauen Augen starrten mich an, versuchten mich zu durchdringen: „Emma, das ist Wahnsinn. Du musst gehen…"

„Nein! Ich kann nicht…", ich spürte wie mir heiße Tränen die Wange hinab rannen und sich mit dem Blut mischte. Rote Tropfen klatschten auf den steinernen Boden, fraßen sich in den grauen Stein. „Ich bin der zweite…", flüsterte ich, ohne Dray anzusehen, „ich bin der zweite Schlüssel. Ich kann nicht zurück, sie werden auch mich umbringen wollen." Drays Gesicht war blass geworden, tiefe Ringe zeichneten sich unter seinen blauen Seelenspiegeln ab, die unnatürlich hell erschienen. „Nein…", flüsterte er und schüttelte dabei wild den Kopf, „Emma, das kann nicht sein! Du darfst nicht….nein…", plötzlich packten mich seine starken Arme und zogen mich zu sich her. Mein Kopf sank an seien Brust und wie eine ertrinkende die Luft, saugte ich seinen vertrauen Duft ein. Ich schloss die Augen und genoss für einen Moment das Gefühl von Geborgenheit. Inmitten des Chaos bildeten seien Arme einen schützenden Wall um mich und das erste mal seit einer Ewigkeit hatte ich das Gefühl, dass mir nichts passieren konnte. Nicht hier…nicht in seinen Armen. Doch da war der Moment auch schon vorbei und er schob mich wider von sich weg. Mit einer ruckartigen Bewegung packte er meine Hand und zog mich mit sich in einen schmalen Gang. Seine Finger hatten sich eisern mit meinen verschlossen, als könnte nichts uns trennen. Laut hallten unsere Schritte von den Wänden wider, ehe wir im Schatten verschwanden. „Was ist dein Plan, du hast doch einen? Die Explosion war von dir?"

„Von Gwendolyn und mir. Sie wartet draußen und versucht die Garde und unsere Leute auszuschalten, dann wollen wir in den nächsten Ort fliehen und dann ab nach England.", flüsterte ich. Der Dunkelhaarige schüttelte den Kopf und fuhr sich durch über den Kopf: „Seid ihr eigentlich verrückt! Weißt du wie bescheuert das klingt? Das ist kein Plan! Ihr versucht auf gut Glück vor Soldaten zu fliehen die uns spätestens jetzt umbringen wollen!" Sein Gesicht glühte vor Wut als er mich böse anfunkelte: „Willst du so unbedingt streben, Emma! Jedes Mal wenn du eine Idee hast, könnte die unmittelbar mit dem Tod ändern...Das wird so nicht klappen-niemals!" Ich nahm seien Hand, die immer noch wild in der Luft rumfuchtelte: „Es muss, Dray. Es muss einfach klappenganz einfach! Wir dürfen noch nicht sterben-keiner von uns!" Plötzlich durchfuhr mich eine Schlag, ich zuckte zusammen und schaute nach unten. Meine Adern begannen, von meinem Kopf beginnen, in einem leuchtenden Blau zu pulsieren. Eine Energie durchfuhr mich, wie ich sie noch nie zuvor gespürt hatte. Ich konnte die Magie spüren, wie sie in jede Faser meines Körpers gepumpt wurde. Ein sanftes glimmen entfachte, das mich umschloss wie eine schützende Hülle. Eine unglaubliche Kraft pulsierte in mir. Ich schien förmlich die Dunkelheit von draußen aufzusaugen, jeder Schatten schenkte mir mehr Kraft. Mein Blut rann kokend durch meine Adern, doch es fühlte sich wie ein rausch. Ich hatte Recht behalten: ich war einer der Schlüssel zur Hölle und jetzt konnte ich es spüren.

„Beim allmächtigen Satan, dann auf in die Schlacht.", in Drays lag Sorge, aber auch die unglaubliche Zuversicht, die er bei jedem Kampf an den Tag legte. „Ich bringe uns hier raus, ab da müsst ihr übernehmen." Dann zog er mich an sich, eine Hand ruhte auf meiner Hüfte, die andere hielt sanft mein Kinn. Seine Berührung löste ein elektrisierendes kribbeln aus und ich konnte spüren wie mein leuchten sich verstärkte. Dray schien das zu bemerken und ein schräges lächeln schlich sich auf seine Lippen. Einen Moment versanken wir nur in unseren Augen, dann wandere sein Blick auf meine Lippen. Endlich beugte er sich nach vorne und seine Lippen berührten meine.

Ich hatte das Gefühl das mein Herz für einen Moment aussetzte, ehe ich den Kuss erwiderte. Die Zeit schien für einen Moment stehen zu bleiben, als würde die Welt auf uns warten. Kleine Schmetterlinge flatterten aufgeregt in meinem Bauch umher, als sie endlich das bekamen, nachdem sie sich seit Wochen gesehnt hatten. Viel zu schnell löste sich Dray wieder von mir, strich mir eine blonde Strähne aus der Stirn und drehte sich, ohne ein weiteres Wort zu sagen, um. Seine Hand griff nach meiner und er zog mich hinter sich her.

Wir befanden uns in einem engen dunkeln Gang, der von verstaubten Wandteppichen umgeben war. Überall hingen Fackeln in den Sockeln, die niemand entzündet hatte. Doch wir brauchten kein Licht, mein glimmen war so stark, das wir den Weg vor uns gut erkennen konnten. Wir mussten in einen der Gänge für Dienstboten sein, die sich dicht neben dem Hauptgang befanden. Vorhin war mir der Weg bis zum Aufgang viel zu kurz vorgekommen, doch jetzt schien er sich ewig zu ziehen. Mein Herz schlug wie verrückt, als wollte es aus meinem Brustkorb springen. Meine freie Hand ruhte auf dem Griff meines Degens, jederzeit bereit ihn zu ziehen und zu kämpfen. Dray rannte schnell und ich hatte Mühe sein Tempo zu halten. Mein Kleid schwang locker um mich herum, doch ich hatte Angst mich in dem langen Stoff zu verfangen. Keuchen rasselte mein Atem von den Wänden wider und ich rechnete jeden Moment damit, das ihn jemand hören musste. Warum brauchte die Garde so lange um in die Halle zu kommen? Was wenn sie uns entgegenkamen? Immer wieder schossen mir die schlimmsten Gedanken durch den Kopf.

Vor uns tauchte ein heller Lichtkegel auf, der die Schatten der Nacht vertreibt. Wir schienen das Ende des Ganges erreicht zu haben- endlich. Doch urplötzlich zog Dray mich in eine kleine Schneise und stellte sich dicht vor mich. „Was zur Hölle...", setzte ich an, doch er presste seien Hand auf meinen Mund.

Erschrocken riss ich die Augen auf, als ich es auch hörte: Schritte. Die Garde der Außenstandorte des Manors schienen endlich das Hauptgebäude erreicht zu haben und waren auf den Weg in die Halle. Panisch riss ich die Augen auf und starrte Dray an. Was wenn sie den Gang durchsuchen würden, oder sich aufteilten? Was wenn sie uns fanden? Panik keimte in mir hoch und schnürte mir die Kehle zu. Wir konnten hier nicht stehen bleiben und warten....wir mussten hier weg... schnell....

Da fanden mich Drays Augen. Sie sagten so viel, ohne auch nur ein Wort zu gebrauchen. Ich musste ruhig bleiben und ihm vertrauen. Hatte nicht auch Madame Bair gesagt das es für diesen Kampf vertrauen brauchte. Ich versuchte mich auf meine Atmung zu konzentrieren und auf seien Augen.

Die Schritte wurden immer lauter. Sie kamen näher. Mit jedem Schritt erhöhte sich auch mein Puls. Doch ich stand still und schaute in die Augen des Pugnators und seien vertrauten Geruch. Unter die Schritte mischte sich lautes Stimmengewirr. Hörte das klirren der Degen, als sie aus ihren Schneiden gezogen wurden. In dem Moment als ich glaubte, dass sie uns passieren mussten, das sie uns sehen würden, wurden die Schritte leiser. Sie waren den Hauptgang gegangen. Langsam löste Dray seinen Griff von meinem Mund.

„Alles okay?", flüsterte er.

Ich nickte, zu erleichtert um etwas zu sagen. Wir rannten die letzten Meter, bogen um die Ecke und tauchten in den Lichtschein. Vor uns erstreckte sich die offene Tür des Anwesens der Keylams. Kalte Nachtluft schlug uns entgegen und gierig saugte ich die frische Luft in meine Lungen.

Mit zitternden Beinen ging ich hinter Dray die Stufen hinunter. Ich hob mein Kleid an, darauf bedacht nicht über den schwarzen Stoff zu stolpern. Wir waren draußen! Wir waren nicht mehr im Manor der Keylams! Der erste Teil war geschafft.

Gwendolyn kam aus einer Ecke auf uns zu gehumpelt, ihre Lippe blutete leicht, doch ansonsten schien sie unversehrt zu sein: „Hat doch super geklappt! Ein bisschen stärker wie ich beabsichtig hatte, aber besser sowie zu wenig-stimmts?" Ich wusste nicht was ich darauf antworten sollte. Sie war nicht dort drin gewesen, sie hatten nicht gesehen wie Körper durch die Luft geflogen waren…Das ganze Blut.

Mein Herz pumpte wie verrückt und am liebsten würde ich nach Ivory sehen, der weiterhinten lag. Was wenn wir jemanden getötet hatten?

Sie ging auf Dray zu und klopfte ihn freundschaftlich auf die Schulter: „Schön dich zu sehen, Mann." Dray grinste breit , auch wenn noch immer eine tiefe Sorge in seinem blick lag: „Ihr zwei seit völlig verrückt, dass ist euch hoffentlich klar."

„Ist mir bewusst und ich bin stolz drauf!" Die Pugnatorin wischte sich etwas Blut von der Stirn und sagte dann an mich gewandt: „Hat alles super funktioniert. Hab erst unsere Leute außer Gefecht gesetzt, dann die von Keylam. Da hat keiner mitgerechnet, außer zwei von der Garde hat mir auch keiner Probleme gemacht.", sie zuckte mit den Schultern, „zwei als Kollateralschaden zu verbuchen ist im Rahmen."

Ich wollte nicht drüber nachdenken was das bedeutet, das durfte ich auch nicht. Das wichtigste war, dass wir drei hier standen. Jetzt mussten wir nur noch aus dieser Parkanlage kommen.

„Wir müssen los!", Gwendolyn gab mir einen kleinen Schubser. Ich nickte und raffte mein Kleid. Vor uns lagen drei Kilometer ungeschützter weg. Ohne uns umzublicken rannten wir drei los, raus in die Schützenden Arme der Nacht.

ACHTUNDZWANZIG

Die Nacht hatte ihr schwarzes Tuch über die kalte Winterlandschaft gelegt. Vereinzelt erstrahlten matte Lichter in der Nacht, doch sie kamen nicht gegen die Dunkelheit an. Der Mond hatte sich hinter einer Wolkendecke versteckt, als konnte er erahnen das heute Nacht Blut das Gras tränken würde. In der Ferne schrie ein Käuzchen sein wehleidiges Lied und der Wind flüsterte dunkle Geheimnisse durch die Äste der Bäume. Es war eine düstere Nacht die die Schatten verschwinden ließ.

Hatte man einmal angefangen zu kämpfen war es wie ein Rausch und man konnte nicht mehr aufhören. Ich rannte keuchend durch die Dunkelheit, ich konnte Dray dicht hinter mir spüren.

Ich war nicht mehr das Mädchen vor ein paar Wochen. Ich wollte Kämpfen. Ich wollte Siegen.

Es gab nur einen Ausgang: das Tor durch das wir am späten Nachmittag gefahren waren. Dort mussten wir nach draußen gelangen, dann hatten wir es erstmal geschafft. Die Straße wurde von einer Allee umsäumt, an die beidseitig ein kleiner Wald mündete. Der Schnee lag hier fast Kniehoch und ich hatte Schwierigkeiten mich mit meinem Kleid durch die dichten Äste und die Schneemassen zu kämpfen. Ich konnte spüren wie der Dornenkranz mittlerweile mein Blutzapfte und spürte wie jede Faser meiner Muskeln brannte. Der Schnee fraß sich langsam durch meine Lederhose, die ich unter dem Kleid trug und durchnässte sie. Ich konnte vor Kälte meine Finger kaum noch spüren und hoffte, das sie im Falle eines Kampfes, meinen Degen noch sicher führen würden.

Ich wusste das ich Gwendolyn und Dray aufhielt. Die Dunkelhaarige ging voraus und musste immer wider auf uns warten. Ich wusste das Dray nur hinter mir ging, weil er Angst hatte mich aus den Augen zu verlieren.

Nach einer Ewigkeit tauchten endlich die Lichter des Tores auf. Gwendolyn verlangsamte ihren Laufschritt und blieb stehen. Keuchend hielt ich neben ihr und versuchte meine Lugen mit Sauerstoff zu füllen. Drays warme Hand legte sich auf meinen Rücken und ich fröstelte unter seiner Berührung: „Alles in Ordnung bei dir?"

„Ja," keuchte ich, „das blöde Kleid macht mir Probleme."

„Seht ihr das?", Gwendolyn deutet nach vorne auf das Tor, das wir im Schutz des der dicken Tannen beobachteten. Erst konnte ich zwischen den dicken Tannenadeln und dem sanften Schneetreiben nichts erkenn, doch dann tauchten vier Gildesoldaten in meinem Sichtfeld auf. „Da oben sind noch mal drei und auf der anderen Seite werden vier weitere warten.", flüsterte Dray und beobachtete die vier Männer. Mein herz setzte für einen Moment aus. Wir waren so knapp davor unser Ziel zu erreichen, das konnte jetzt nicht wahr sein. Wir durften nicht an dieser letzten Hürde scheitern.

„Emma, Gwendolyn und ich schaffen das nicht alleine…du musst mit uns kämpfen. Und es reicht nicht jemanden zu entwaffnen wie wir es geübt haben, du musst zustechen. Kannst du das?" Allein bei dem Gedanken wurde mir übel. Doch Dray hatte recht, es würde nicht reichen einen der

Soldaten zu entwaffnen, sie waren mir auch so noch überlegen. Ich sog die kalte Nachtluft ein. Wir hatten keine Wahl, du hast keine Wahl, sagte ich mir stumm.

„Ich kann das. Ihr könnt euch auf mich verlassen." Ich straffte die Schultern und legte meine Hand auf den kalten Griff des Degens. Ich schaute meine beiden Begleiter an : „Bereit?"

„Immer.", sagte Dray und Gwendolyn nickte.

Wir schlichen dicht an der Mauer entlang, Dray voraus. Im Schatten des Steines hofften wir weit genug vordringen zu können um den Überraschungseffekt nutzen zu können. Ich raffte mein Kleid so weit es ging um möglichst geräuschlos durch den Schnee zu gehen.

Ich hatte Angst. Angst davor was passieren konnte und vor dem, was ich gleich tuen musste. Doch entweder tötete ich, oder ich wurde getötet. Und diese Tatsache schnürte mir die Kehle zu. Ich wollte zurück in meine Wohnung, vor meinen Laptop. Ich wünschte mir nichts sehnlicheres. Schon komisch das man sein Leben erst zu schätzen weiß, wenn man nicht mehr zurück kann.

Doch dann schoss ei Bild von er gewaltigen Narbe auf Drays Rücken durch meinen Kopf. Ich war mir sicher das sein Vater ihm das angetan hatte. Was musste er wegen mir erleidet haben, weil er mich gerettet hatte? Die tiefen Ringe unter seinen Augen…wer weiß was Marlon Keylam alle mit seinem Sohn angestellt hatte. Wenn wir hier nicht rauskamen, wenn wir diesen Kampf verlieren, war das Drays Untergang. Und in diesem Moment wurde mir klar, das ich bereit war alles dafür zu tun. Um ihn zu beschützen. Ich würd ihn mit meinem Leben verteidigen, so wie er es für mich getan hatte.

Dray blieb stehen, wir waren dich an das Tor vorgedrungen. Nur ein paar Meter trennenten uns noch von den Gildesoldaten. Der Wind trug ihre Stimmfetzen zu uns herüber, ohne das wir die Worte verstehen konnten. Dray hob seien Hand, die ganz rot von der kälte war. Seine Finger formten eine drei und er zählte langsam runter. Noch 3....2...1, Dray zog seinen Degen und wir taten es ihm gleich. Dann trat er schnellen Schrittes aus dem Schatten der Mauer und stürmte auf einen der Soldaten zu. Geschrei ertönte und Bewegung kam in die Soldaten. Ich hörte das klirren von Metall, Schreie, stöhnen....Gwendolyn stürze ihm mit gehobenen Degen hinter her. Ohne groß nachzudenken zog ich meinen Degen aus seiner Schneide. Mein Herz raste und ich hörte nichts außer dem Blut in meinen Ohren. Und da spürte ich ihn wieder, den Kranz wie er sanft an mir saugte und mir Kraft schenkte. Ein ruck ging durch meinen Körper und ich spürte wie mein herz kraftvoll die Magie in meinen Adern pumpte. Das licht schloss mich in sich ein, als ich mit keuchenden Atem auf das Schlachtfeld rannte.

Im Augenwinkel sah ich sein Messer aufblitzen. Ohne nachzudenken was ich tat, schnellte ich herum. Ich hob meinen Degen, ich spürte wie die Magie aus mir heraus in meine Waffe floss, wie er sanft in mein Leuchten eingehüllt wurde. Mein Kopf schaltete sich ab, meine Gedanken schienen sich in einer Trace zu befinden. Mein Körper schien das Kommando zu übernehmen, als würde er schon immer kämpfen. Ich fixierte meinen Gegner, ohne auch nur ein Detail von ihm oder seinen Gesicht war zunehmen. Ich sah nur meine Zielscheibe: seine Brust. Und urplötzlich stach ich zu. Ich traf den Mann zwischen den Rippen- so wie Dray es mir beigebracht hatte. Es war ein undefinierbares Gefühl, als die Klinge des Degens sanft durch seinen Körper glitt. Kaum hatte ich die Haut durchstoßen kostete es mich kaum Kraft die Klinge weiter in den Körper des Mannes zu schieben, begleitet von einem Übelkeit erregendem Geräusch. Ich strauchelte für einen Moment, als ich mit enormen Kraftaufwand die Waffe aus dem Körper meines Gegners zog. Stöhnend sank er zu

Boden. Dunkles Blut sickerte aus der Wunde und tropfte in den Schnee. Ohne nachzudenken, hob ich erneut meine rot getränkte Klinge und schnitt quer über seine Brust. Blut spritze mir ins Gesicht und sprenkelte mein leid. Doch es war mir egal, ich spürte nichts. Nahm nichts war. Ich sah wie der Mann mich anschaute, seine braunen Augen die meine Grünen fanden. Ich sah die Angst und das Entsetzen in ihnen, dennoch konnte ich kein Mitglied empfinden. Es war als wäre mit der Magie, meine Gefühle weggeschwemmt worden. Fühlte es sich so an ein Pugnator zu sein? Und wusste in dem Moment, als er langsam nach hinten sackte, das ich sie nie wieder vergessen würde. Die Augen des ersten Menschen den ich je getötet hate, würden mich bis in mein Grab begleiten.. Sein Blut färbte den frischen Schnee in einem hellen Rot, das sich langsam ausbreitet. Ich umklammerte den Griff meines Degens und all meine Muskeln waren bis aufs äußerste angespannt.

Doch ich hatte keine Zeit um nachzudenken. Schnell musste ich mich ducken um den Degenhieb eines Wächters auszuweichen. Wie in Trace hob ich meinen Degen, parierte klirrend den nächsten stoß und stieß wider zu. Erneut durchstieß meine Klinge den Körper wie Butter. Der Mann brüllte vor Schmerz und bespuckte mich mit Speichel. Angewidert zog ich meine Klinge aus dem Körper des Mannes und taumelte zurück. Diesmal wartete ich nicht bis der Mann nach hinten sank sondern drehte mich um. Ich drehte mich zu Dray um, um zu sehen wie sie mit ihren Gegnern fertig wurden. Doch die kurze Unachtsamkeit hatte mich abgelenkt. Einer der Gildesoldaten durchbrach meine Verteidigung. Ein harter Schlag seines Degens traf mich an der linken Schulter . Schmerz durchzuckte mich wie ein Stromschlag und ich keuchte auf. Hätte mich seien Spitze erwischt würde ich jetzt am Boden liegen. Erschrocken taumelte ich ein paar Schritte zurück. In meiner Panik wusste ich nicht wie ich den Mann angreifen sollte und griff auf Magie zurück. Ich streckte meine rechte Hand aus und formte eine offene Faust, so wie Gwendolyn und ich es geübt hatten: *„Mandera..."*, flüsterte ich und spürte wie die Magie sich kanalisierte und aus meinen Körper hinaus floss. Ein heller Lichtstrahle schoss aus meiner Handfläche und traf den Mann frontal in der Bauchgrube. Der Gildesoldat sackte ohne jede weitere Regung in sich zusammen. Ohne groß darüber nachzudenken schnappte ich meinen Degen, beugte mich über den Mann und stach zu.

Es war das erste Mal das ich Magie in einem Kampf verwendet hatte.

Ich riss mich vom Anblick des gefallenen Mannes los und drehte mich zu meinen beiden Begleitern um.

Gwendolyn und Dray hatte in Zwischenzeit die Letzen zwei Wächter getötet und zerrte sie bereits auf die Seite. Ich tat es ihm nach, doch der Mann war schwerer wie gedacht. Keuchend zog ich ihn aus dem Weg, so das man auf dem ersten Blick vor dem Tor nichts verdächtiges erkennen konnte.

Dray entwaffnete einen der Männer und schulterte Degen und Köcher des Mannes,

„Guter Job, Emma!", Gwendolyn lächelte anerkennend und klopfte mir im Vorbeigehen auf die Schulter. Ihre Hand hinterließ einen blutigen Abdruck auf meinem Umhang.

Doch Dray schaute mich besorgt an, als er vorsichtig seien Hand nach mir ausstreckte um meine Wange zu berühren: „ Alles in Ordnung bei dir?"

Ich nickte nur und versuchte zu lächeln. Ich wollte eine Kriegerin sein, also sollte ich mich auch so verhalten: „Ja, lasst uns weiter."

Wir passierten das Tor und ich konnte unser Glück kaum fassen, als die Nacht uns in ihre Arme schloss. Wir hatten es geschafft, wir sind Keylams Fängen entkommen!

Doch ich wusste auch, dass es zu früh der Freude war. Da draußen warteten unsere Soldaten auf ein Kommando von Elisaria,. Wir mussten ihnen noch entkommen.

Dray übernahm die Führung. Er war in den Wäldern rund um das Manor groß geworden und kannte jeden Baum. Ich rannte den beiden Pugnatoren hinterher, doch ich spürte zusehend wie meine Kräfte schwanden. Der kleine Zauber hatte mich mehr Kraft gekostet als ich gedacht hatte und ich konnte deutlich spüren wie die Dornenkrone an mir saugte. Mein Körper schien zu brennen, jede Vene schmerzte und mit jedem Schritt schien das Gefühl schlimmer zu werden…

Plötzlich wurde ich von einer Welle des Schwindels überrollt. Alles um mich herum schien zu schwanken, als wäre ich bei starken Seegang auf einem Schiff. Immer wieder kniff ich die Augen zusammen um die leuchtenden Punkte vor meinem inneren Auge zu vertreiben, doch ohne Erfolg. Mein Kleid blieb an einer der vielen Äste am Boden hängen und nur mit enormen Kraftaufwand gelang es mir, mich aus den Fängen des Waldes zu befreien. Mehr torkelnd wie rennend stapfte ich durch das Gestrüpp. Keuchend drauf bedacht die Beiden nicht zu verlieren. Plötzliche ertönte ein rauschen in meinen Ohren, als würde ich mich in einer Wasserblase befinden. Nur gedämpft hörte ich Dray meinen Namen rufen. Ich erahnte zwei Schatten die auf mich zu gerannt kamen, ohne ihre Gesichter zu erkennen. Dann, ohne Vorwarnung, gaben meine Beine nach und ich sackte in den kalten Schnee. Mein Kleid breitete sich wie eins schwarzer Fächer um mich herum aus. Blut tropfte aus meiner Nase in den weißen Schnee, doch ich spürte es kaum.

„Emma, was ist mit dir? Bist du verletzt?"

Dray hatte mich erreicht und kniete sich neben mich in den Schnee. Ich versuchte den Kopf zu schütteln, doch sofort setze der Schwindel wieder ein.

„Die Krone…", Gwendolyn deutet auf den Dornenkranz auf meinen Kopf. Sie hob die Hand, ein seichtes leuchten umgab sie, als sie flüsterte: *„Exmorto."*

Ein Ruck durchfuhr meinen Körper und ich musste mich am Boden abstützen, um nicht nach vorne zu sacken. Gwendolyn streckte ihre Hände aus und griff vorsichtig nach dem Kranz auf meinem Kopf. Kaum hatte sie ihn angehoben, hörte das brennen in meinem Inneren auf, das Gefühl, als würde jemand an mir saugen. Ein keuchen entfuhr mir, als ich es endlich schaffte die Sterne vor meinen Augen wegzublinzeln.

„Besser?" Gwendolyn schaute mich besorgt an und wechselte einen Blick mit Dray. Ich nickte und versuchte aufzustehen. Dray schnappte meinen Arm und zog mich schwungvoll nach oben. Ich hielt mich eine Sekunde an ihm fest, bis ich das Gefühl hatte, wieder alleine stehen zu können: „Danke, es geht schon wieder."

„Der Kranz hat ziemlich viel Blut abgezapft, du bist ganz blass.".

Es ist wirklich alles gut, Gweny. Ich war nur kurz nicht ganz so auf der Höhe….kommt, wir verlieren wegen mir zu viel Zeit. Wir müssen weiter!"

Ich wollte mich gerade in Bewegung setzten, als Dray sich mir in den Weg stellte.

Blitzschnell packte er mein Handgelenk und wirbelte mich zu sich herum

Doch der Pugnator wirkte wie ein anderer Mensch. Sein Blick wirkte kalt, wie ein Eisklotz, er zeigte keine Emotionen. Sein dunkles Haar umwehte das engelsgleiches Gesicht, die eisblauen Augen stachen leuchten hervor. Er schaute mich an, schien niemand anderen wahrzunehmen. Da waren nur noch seine Augen, die in mich hinein zusehen schienen. Die Zeit setzte aus, ich vergaß zu atmen, zu sein. Es gab nur Ihn, seine schmerzverzerrten Augen und mich. Er berührte mich, ohne mich körperlich zu berühren. Und da sah ich es, eine kleine Träne hatte sich in seinem rechten Auge gebildet. Doch sein Gesicht war weiterhin völlig kalt, distanziert. Er streckte seine Hand aus, seine Finger berührten sanft meine Wange. Die Berührung war nichts weiter als ein Hauch, dennoch erschauderte ich.

„Manchmal musst du deine Seele aufgeben, um die einer andere zu retten.", flüsterte er.

Ich starrte ihn überrascht an ohne zu verstehen was er sagte.

„Dray…"

Der Krieger ging ein paar Schritte rückwärts als müsste er Abstand zwischen uns bringe. Dann holte er den Bogen von seinem Rücken und spannte einen Pfeil ein.

„Dray, was machst du da?"

„Emma, du hast eine Wahl. Du kannst immer noch zurück gehen. Solange mich niemand findet, bist du nicht in Gefahr. Keiner muss wissen das du einer der Schlüssel bist, oder das du mich Retten wolltest. Gib dein Leben nicht für meines auf.", er schloss die Augen. Die kleine Träne löste sich aus seinem Augen und kullerte langsam über seine Wange: „Und vergiss nicht, es muss dunkel sein um die Sterne sehen zu können. Vergiss das niemals…"

Kaum hatte Dray die letzten Worte ausgesprochen drückte er ab.

Der Pfeil flog wie in Zeitlupe mit einem surrenden Geräusch auf mich zu, doch ich nahm ihn nur am Rand war. Gwendolyns gedämpfter Schrei. Doch noch immer war ich von Drays Seelenspiegel gefangen und ich sah wie etwas in ihm brach. Der Schmerz in seinen Augen, er schien Ihn zu zerfressen. Ich wusste das er sich das niemals verzeihen würde.

Kupfergeschmack breitete sich in meinem Mund aus. Wie in Trace schaute ich nach unten. In meinem Bauch steckte Drays

Pfeil. Ein letztes Mal schaute ich ihn an, dann wurde alles um mich herum schwarz.

E N D E

WORTVERZEICHNIS

Fomme	*fit sein*
Pugnator	*Daimonenjäger*
Daimon	*Dämon*
Petite maison	*kleines Haus*
Cœur- Herz	
Bijatlh 'e' yImev je yIQong	*Betäubungszauber*
Kertrabrennsla-	*Feuerzauber*
maghoSba'	*Nebelzauber*
Blutschwur	*Schwur dessen Bindung vom Daimon Destrudo kontrolliert wird*
Expando	*Explosionszauber*
Mandera	*Lähmungszauber*
Exmorto	*Zauberspruch lösen und entfernen von Gegenstände*
Sanguis balneum	*Passwort mit der Bedeutung „Blutbad"*
En garde	*Angriffsruf beim Fechten*
Memento Mori	*Motto von der Kirche der Nacht*

Eisdorn	*Saft zur Behandlung von inneren Verbrennungen nach einem Daimonangriff*
Leiko	Bezeichnung für *Sterbliche (Menschen)*
.Tundurspillir	*Zerstörer*

MADAME BLAIRS MAGISCHER KAFFEE

Für den Eierlikör
6 Eigelb
1 Vanilleschote (alternativ eine Packung Vanillezucker)
150 g Zucker
300 g Sahne
150 ml Weißer Rum

Für den Kaffee
1 Tasse Cappuccino

Zubereitung
Eier trennen und das Eigelb in eine große Schüssel geben. Anschließend die Vanilleschote aufschneiden, das Mark rauskratzen und zu dem Eigelb geben (alternativ den Vanillezucker zum Eigelb geben). Zucker hinzugeben und in einer Schüssel über dem Wasserbad schaumig schlagen. Die Sahne und den Alkohol dazugeben und für fünf Minuten erhitzen.
Wären dessen einen Cappuccino kochen und bereitstellen. Ein Schnapsglas voll Eierlikör abmessen und den restlichen Likör zur Aufbewahrung in den Kühlschrank stellen. Den Eierlikör über den heißen Milchschaum kippen.

Genießen Sie den Kaffee, wenn Sie mal einen magischen Mutmacher brauchen.

#

DANKSAGUNG

Beim schreiben eines Buches steht zunächst immer der Autor im Vordergrund, dabei ist das nicht besonders fair. So viele Menschen haben mir während des Schreibprozesses mit Rat, Tat und Verständnis zur Seite gestanden. Und diese lieben Menschen sollen hier nun besondere Erwähnung finden. Ich hoffe, an alle gedacht zu haben.

Zunächst möchte ich mich erstmal bei meinen beiden Lektoren und meinem Korrektor bedanken, die sich durch mein Gedankenchaos kämpfen mussten und meine unsäglich vielen Rechtschreibfehler korrigiert haben. Ein großes Dankeschön geht auch an den Cover Designer des BOD-Teams für sein wahnsinniges Talent!

Und selbstverständlich geht der Dank an meine Familie:
Meinen Eltern und meinen Bruder, die immer an mich geglaubt haben und mir stets mit aufmunternden Worten zur Seite standen.
Meinen Freund, der mir immer die Zeit und die Kraft gegeben haben, mich meinem Buchprojekt zu widmen.

Keinen geringen Anteil haben auch meine Freunde, denen ich nicht genug danken kann.

Zu guter Letzt möchte ich hiermit all den Lesern, Bloggern, Rezensenten und Bekannten meines Blogs „Tintenklecks" bedanken. Ohne Euch hätte ich den Plan eines eigenen Buches niemals umgesetzt und hätte nicht zu meinen jetzigen Verlag gefunden.

Vielen Dank.